바람을 사랑하다

누카가 미오 지음 | 한수진 옮김

소미미디어
Somy Media

목
차

지휘봉이 스탠바이 되는 순간에는 언제나 몸이 부르르 떨렸다.

  지금부터 시작될 12분 동안의 행복한 시간. 그것을 앞둔 흥분의 전율일 것이다.

  지휘봉이 밑으로 휘둘러지고, 연주자들이 일제히 숨을 들이마신다. 날카로운 바람이 홀을 훑고 지나간다.

  온몸으로 음악의 신에게서 불어오는 바람을 받아낸다.

  이런 행복을 앞으로의 인생에서도 몇 번이고 계속해서 느끼고 싶다.

  열여덟 살의 후와 에이타로는 그렇게 소망했다.

서장
얼어붙은 밤에 〈꿈은 깨어지고〉

"저기, 챠엔. 정말로 취주악을 그만둘 거야?"

스기노가 옆에 있는 모토키의 얼굴을 들여다보며 물었다.

"응."

챠엔 모토키는 무대 가장자리의 어둠 속에서 손가락을 차례대로 움직이면서 자기 손바닥을 향해 중얼거렸다. 무대에서 들려오는 화려한 음색에 휩싸인 채, 손가락 끝까지 구석구석 피를 보내고 있었다.

"그만둘 거야."

약 반년 전에 열렸던 니시칸토 취주악 콩쿠르. 그때 모토키가 속했던 오사코 제1중학교 취주악부는 그들의 목표였던 취주악 콩쿠르 전국대회에 나가지 못했다. 3년 동안 단 한 번도. 그렇게 모토키는 중학교 졸업을 맞이했다.

"열정을 다 불태웠다고 해야 하나. 코스를 완주한 느낌이 들어. 고등학교에서는 부활동은 안 하고 느긋하게 지낼 거야."

"아깝다."

스기노의 말에 모토키는 대꾸하지 않았다. 넥스트랩의 위치를 변경했더니 얇은 피부가 쓸려서 욱신거렸다. 목덜미의 화끈한 열을 느끼면서 모토키는 자신이 안고 있던 알토 색소폰의 표면을 쓰다듬었다. 이렇게 넥스트랩으로 자기 몸과 연결해놓으면 진짜 신체의 일부인 것 같은 느낌이…… 들어야 할 텐데, 오늘은 우리 사이에 얇은 벽이 있는 것처럼 느껴졌다.

뭐, 어쩔 수 없잖아. 무심코 그렇게 소리 내어 말할 뻔했는데, 그때 그들을 감싸던 음악이 끝났다. 객석에서 박수 소리가 났다.

무대 옆에 모여 있던 3학년생들이 슬금슬금 한곳에 집합했다. 저마다 손에는 악기를 들고 있었다. 다들 콩쿠르가 끝나자마자 취주악부에서 은퇴했는데, 취주악부는 매년 3월 상순에 정기 연주회를 개최한다. 그리고 그때 막 수험을 마친 3학년생들이 클라이맥스에서 연주를 하는 것이 관례였다. 연습 기간은 일주일도 채 안 됐다. 당연히 긴장할 수밖에 없었다.

"반년이나 연습을 거의 안 했는데, 어떻게 일주일 만에 실력을 회복시키겠어?"

누구 한 명이 그렇게 말했을 때 무대에서 목소리가 들렸다. 사회자인 2학년생이었다.

"네, 그럼 다음은 드디어 마지막 곡입니다. 이 곡은 3학년 선배님들과 함께 연주합니다."

말끝이 떨리는 것처럼 들렸다. 아마도 좀 울먹거리고 있는 게 아닐까.

모토키는 울음이 날 것 같진 않았다. 콩쿠르 때 실컷 울었으니까. 자기 몸이 '이제 와서 뭘……'이라고 생각하는 것이다.

"그럼 즐겁게 감상해주세요. 이런 때 꼭 나오는 곡입니다. 기분 좋게 3학년생을 환송합시다. 마시마 도시오가 편곡한 〈보물섬〉입니다."

곡명이 소개됨과 동시에 모토키와 친구들은 무대로 올라가서 저마다 자기 파트의 자리로 흩어졌다. 보호자와 관계자로 꽉 찬 객석에서는 우레 같은 박수가 터져 나왔다. 그 박수가 모토키의 마음속에 있는 긴장감을 없애줬다. 그래, 공연은 원래 이런 것이다.

지도 교사가 악보를 넘기면서 "마지막이니까 신나게 해볼까?" 하고 활짝 웃었다. 연습 시간에는 툭하면 화를 내고, 또 짜증나게 한 부분만 자꾸 반복해서 연주하게 만드는 사람이었지만, 그도 오늘만은 상쾌하게 웃고 있었다.

지휘봉 스탠바이. 모토키는 알토 색소폰의 마우스피스 부분을 입에 물었다. 혀가 목제 리드에 닿았다. 이 감각이 꽤 마음에 들었다. 악기가 내 안으로 침투하는 감각이.

지휘봉이 휘둘러지자 리드미컬한 아고고벨 소리가 울려 퍼졌다. 공연장인 시민문화홀의 벽과 천장에서 금가루가 흩어지는 것 같았다. 드럼과 심벌즈와 탬버린 소리가 이리저리 뒤섞였다.

〈보물섬〉은 취주악의 교본이나 마찬가지다. 모토키도 초등학교 4학년 때 취주악을 시작한 이후로 몇 번이나 연주해왔다. 연주회 클라이맥스에 잘 어울리는, 흥겨운 소리의 축제 같은 곡이다.

차가웠던 손가락이 따뜻해진다. 가슴속에 남아 있던 쓸쓸함이 잘 덮여 가려진다. 이렇게 신나는 분위기라면, 쓸쓸함이나 슬픔 같은 감정은 느끼지 않을 수 있을 것이다.

솔로 파트 차례가 와서 모토키는 자리에서 일어났다. 16분음표로 구성된 복잡한 운지. 황동으로 된 황금색 알토 색소폰에서 단정하게 엮인 소리들이 흘러넘친다. 색소폰은 마치 식물처럼 생겼다. 신이 정밀하고 꼼꼼하게 애정을 담아 만들어주신 것이다. 구부러진 원추관도, 덩굴처럼 그것을 휘감는 소리 조종용 키와 레버도, 나팔꽃처럼 펼쳐진 벨도. 모든 것이 완벽하고 완성되어 있었다. 아름다웠다.

이 사랑하는 악기와 함께하는 '마지막 무대'가 색소폰 솔로가 있는 무대이고, 또 취주악 관계자라면 누구나 사랑하는 〈보물섬〉이라는 것도 멋진 일이었다. 모토키는 살며시 미소를 지으면서 저음에서부터 고음으로 단번에 달려 올라갔다. 높이 더 높이, 어딘가로 이어지는 계단을 올라가는 것처럼. 그 끝에 무엇이 있는지도 모르면서 무작정 전력으로 질주했다.

사랑을 뿌리치고 이별을 고했다.

"챠엔, 버스 타고 갈 거야?"

차 태워줄 테니까 같이 갈래? 스기노가 홀 한구석에 있는 자기 어머니를 가리키며 그렇게 물어봤다. 1, 2학년생은 공연 후 악기를 학교까지 가져가 뒷정리를 해야 하지만, 3학년생은 여기서 바로 해산한다.

"아냐, 됐어. 레오나가 와 있으니까. 같이 갈 거야."

"아, 나루카미 선배님이 오셨구나."

자동문 건너편의 부연 가로등 불빛이 늘어서 있는 정원수 근처에서 모토키는 자신이 찾던 여자를 발견했다. 그는 스기노에게 "나 간다. 안녕" 하고 손을 흔들었다.

"여전히 사이가 좋구나. 챠엔과 나루카미 선배님은."

"소꿉친구잖아."

홀에서 나오자마자 차가운 밤바람이 불어와서 모토키는 목을 움츠렸다. 살갗이 찢어져 피가 날 것 같았다. 머플러를 하고 올걸 그랬나 하고 생각하면서 색소폰 케이스를 고쳐 메고, 벤치에 앉아 휴대폰을 만지고 있는 레오나에게 뛰어갔다.

"안 추워?"

레오나는 따뜻해 보이는 퍼 부츠를 신고 있었지만, 견갑골까지 내려오는 까만 머리카락을 양 갈래로 묶고 있어서 보기만 해도 내 목덜미가 서늘해질 정도였다.

"안에서 기다리지 그랬어."

"졸업한 선배가 눌러앉아 있으면 애들이 불편해할 것 같아서."

레오나는 모토키보다 두 살 많은 고교 2학년이다. 이제 곧 3학년이 된다. 2년 전 이 홀에서 열린 정기 연주회에서 환송받은 주인공들은 이 레오나 세대였다.

"집에 갈까?"

레오나가 휴대폰을 백팩 주머니에 집어넣고 일어나서 버스 정류장 쪽으로 걸어갔다. 모토키도 반 발짝 뒤에서 따라갔다.

"솔로, 잘하던데?"

"그래? 고마워."

"고등학교 가서도 계속하면 좋을 텐데. 모처럼 센가쿠에 입학하잖아, 응?"

"그 얘기는 도대체 몇 번을 하는 거야?"

모토키가 4월에 입학할 예정인 센젠가쿠인 고등학교——통칭 센가쿠. 레오나는 그 학교 취주악부의 부장이었다. 모토키가 제1지망으로 센가쿠를 선택했고 중학교 졸업과 동시에 취주악을 그만둔다고 하자, 그 사실을 알게 된 레오나는 당연하게도 "왜 그만둬? 아깝게" "취주악부에 들어와"라고 제안했다.

그러나 9월에 취주악부에서 은퇴한 뒤 수험생으로서 센가쿠 일반 입시에 응시하고…… 그러는 동안에도, '다시 한번 취주악부에 들어가자'라는 의욕은 생기지 않았다.

"대입 준비도 해야 하잖아. 앞으로 3년이나 더 전국대회를 목표로 취주악을 계속한다는 것은 나로선 불가능할 것 같아. 더 이상 365일 24시간 내내 취주악 중독자로 살 수는 없어. 이제는 좀 지쳤어."

모토키는 적당히 얼버무리려는 듯이 뺨을 긁적이며 말했다. 그러나 레오나는 납득해주지 않았다.

"하지만 모토키, 넌 어릴 때부터 센가쿠 취주악부를 좋아했잖아."

"어, 좋아하긴 했지."

그러나 그것은 옛날 일이다. 센가쿠 취주악부가 전국대회에 진출한 것은 벌써 몇 년 전 일이고──지금은 사이타마현 대회조차 통과하지 못한다. 그 시절과 현재의 센가쿠는 완전히 다른 존재다. 비교하는 것이 실례일 정도로. 현재 거기서 부장을 맡고 있는 레오나에게는 도저히 말할 수 없지만, 그것이 모토키의 솔직한 의견이었다.

"나도 대학교까지 가서 취주악을 계속하지는 않을 테고, 누가 언제 그만두든 그거야 그 사람 마음이지만. 네가 취주악을 그만두는 것은 뭔가 잘못된 거라고 생각해. 너는 음악을 안 하면 안 되는 사람이니까."

"뭐? 그게 뭐야."

"스스로는 모르는 것 같은데, 색소폰 불 때 너는 마치 뭔가에 씐 것 같아."

레오나가 그런 말을 했다. 모토키를 압박하고 비난하는 것처럼.

"어휴…… 무서운 소리 하지 마. 내가 뭐에 씌었다는 거야?"

"글쎄. 굳이 말하자면 취주악의 신?"

"거창하네."

하하하. 메마른 웃음을 흘리고 살짝 숨을 들이마셨다. 그런 신이 내 곁에 있다고? 그럼 왜 나를 전국대회 콩쿠르로 데려다주지 않았던 거야?

"에이, 됐어. 오늘로 끝이야. 끝."

추위 때문일까. 바늘이라도 박힌 것처럼 가슴이 따끔했다.

"미안해. 레오나."

레오나는 아까부터 한 번도 이쪽을 보지 않았다. 모토키는 더는 못 참고 사과했다.

"이 배신자."

"응. 그래서 미안하다고."

2년 전, 레오나가 오사코1중 취주악부의 일원으로서 마지막 무대에 섰던 날 밤. 그날도 우리는 앙상한 느티나무들이 늘어서 있는 이 길을 걸었다. 그때 레오나는 모토키에게 두 가지 약속을 강요했다.

전국대회 콩쿠르에 나가라. 그리고 센가쿠에서 또다시 함께 취주악을 하자.

결국 모토키는 그 약속을 둘 다 지키지 못하게 되었다.

"그런데 학원 빠진 건 괜찮아? 레오나. 부모님이 화 안 내셔?"

레오나는 토라진 것처럼 묵묵히 걸었다. 구두 굽이 보도블록에 부딪쳐 딱딱 소리를 냈다. 이거 난처하네 하고 모토키는 웃었다. 레오나는 한번 기분이 나빠지면 그게 오래갔다. 이대로 버스 정류장에 도착해도, 버스를 타도, 내려도, 나란히 붙어 있는 서로의 집에 도착해도 여전히 레오나의 기분은 나쁠 것이다.

모토키가 멈춰 섰다. 레오나는 그걸 눈치채지 못하고 성큼성큼 걸어가 버렸다. 우리 사이의 거리가 조금씩 멀어진다.

모토키는 꽁꽁 얼어버린 두 손을 호호 불었다.

"레오나!"

멀리 가버린 소꿉친구의 등에 대고 외쳤다. 오렌지색 가로등 밑에서 드디어 레오나가 뒤를 돌아봤다. 입술이 아직도 툭 튀어나와 있었다.

가로수길 옆에는 커다란 분수가 있었다. 연못과 비슷한 크기인데, 사람은 하나도 없는데도 깨끗한 하얀 불빛으로 비춰지고 있었다.

"왜?"

나 지금 기분 안 좋아! 그런 소리가 들리는 듯했다. 모토키는 웃음을 터뜨렸다.

"이리 와봐."

상대가 싫다고 하기 전에 얼른 종종걸음으로 가로수길 옆으로 빠져나갔다. 조명을 받은 분수 앞까지 가서 색소폰 케이스를 내려놨다. 뚜껑을 열고, 넥스트랩을 목에 걸고. 코트 단추를 풀었다. 안에는 동복을 입었지만 그래도 바깥 공기가 들어오니 추웠다.

"뭐야, 왜 그래?"

생각보다 더 가까이에서 레오나의 목소리가 들렸다. 착실하게 나를 따라와 준 모양이다.

공연이 끝난 지 한 시간도 넘게 지났다. 알토 색소폰은 차갑게 식어버렸다. 건드리는 순간, 마치 모토키를 거부하는 것처럼 얼얼한 차가움이 그의 손바닥을 훑고 지나갔다.

리드를 케이스에서 꺼내어 입에 물었다. 색소폰은 이게 없으면 소리를 내지 못한다. 리드를 자기 타액으로 적셔서 마우스피스 부분에 장착한 다음에 레오나를 돌아봤다. 레오나는 묘한 표정으로 모토키를 보고 있었다. 아몬드처럼 생긴 그 눈은 웃으면 귀엽고, 화내면 무서웠다.

낙담과 분노와 노여움, 그리고 쓸쓸함이 섞여 있는 레오나의 그 표정과 고요한 모습은 마치 눈이 내리는 것 같았다. 어두운 밤에 펑펑 내리는 눈.

완만하게 구부러진 색소폰 목에 양손을 대고 마우스피스를 통해 숨을 불어 넣었다. 색소폰을 구성하는 부품은 600개 정도라고 하는데, 그것 하나하나에 나의 숨이 닿도록.

"레오나."

모토키는 색소폰을 끌어안고 두 살 많은 소꿉친구의 이름을 불렀다. 책임감이 강하고 때로는 고지식하게 굴지만, 또 때로는 모토키의 어리광을 받아주는 레오나.

"잘 봐."

철들기 전부터 레오나는 내 곁에 있었다. 같은 것을 동경하고, 같이 취주악을 시작했다. 레오나, 잘 봐. 내가 그렇게 말하면, 레오나는 반드시 봐준다. 기분이 안 좋아도 반드시.

"자, 그럼 들어주세요. 뮤지컬 〈레미제라블〉의 〈꿈은 깨어지고〉입니다."

레오나가 곡명을 듣고 놀라는 것이 느껴졌다. 일부러 〈보물섬〉과는 달리 차분한 곡을 골랐다. 나답지 않은 선곡이라고 생각했지만, 지금은 통통 튀는 활기찬 곡을 연주할 마음이 나지 않았다.

왜냐하면 오늘은 처음으로 자신과 레오나의 길이 갈라지는 날이니까. 챠엔 모토키가 취주악을 떠나는 날이니까.

구슬픈 멜로디는 서서히 장대하게 변해 갔다. 그러나 그 안에 존재하는 아픔과 비탄은 사라지지 않았다. 오히려 높은 음색에 맞춰서 점점 더 슬픔이 부풀어 올랐다.

레오나가 가만히 이쪽을 보고 있었다. 예리한 시선으로 똑바로 모토키를 보았다. 어, 이러면 왠지 좀 부끄러운데. 모토키는 그런 생각을 하면서 분수대 난간으로 뛰어 올라갔다. 꽤 넓어서 넘어질 걱정도 없었다. 레오나가 한순간 깜짝 놀란 표정을 지었지만, 모토키는 그런 레오나를 등지고 연주를 계속했다.

대량의 물이 분수에서 밤하늘을 향해 솟구쳤다. 일렁이는 수면에 자신의 그림자가 비쳤다. 찬바람이 부는 이 느티나무에 에워싸인 공간에서 색소폰 소리가 분수와 함께 솟구쳐 하늘을 찔렀다.

옛날에 본 적이 있었다. 지금의 모토키보다 훨씬 더 능숙하고 매력적이고 심지어 성스러워 보이는 연주를 하는 사람을──사람들을. 너무 눈부시게 빛나서 그들의 모습을 어떻게 봐야 할지 모를 정도였다. 그 음색이 이리 오라고 손짓하면, 그쪽으로 달려갈 수밖에 없었다. 그리하여 모토키는 취주악의 세계에 뛰어들었다.

그들이 있었던 센가쿠 취주악부는 이제 더 이상 모토키가 동경하는 곳이 아니다.

마지막 한 음을 끝까지 냈을 때, 바람을 타고 작은 물방울이 눈앞을 가로질러 날아갔다. 분수의 물이 여기까지 날아온 걸까?

아니, 그게 아니란 것은 알았다. 알면서도 눈가를 문지르지는 않았다. 레오나에게 들켰다간 틀림없이 도로 끌려갈 테니까.

〈보물섬〉 때에는 잘 숨겨놨던 미련이 아주 약간 얼굴에 드러났다. 하지만 나도 그걸 못 본 척할 정도로는 성숙해졌다. 그래, 안 그러면 곤란하다.

"있잖아, 레오나."

모토키는 뒤를 돌아보지 않고 말했다.

"〈꿈은 깨어지고〉라는 노래. 프랑스어 곡명은 〈나는 다른 삶을 꿈꿨습니다〉래."

내가 지금 그런 말을 하는 이유를 레오나라면 이해해줄 것이다.

코를 문지르는 척하면서 손등으로 눈가를 쓱 문질렀다. 안경이 삐뚤어졌다. 안경을 다시 똑바로 쓰고 새삼스레 바라본 분수는, 조명은, 느티나무는, 전부 다 부옇게 번져 있었다.

제1장
추억과 〈두 개의 교향적 단장〉

1 || 그것은 머나먼 파란 빛 ||

바람에 나뭇가지가 흔들리자 가루눈처럼 꽃잎이 우수수 떨어졌다. 그중 하나가 모토키의 정수리 근처에 올라앉았다. 그것을 손가락으로 집어 들고 속으로 한숨을 삼켰다.

한낱 꽃을 특별하다고 느끼는 것은 틀림없이 이곳이 내가 과거에 동경하던 장소였기 때문일 것이다. 동경하던 사람이 통과했던 교문을 지나, 오늘부터 이곳의 한 학생으로서 3년을 보내게 될 테니까 그런 것이다.

바람에 날리는 꽃잎들 너머로 오래된 교회가 보였다.

모토키가 오늘부터 다니게 된 사립 센겐가쿠인 고등학교는 미션스쿨이었다. 뭐, 사실 종교적인 건축물은 정문과 교사 사이에 있는 교회밖에 없지만. 회색 돌로 만들어진 교회는 작지만 중후함이 느껴지는 건물이었다. 그 뾰족지붕 위에서 십자가가 모토키를 내려다보고 있었다.

등교 시간까지는 아직은 좀 시간이 있었다. 모토키는 이동하는 학생들 틈에서 빠져나와 교회로 다가갔다.

옛날에 여기서 취주악부의 연주를 들었다. 그때 모토키는 초등학교 3학년이었고, 레오나는 5학년이었다.

그때와 전혀 달라지지 않은 나무 문. 모토키는 그것을 천천히 당겼다. 그러자 맨 먼저 스테인드글라스가 눈에 들어왔다.

"……여전하네."

질서 정연하게 배치된 의자와 테이블. 기둥에는 꽃이 조각되어 있었고, 돔 형태의 천장에는 조명이 달려 있는데 지금은 작동하지 않았다. 전체적으로 푸르스름한 스테인드글라스를 통해 아침 햇살이 비쳐 들면서 파란 빛이 통로 위에 길게 드리워 있었다. 교회 주위에 있는 나무들이 바람에 흔들리면서 빛을 가렸다 말았다 한다. 그래서 파란 빛도 융단 위에서 리드미컬하게 춤을 춘다.

빨려 들어가듯이 모토키는 그 통로를 걸어갔다.

과거에 센가쿠 취주악부는 취주악 콩쿠르 전국대회에서 금상을 수상했고 그 모습이 TV에도 나왔다. 이 교회에서 정기 연주회가 열렸을 때에도 객석은 만원이었다. 아홉 살 난 모토키가 보기에는 취주악부 사람들은 마치 천상계 위인들 같았다. 자신이 그들과 같은 나이가 된다는 것도, 같은 학교에 다닌다는 것도 감히 상상하지 못했었다.

단, 모토키가 여기서 그들의 연주를 듣고 취주악을 시작한 것은 분명한 사실이었다.

한숨이 흘러나올 것 같았다. 그때 앞쪽 좌석에서 덜컹 하고 건조한 소리가 났다.

"……어?"

웬 그림자가 꿈틀거리는 것이 언뜻 보이더니——누군가가 몸을 일으켰다. 모토키는 속으로 비명을 질렀다.

몸을 일으킨 그 사람은 고교생이 아니었다. 대학생처럼 보였다. 스테인드글라스에서 들어오는 빛이 역광이라서 그의 이목구비나 표정까지는 알아볼 수 없었지만, 키가 크고 어깨도 넓어 보였다. 그리고 푸르스름한 그림자 너머에서 침착한 분위기가 느껴졌다.

그는 말없이 이쪽으로 걸어왔다. 마치 구직 활동을 하는 대학생처럼 새까만 정장을 입고 있었다. 스쳐 지나갈 때 그가 가볍게 인사했다. 그제야 그의 얼굴을 볼 수 있었다.

또 한 번 놀라서 숨을 들이켰다.

문 닫히는 기척이 등 뒤에서 느껴지고 나서야 모토키는 그쪽으로 고개를 홱 돌렸다.

그 사람이 여기 있을 리 없는데. 그 사람이 센가쿠에 있었던 것은 몇 년 전 일인데.

"유령…… 아니, 생령인가?"

아무도 없는 교회에서 간신히 쥐어짜낸 그 소리는 아무에게도 닿지 않았다. 당연히 아무도 대답해주지 않았고.

1학년 5반에는 이미 신입생들이 잔뜩 모여 있었다. 같은 중학교 친구들과는 다른 반이 됐는데. 과연 이 교실에서 1년 동안 잘 지낼 수 있을까?

"——어!"

돌연 누군가가 가까운 곳에서 소리를 질렀다.

"뭐야, 오사코1중의 '노래하는 차안경'이잖아?!"

낯선 사람들밖에 없는 줄 알았던 교실에서 자신을 손가락으로 가리키는 사람이 있었다. 그 사람 얼굴을 보고 모토키도 "아~!" 하고 입을 딱 벌렸다.

그의 갈색이 도는 밝은 머리카락이 무대 조명 아래에서는 금발처럼 보인다는 것을 모토키는 알고 있었다. 색이 연한 눈동자는 유리구슬 같았는데, 그는 그 눈을 반짝반짝 빛내면서 연주를 했다.

하루베 제2중학교 취주악부의 도바야시 케이타. 파트는 트럼펫. 지구 대회, 현 대회에서 매년 마주쳤다. 같은 중학생이라는 것이 믿어지지 않을 정도로 어른스럽고 촉촉한 연주를 하는 녀석이다. 그래서 오사코1중 취주악부 사람들은 몰래 그를 이렇게 불렀다.

"하루베2중의 '음흉한 트럼펫'!"

이것도 충분히 실례되는 호칭이었다. 당연히 상대는 "야, 그게 뭐야?!" 하고 항의했다.

"그러는 그쪽이야말로. '노래하는 차안경'이 뭔데?"

"오사코1중의 안경잡이 챠엔[茶園]. 그러니까 '차안경'이지.

그 연주를 존경하는 의미에서 '노래하는 차안경'이라고 부르는 건데. '음흉한 트럼펫'보다는 훨씬 낫잖아?"

"'음흉한 트럼펫'이란 것도 존경심이 담긴 별명이야."

"아니, 전혀 안 느껴지는데! 입학식 날부터 남한테 '음흉하다'는 말 자꾸 하지 말아줄래?!"

여기서 잠시 대화를 끊고 모토키는 새삼스레 도바야시 케이타를 쳐다봤다. 그는 모토키와 마찬가지로 검은색에 가까운 짙은 남색 블레이저와 물빛 와이셔츠를 걸치고, 블레이저와 같은 색 슬랙스를 입고, 파란색 넥타이를 매고 있었다. 즉, 완벽한 센가쿠 교복을 입고 1학년 5반 교실에 와 있었다.

"도바야시. 너 센가쿠로 왔구나."

"응, 너야말로 센가쿠에 왔네?"

"난 '차안경'이 아니라 챠엔 모토키야. 앞으로 잘 부탁해."

오른손을 내밀자, 그는 힐끔 그 손을 보더니 얌전히 악수에 응했다. 3년 동안이나 콩쿠르에서 서로의 존재를 의식하고 있었는데 정작 대화를 해본 것은 처음이었다. 왠지 기분이 이상했다.

"같은 반이라니. 그럼 적어도 1년은 챠엔, 너하고 24시간 내내 붙어 있어야 하겠네?"

모토키의 오른손에서 손을 뗀 도바야시가 그런 말을 했다.

"도바야시. 넌 역시 취주악부에 들어가는구나?"

"어? 뭐야. 설마 넌 취주악부에 안 들어가?"

"난 동아리에는 아예 안 들어가거나, 편한 문과 동아리에 들어갈 거야."

"뭐? 야. 진짜? 센가쿠에 들어왔으면서 이제는 취주악을 안 한다고?"

벌떡 일어난 도바야시. 내가 고개를 끄덕이자, 도바야시는 기묘한 생물이라도 보는 듯한 표정을 지었다. 아, 이 녀석도 똑같구나. 모토키는 멋쩍어하면서 뺨 근육에 힘을 줬다. 틀림없이 도바야시도 센가쿠를 동경하는 사람일 것이다.

도바야시가 다녔던 하루베2중은 3년 연속 전국대회에 진출한 강호다. 그런데 그가 군이 센가쿠에서 취주악을 계속하기로 한 이유는 오직 동경심 하나밖에 없을 것이다. 현재의 센가쿠 취주악부는 강호도 뭣도 아니니까.

그 대신 센가쿠는 요새 입시 지도에 열을 올리고 있었다. 진학 실적도 좋아졌다. 그래서 모토키는 센가쿠를 선택한 것이다. 동경했던 취주악부가 센가쿠에 있는 것은 그저 우연의 일치에 불과했다.

그렇게 설명했는데도 도바야시는 납득하지 못한 표정을 지었다.

"뭐야. 진짜로 취주악을 관둔다고? 그렇게 거창한 동영상까지 올렸으면서?"

"동영상?"

"어, 그거. 자아도취에 빠진 차안경 씨의 동영상."

교복 주머니에서 휴대폰을 꺼낸 도바야시가 엄지를 빠르게 움직였다. 동영상, 동영상, 동영상…… 뭐가 있었나? 하고 생각해보다가 문득 3월 정기 연주회를 떠올렸다. 그러고 보니 매년 정기 연주회의 동영상이 짧게 편집되어 인터넷에 올라왔었지? 아마.

"저번 달 정기 연주회 말이야? 〈보물섬〉 연주했던 거."

"정기 연주회? 아냐, 아냐. 그 동영상도 있었지만. 내가 말한 건 이거야."

자, 봐. 그는 휴대폰 화면을 보여줬다. 정말로 그곳에는 챠엔 모토키가 있었다. 추운 야외에서 이쪽을 등지고 알토 색소폰을 불고 있었다. 커다란 분수에서 튀어 오른 물방울들이 주위의 흐린 조명을 받아 반짝반짝 빛났다. 빛을 머금은 눈이 내리는 것 같았다.

"신나게 노래하고 있잖아? 취주악부 후배가 보내줬어. 이거 오사코1중의 '노래하는 차안경' 선배님 아니에요? 하고."

도바야시는 히죽히죽 웃으며 음량을 키웠다. 연주되고 있는 곡은, 틀림없이——.

"〈꿈은 깨어지고〉잖아……?"

모토키는 도바야시의 휴대폰을 확 낚아채서 교실 밖으로

뛰쳐나갔다. 3학년 교실이 있는 4층까지 계단을 달려 올라갔다. 아직 담임이 오지 않은 것을 확인하고, 3학년 2반 문을 열었다.

"레오나!"

나루카미 레오나는 금방 눈에 띄었다. 문에 가까운 자리에서 친구와 떠들고 있었다.

"레오나. 이거 네가 한 짓이지?!"

성큼성큼 다가가 도바야시한테서 빼앗아온 휴대폰을 보여줬다. 이미 재생은 끝났지만, 레오나는 그게 무슨 동영상인지 즉시 눈치챈 듯했다. 입꼬리가 위로 올라가 있었다.

"으응? 뭐야, 난 몰라."

"모르긴 뭘 몰라! 이거 본 사람은 너밖에 없잖아?!"

애초에 이 동영상을 촬영한 인물의 위치만 봐도, 범인은 분명히 레오나였다.

"난 그냥, 귀여운 소꿉친구의 멋진 모습을 웹상에 남겨두고 싶어서 그랬지."

"저기요. 인터넷 예절이라는 거, 아세요?"

"에이, 뭐 어때. 어차피 얼굴이랑 이름이 대놓고 나온 것도 아닌데. 이것보단 차라리 정기 연주회 동영상이 훨씬 더 누가 누구인지 알아보기 쉽잖아?"

"벌써 같은 반 친구한테 들켰거든?!"

그러자 레오나는 "뭐? 농담이지?" 하고 눈을 휘둥그렇게 떴다. 휴대폰 화면을 들여다보더니 "어!" 하고 소리를 냈다.

"굉장한데? 그저께 올렸는데 의외로 조회수가 장난 아니네?"

"그래서 뭐. 하나도 안 기쁘거든?!"

모토키가 그렇게 씩씩거리고 있는데, 레오나는 옆에 있는 친구에게 "얘는 우리 옆집에 사는 친구야" 하고 모토키를 소개하기 시작했다.

"야~! 차안경!"

복도에서 모토키를 부르는 소리가 들렸다.

"너 뭐야. 갑자기 4층으로 뛰어 올라가서 놀랐잖아."

3학년 2반 교실로 들어온 도바야시는 레오나를 보고 "안녕하세요" 하고 가볍게 인사하더니 모토키의 팔을 붙잡았다.

"휴대폰. 내 휴대폰 돌려줘."

이어서 "곧 선생님이 오실걸?" 하고 모토키를 교실 밖으로 끌고 나가려고 했다.

그때 레오나가 손가락으로 그를 가리켰다.

"너 콩쿠르에서 본 적 있어. '음흉한 트럼펫'이지?!"

레오나가 큰 소리로 그렇게 말하자, 근처에 있던 3학년생들이 일제히 이쪽을 돌아봤다. 도바야시는 아까 모토키한테 그랬듯이 "그게 뭐야?!"라고 하진 않았다.

그 대신 맥 빠진 목소리를 겨우 쥐어짜내 항의했다.

"……아, 제발. 그러지 마세요."

취주악부 연습실은 일반 교실 건물과 연결통로로 이어져 있는 특별관의 4층 안쪽에 있었다. 오래된 건물 특유의 먼지 냄새와, 차 찌꺼기 같은 칙칙함이 겹겹이 쌓여 있는 저 안쪽의 제1음악실.

"당연한 거지만 TV에서 본 것과 똑같네."

"도바야시, 너도 봤어? 〈열정의 연주! 취주악부 이야기〉."

"응. 이 동네에 있는 고등학교가 그렇게 요란하게 방송을 탔는데, 안 볼 수가 있겠냐?"

전국 네트워크 방송국이 다큐멘터리 프로그램을 통해 취주악부를 대대적으로 다룬 것은 모토키가 초등학교 3학년 때 일이었다. 그걸 계기로 취주악이란 장르 자체가 붐을 일으켰고, 전국대회 콩쿠르 티켓 쟁탈전이 벌어지게 되었다.

방송국은 전국의 온갖 취주악부를 밀착 취재했다. 전국대회 콩쿠르에 출전하는 강호부터, 부원 모으느라 바쁜 약소한 취주악부까지. 그리고 이 센겐가쿠인 고교 취주악부도 취재 대상이었다.

그 당시 센가쿠는 남학교였다. 취주악부는 대개 여학생이 압도적으로 많은데, 이 와중에 센가쿠는 '남자들만 있는 취주악부가 전국대회 콩쿠르 첫 출전을 목표로 한다'는 식으로 안방 시청자들에게 소개되었다. 그리고 그 해에 정말로 전국 대회 콩쿠르에 출전했다.

모토키는 그 과정을 시청자로서 지켜봤다. 만년 현 대회밖에 못 나가던 센가쿠가 니시칸토 대회에 진출했다. 강호들이 우글우글한 그 무대에서 전국대회로 가는 티켓을 거머쥐었다. 그것은 너무나도 극적이고 강렬한 사건이었다. 음악과는 거리가 먼 소년을 취주악에 입문시켜버릴 정도로.

전국의 시청자들도 마찬가지였다. 센가쿠 취주악부는 눈 깜짝할 사이에 엄청난 인기를 얻었다. 아무 관계도 없는 지역에 사는 사람들이 콩쿠르에서 센가쿠를 응원했다. 정기 연주회에도 찾아왔다.

"센가쿠가 그때 그대로였다면 취주악을 계속했을까……?"

나무로 된 쌍여닫이문 앞에서 모토키는 그렇게 중얼거렸다. '제1음악실'이라는 명패를 보면서 도바야시가 질문을 던졌다.

"챠엔. 너 정말로 취주악부에 안 들어갈 거야? 너 잘하잖아……."

"내 열정은 중학교에서 다 태웠어."

취주악부에 들어가고 싶은 마음은 이제 모토키의 가슴속에는 없었다. 중학교 시절 3년 동안, 음악에 쏟아부을 에너지를 전부 써버린 것이다. 평생의 에너지를 다 썼다.

단, 센가쿠가 과거에 동경했던 그 모습 그대로였다면 나도 취주악을 계속했을지도 모른다. 그러나 센가쿠에 왔기 때문에 '그 시절'과 '현재'의 낙차를 실감할 수밖에 없었다.

"내 목적은 딱 하나야. 레오나한테 그 동영상을 삭제해 달라고 하는 거."

결국 레오나는 인터넷에 올린 동영상을 지워주지 않았다. "지워주면 좋겠니? 그럼 방과 후 음악실로 와"라고 생긋 웃으며 말하더니 모토키와 도바야시를 교실 밖으로 쫓아냈다.

"넌 음악실에 가자마자 망할 것 같은데? 무조건 가입 신청서에 이름을 적게 될걸⋯⋯?"

도바야시는 쓴웃음을 지으며 제1음악실 문을 열었다. 낡은 나무 문이 삐걱삐걱 갈리는 소리를 냈다.

레오나의 속셈은 이미 알고 있었다. 레오나는 별별 수단을 다 써서 모토키를 취주악부에 가입시키려고 할 것이다. 예전에 비하면 완전히 달라져버린 센가쿠 취주악부의 부장으로서 레오나도 필사적인 것이다. 그건 알고 있었다. 모토키가 제일 잘 알고 있었다.

"와! 신입생 왔다!"

모토키와 도바야시가 음악실에 들어간 순간, 그런 환성이 날아왔다. "둘이나 왔어!" "남자다!" "대박!" 하고 높고 날카로운 소리가 났다.

파이프 의자와 악기가 어지러이 널려 있는 음악실에서 레오나의 모습은 금방 눈에 띄었다. 오보에 파트인 레오나는 지휘대 근처에서 이쪽을 보고 있었다. 그 입술이 히죽 하고 반달처럼 위로 휘어졌다.

그런데 모토키는 한순간 여기 온 목적을 잊어버렸다.

그가 아홉 살 때 봤던 음악실이 그곳에 있었으므로. 탁한 크림색 벽도, 누수의 흔적이 있는 천장도 그대로였다.

옆에서는 도바야시가 유리구슬 같은 눈알을 바쁘게 굴리고 있었다. 이 장소를 구석구석 다 보고 싶다. 기억하고 싶다. 그런 필사적인 느낌이 전해져왔다. 아아, 도바야시도 똑같구나. 이 녀석도 지금 나와 마찬가지로 '센가쿠 취주악부'라는 장소에, 분위기에, 과거의 강렬한 동경에 흠뻑 취해 있구나.

그래서 우리는 미처 눈치채지 못했다.

"이봐, 너희 두 사람."

등 뒤에 누군가가 서 있다는 사실을.

"들어갈 거면 들어가고, 아니면 비켜주지 않을래?"

나보다 훨씬 차분한 목소리가 들려왔다. 그제야 음악실 입구에 우두커니 서 있었다는 것을 깨닫고 허둥지둥 뒤를 돌아봤다. 죄송합니다 하고 말하려다가, 이번에는 진짜로 숨이 멎을 정도로 놀랐다.

"……유."

간신히 소리를 냈다.

"유령……."

아침에 교회에서 본 유령이 거기 있었다.

예전에 다큐멘터리 프로그램에서 활약했던 고교생. 강하고, 멋있고, 강렬하고, 또 격렬했던 센겐가쿠인 고등학교 취주악부의 부장. 그 사람이 지금 눈앞에 있었다.

"유령 아닌데. 여기 졸업생이야."

그는 허리에 손을 얹고 모토키를 내려다봤다. 평균보다 좀 작은 모토키를 저 높은 곳에서 보았다. 스테인드글라스를 통해 들어오는 빛처럼 그 눈동자는 푸르스름해 보였다.

"오늘 아침 교회에서 만났지? 너. 신입생이었구나."

그는 모토키의 오른쪽 가슴에 달린 '축 입학'이라고 적힌 리본과 꽃을 보고 말했다. 길쭉한 손가락이 풍성한 빨간 꽃을 콕 찔렀다.

그는 모토키에게서 시선을 떼고 음악실을 둘러봤다.

"오늘부터 이 취주악부의 코치가 된 후와 에이타로다."

마치 지휘봉이라도 휘두르는 것 같았다.

"너희들을 취주악 콩쿠르 전국대회에 출전시키기 위해 센가쿠에 돌아왔어."

그러니까 잘 부탁해. 그가 그렇게 말을 끝맺기도 전에, 음악실에서 이번에는 비명이 터져 나왔다. 당연하지. 이 상황에서 냉정함을 유지한다는 게 말이나 돼?

쇠퇴해버린 센가쿠 취주악부에 황금세대의 부장님이 돌아온 것이다.

레오나가 자리에서 일어나는 것이 언뜻 보였다. 자기 오보에를 꽉 쥐고, 입을 한일자로 꾹 다물고, 가만히 모토키와 후와 에이타로를 응시하고 있었다.

"가입 희망자야?"

후와 에이타로는 주위의 소란에도 아랑곳하지 않고 입가에 희미한 미소를 띤 채 모토키에게 물어봤다.

"네."

온몸으로 전율하면서 모토키는 고개를 끄덕였다.

◆

"어휴, 그이도 참 너무하다니까. 하다못해 학교에서 출발할 때 연락이라도 해줬으면 좋았잖아. 에이타로, 너를 데려오는 줄 알았으면 좀 더 젊은 사람들 입맛에 맞는 음식을 해놨을 텐데."

아이코 아주머니가 그런 말씀을 하시면서 냄비에 든 고기감자조림을 그릇에 옮겨 담았다. 에이타로는 그것을 받아 거실로 가져갔다. 미요시 선생님은 좌의자에 앉아서 TV를 보고 있었다.

"미요시 선생님. 아이코 아주머님께서 화나셨어요."

밥상에 고기감자조림을 올려놓자, 센가쿠 취주악부 지도 교사인 미요시 선생님은 "아, 괜찮아, 괜찮아" 하고 웃었다. 예전에는 통통하셨는데 지금은 살이 쑥 빠져서 홀쭉해지셨다.

"오랜만에 네가 여기 와서 집사람도 기분이 좋을 테니까. 플러스마이너스 제로야."

아이코 아주머니가 밥과 된장국을 얹은 쟁반을 들고 거실로 들어왔다. "뭐예요. 당신이 그런 말 할 처지예요?" 하고 톡 쏘아붙였다.

"에이타로, 괜히 사양하지 말고 많이 먹고 가. 알았지?"

아이코 아주머니의 말씀을 듣고 에이타로는 잘 먹겠습니다 하고 손을 모아 인사했다.

"첫날부터 고생하게 해서 미안하다. 너한테 거의 다 맡겨 버려서."

미요시 선생님이 감자를 후후 불면서 말했다. 에이타로는 투명한 갈색 양파와 실곤약을 한꺼번에 먹어치우면서 맞장구쳤다.

"맞아요, 저 진짜 고생했어요. 아무리 기다려도 음악실에 안 오셔서."

"하하, 미안. 교무실에서 이것저것 하느라 바빴어."

에이타로는 오늘부로 취주악부 코치가 되었다. 선생님도 아니고, 정식 지도 교사도 아니고, 오직 부활동만 지도하는 외부 지도자. 첫날인 오늘은 미요시 선생님이 에이타로를 부원들에게 소개할 예정이었다. 그런데 그 선생님이 아무리 기다려도 오지를 않아서 결국 에이타로가 하나부터 열까지 스스로 설명해야 했다.

"그래도 후와 에이타로가 왔으니까. 그 녀석들도 기뻐했을 테지?"

"오히려 너무 놀라서 얼이 빠진 것 같던데요."

2, 3학년생은 적어도 오늘부터 외부 지도자가 온다는 소식은 들어서 알고 있었나 본데, 아무것도 모르는 1학년생은 진짜로 많이 놀랐다.

특히 그 친구——챠엔 모토키라는 남학생은 당장이라도 거품 물고 쓰러질 것 같은 표정이었다. 그 얼굴을 보고 직감적으로 눈치챘다. 이 친구는 TV 속의 후와 에이타로를 잘 알고 있구나. 아마도 동경하고 있을 테고. 그렇다면 골치 아프게 됐네……라고 생각했다. 앞으로 고생하겠다는 생각도 들었다.

"에이타로. 잘 부탁한다."

묵묵히 고기감자조림과 밥을 교대로 입에 집어넣고 있는 에이타로에게 미요시 선생님이 그런 말을 툭 던졌다.

"솔직히 말해서, 내 능력으로는 무리야."

"선생님답지 않은 말씀을 하시네요."

"몸이 따라주질 않아. 그 녀석들을 전국 대회로 데려가는 것은 내 힘으로는 안 돼."

취주악 콩쿠르 전국대회는 취주악부의 고시엔(*일본 고교 야구 전국 대회. 야구부의 꿈)이다. 예전에는 도쿄의 후몬칸에서 개최됐는데, 최근 몇 년 동안은 나고야 국제회의장의 센추리홀이 그 무대가 되어왔다.

거기까지 가는 길은 멀고도 험하다.

사이타마현에 있는 센가쿠의 경우에는, 보통 7월 하순부터 8월 상순에 걸쳐 개최되는 지구 대회부터 시작해서 현 대회, 니시칸토 대회를 돌파해야 한다. 각 대회에서 금상을 수상하고 상위 대회로 가는 추천 단체로 선발된 결과, 마침내 취주악 콩쿠르 전국대회가 개최되는 것은 10월. 이 기나긴 싸움에서 쉰 명이 넘는 고교생들을 상대로 과제곡과 자유곡의 퀄리티를 금상 수준으로 끌어올리는 것은 몹시 어려운 일이다.

게다가 사이타마현은 강호들이 우글거리는 취주악 강국

이다. 병에 걸린 미요시 선생님이 "더 이상은 안 되겠다"라고 말하는 것도 이해는 갔다.

"너희들이 졸업한 후로 벌써 6년이나 지났어. 전국대회에 가기는커녕 사이타마현 대회조차 돌파하지 못했고, 최근 3년 동안에는 금상도 못 탔어. 취주악부의 정신은 점점 해이해졌고, 심지어 지도 교사는 심근경색에 걸렸어."

선생님이 심근경색에 걸린 것은 1년 전이었다. 다행히 목숨은 건졌고 직장에도 복귀했다. 그러나 이전처럼 근무하기는 어려웠고, 지난 1년 동안 컨디션이 나빠질 때마다 입원과 퇴원을 반복해야 했다.

에이타로가 코치 제안을 받은 것은 선생님이 작년 가을에 검사 받느라 입원했을 때였다.

"그래서 대학교 졸업한 지 2년밖에 안 된 저를 부르신 거예요?"

고교 시절 3년 동안 부모님보다도 더 긴 시간을 함께 보내온 은사님이 나에게 취주악부를 맡겨주시다니. 그건 자랑스러운 일이었다. 하지만 그 감정과는 별개로, 은사님이 나를 과대평가하시는 게 아닐까 하는 걱정도 없진 않았다.

"황금세대가 취주악부를 이끌어서 다시 한번 영광스럽게도 전국대회에 진출한다. 그 정도면 충분히 학교 측에 희망을 심어줄 수 있을 거야."

"그 황금세대의 힘으로도 전국대회에 진출하지 못하면요?"

"글쎄, 어떻게 될까……. 부원이 있는 한 동아리가 없어지지는 않을 테지만, 다른 교원이 지도 교사가 돼서 동아리의 형태가 달라질지도 모르지. 지금의 센가쿠는 진학 실적을 올리는 데 혈안이 되어 있거든."

그것은 철저히 대학 입시를 우선시하면서 이에 방해되지 않을 정도로만 활동하는 동아리인 걸까. 콩쿠르에도 안 나가고, 연습 시간도 짧게 줄이고, 혹독하게 연습하지도 않고. 그런 것은 역시 졸업생으로서는 간과할 수 없었다. 사실 취주악부의 현재 상황은 차마 눈 뜨고 보지 못할 정도였다.

"일단 할 수 있는 데까지는 해볼게요. 하지만 그만큼 좋은 결과가 나올지는 학생들한테 달려 있는 거죠."

다행히 지금 저는 할 일도 없고요. 웃으면서 그렇게 한마디 덧붙이자, 내내 침묵을 지키던 아이코 아주머니가 쓴웃음을 지었다.

"웃을 일이 아니야. 코치인지 외부 지도자인지 뭔지, 이름은 그럴싸해 보일지 몰라도 월급은 쥐꼬리만 하잖니. 에이타로. 넌 지금 반 백수나 마찬가지인 거야."

현관문을 열자 새까만 거실이 보였다. 에이타로가 사용하는 서양식 방도 당연히 어두웠는데, 그 옆에 있는 일본식 방의 문에서는 은은한 빛이 새어나오고 있었다.

떠날 때 아주머니가 챙겨주신 고기감자조림 봉지를 든 채 에이타로는 일본식 방문에 노크를 했다. 대답이 없었지만 "들어간다" 하고 미닫이문을 드르륵 열었다.

불이 환하게 켜진 3평짜리 전통적인 방에서 도쿠무라 나오키는 노트북과 눈싸움을 하고 있었다. 커다란 헤드폰을 쓰고 음악인지 뭔지를 들으면서 정신없이 키보드를 두드리는 중이었다. 이러니까 노크를 해도 눈치를 못 채지. 그래도 에이타로가 들어온 것은 알았나 보다. 그는 헤드폰을 벗고 "어, 왔어?" 하고 고개를 들었다.

"나 나가고 나서 계속 이러고 있었어? 벌써 아홉 시가 다 됐는데."

근무 첫날이고 이것저것 준비하고 싶은 것도 있어서 에이타로는 아침 여덟 시가 되기도 전에 집을 나왔다. 그때 도쿠무라는 이미 일하고 있었으니까, 열두 시간도 넘게 컴퓨터 앞에 붙어 있었던 셈이다.

"와, 진짜……? 어쩐지 배고프더라."

눈가, 미간, 관자놀이, 목덜미를 차근차근 손가락으로 주무르더니, 도쿠무라는 천연 곱슬머리를 손으로 빗었다.

"미요시 선생님 댁에서 고기감자조림 받아왔는데. 먹을

래?"

"먹을래!"

내민 봉지에 도쿠무라가 냉큼 달려들자 에이타로는 웃음을 터뜨렸다. 그리고 부엌에 가서 고기감자조림 1인분을 따로 덜어 전자레인지에 집어넣었다. 밥솥에는 출근 전에 취사를 시작한 밥이 완성되어 보온 상태로 들어 있었다.

"에이타로. 넌 밥 먹었어?"

"미요시 선생님 댁에서 배 터지게 먹었지."

데운 고기감자조림과 밥. 냉장고 속에 있던 매실장아찌와 절임 반찬을 꺼내서 상을 차려줬더니, 도쿠무라는 감동한 얼굴로 고기감자조림을 향해 젓가락을 가져갔다.

"선생님은 건강하셔?"

에이타로가 취주악부 부장이었던 시절에 그는 차장이었다.

"옛날에 비해 반쪽이 되었지만 그래도 건강하시긴 해. 그런데 '난 더 이상은 안 되겠어'라고 하시더라. 취주악부를 전국대회로 데려갈 수가 없다고."

"사람이 병에 걸리면 그렇게까지 마음이 약해지는구나."

에이타로는 도쿠무라의 맞은편에 앉아서 테이블에 팔꿈치를 대고 턱을 괴었다.

"현재 취주악부의 상태를 보면 선생님이 그렇게 생각하시는 것도 이해가 가."

"그 정도로 엉망이야?"

"엉망인 건 아닌데. 뭔가 느슨한 분위기야. 1학년이 아직 안 들어오긴 했어도, 쉰 명이나 되는 부원들이 한곳에 모여 있는데도 날카로움이 전혀 느껴지지 않는다고나 할까."

좋게 말하면 평화롭고 화기애애한 분위기였다. 나쁘게 말하면 긴장감이나 위압감이 없는 거고. 에이타로가 취주악부의 상태를 본 것은 오늘이 처음이었다. 입학식에서 입장곡과 교가를 연주했다는 이유로 방과 후 연습 시간은 짧았다. 오늘뿐만이 아니라 전체적인 연습 시간이 에이타로가 있던 시절에 비해 짧아졌다. 아침에도 합동 연습 없이 개개인이 알아서 연습한다고 한다.

"애초에 센가쿠에 여자가 있다는 것이, 정말이지……."

그런 속마음이 입에서 흘러나왔다. 도쿠무라도 젓가락질을 멈추고 격하게 동의했다.

"응, 위험하지. 학교에 여자가 있으면."

우리가 고등학생이었을 때에는 센가쿠는 남학교였다. 경영난 때문에 공학으로 바꾼 것이 3년 전. 그보다 조금 전부터 센가쿠는 대학 진학률을 높이기 위해 노력하기 시작했다.

그 시절——방송국 촬영 스태프들이 우리를 밀착 취재하던 시절에 에이타로는 부장으로서 카메라 앞에서 온갖 말을 가리지 않고 했었다. 격려도 질책도, 순 남자들만 있는 곳에서 했다. 그런데 그중에 만약 여학생이 있었다면 나는 그래도 똑같이 행동했을까? 아니, 애초에 내가 부장이긴 했을까?

도쿠무라는 저녁밥을 다 먹은 뒤 "아직 원고가 세 개 더 남아 있어……"라면서 자기 방에 틀어박혔다. 에이타로도 씻고 나와서 자기 방으로 돌아갔다.

에이타로가 계약직으로 근무하던 학원을 그만둔 것이 작년 연말이었다. 대학교 졸업 후 광고기획사에 입사한 도쿠무라가 "이런 미친 회사에 있다간 죽을 거야!" 하고 퇴사해서 프리랜서 작가로 전향한 것이 올해 1월. 마침 월세 계약 갱신 시기도 다가오고 있었으므로 둘이서 같이 살기로 했다. 덕분에 월세를 3만 엔으로 줄일 수 있어서 다행이었다.

'반 백수나 마찬가지'라는 아이코 아주머니의 말이 떠올랐다. 에이타로는 어깨를 축 늘어뜨렸다. 프리랜서 작가인 도쿠무라는 직장인 시절의 인맥을 활용해 일거리를 마구 긁어모으고 있어서 그럭저럭 수입이 괜찮을 테지만, 에이타로는 현재 취주악부 코치 월급 말고는 별다른 수입이 없었다.

"돈이 목적은 아니지만, 그래도 역시 힘든가……."

에이타로는 조그맣게 중얼거리고 회전의자에 앉았다. 3평짜리 서양식 방 안에는 침대와 책상과 책장밖에 없었다. 책상 위에는 올해 취주악 콩쿠르 과제곡 악보가 산처럼 쌓여 있었다. 그런데 이걸 고르려면 먼저 취주악부의 분위기부터 좀 더 파악해야 할 것 같았다.

돈 벌고 싶어서 코치 제안을 받아들인 것이 아니었다. 은사님의 부탁을 거절하고 싶진 않았고, 졸업생으로서 취주악부를 위기에서 구해주고 싶기도 했다. 그러나 가장 큰 목적은 뭔가를 찾는 것이었다.

과거에 센가쿠 취주악부에서 취주악 콩쿠르 전국대회 출전에 목숨을 걸었던 내가 지금은 무엇을 할 수 있는가. 무엇을 하고 싶은가. 그 시간이 자신에게 무엇을 주었는가.

대체 얼마나 악보를 들여다보고 있었을까. 문득 고개를 들어보니 날짜가 바뀌어 있었다. 젖은 머리카락도 완전히 보송보송해졌다.

코치는 방과 후에만 근무한다. 아침 일찍 일어나 출근할 필요도 없다. 그래, 내친김에 참고용 과제곡 연주를 듣고 좀 더 생각해볼까. 그런 생각을 하면서 노트북을 켰는데.

메일이 한 통 와 있었다.

"……꿈인가?"

그녀에게서 메일이 오면 무심코 "꿈인가?"라고 말하게 된 것은 대학교를 졸업하고 나서부터였다. 같은 장소를 걷고 있다고 생각했던 상대가 아주 먼 곳으로 너무나 쉽게 떠나버리고 나서부터.

에이타로는 이마를 짚고 메일을 열어봤다. 제목은 『오랜만이야』. 1년 넘게 만나지 못했는데 메일 본문은 짧았다.

『드디어 취주악부 지도 교사가 됐다면서?! 나 약속대로 만들어왔어. 꽤 괜찮게 완성돼서, 아는 밴드한테 연주해 달라고 했어. 올해 자유곡으로 사용해.』

그리고 파일이 두 개 첨부되어 있었다. 내용만 봐도 그게 무슨 파일인지는 알 것 같았지만, 에이타로는 서둘러 파일을 열어봤다.

화면에 악보가 표시됐다. 그와 동시에 음성 파일이 재생됐다. 컴퓨터 스피커에서 흘러나온 것은 철금과 차임의 맑은 소리였다. 저음 악기 소리가 울려 퍼진다. 깊디깊게, 듣는 이의 몸을 후벼 파듯이.

크게 숨을 쉰 순간, 눈앞에서 빛이 팡 터졌다. 트럼펫과 색소폰, 플루트와 클라리넷의 음색이 겹쳐지면서 날카로운 심벌즈 소리와 함께 위로 올라갔다. 소리가 바람이 되어 방 안에 휘몰아쳤다. 그는 하마터면 의자에서 굴러 떨어질 뻔했다. 등받이에 달라붙은 채 악보를 노려봤다. 곡의 진행에 맞춰 음표를 눈으로 좇았다. 복잡하게 이것저것 생각하지 말고 그냥 순수하게 고분고분 이 곡에 몸을 맡겨라. 음악의 신이 귓가에서 그렇게 속삭였다.

몇 번째인지 모를 음표의 눈부신 빛에 압도당할 지경이 되었다. 에이타로는 노트북을 덮었다. 소리가 그치고 방 안이 조용해졌다.

"아, 이거 한 방 먹었네."

양손으로 거칠게 머리를 쥐어뜯으면서 한숨을 쉬었다. 실은 발을 쾅쾅 구르고 싶었다.

"젠장…… 카에데, 너 뭐냐."

바다와 하늘을 건너 저 머나먼 이국땅에서 이토록 강렬한 폭탄을 던질 줄이야. 올해 자유곡? 웃기시네. 나는 지도 교사가 된 게 아니야. 외부 지도자라는 이름만 그럴싸한 반 백수에 불과하다고. 대체 누가 이 이야기를 카에데한테 해준 거야? 아마 중학교 동창생 중 하나일 텐데. 왜 쓸데없는 짓을 한 거지?

아아, 하지만——.

"멋진 곡이다."

인정하긴 싫지만 이건 정말 훌륭한 곡이었다. 에이타로 본인이 직접 연주하고 싶어서 손이 근질근질했다. 전국대회 무대에서 이 곡을 피로하면 틀림없이 엄청난 일이 일어날 것이다.

에이타로는 고개를 들고 다시 노트북을 펼쳤다. 일시정지된 음성 파일을 옆에 놔두고 메일 답장을 썼다. 길게 쓰는 것도 자존심 상해서 짧고 간결하게.

『장롱 모서리에 발가락이나 찧어라!』

베를린에 있는 그 녀석의 집에 과연 장롱이 있을지 의문이지만. 아무튼 이게 최대급 찬사라는 것을 눈치채지 못할 정도로 우리 관계가 얄팍한 것은 아니었다.

에이타로는 메일 전송을 완료했다는 글자를 노려보면서, 상대가 보내준 곡의 이름을 새삼스레 확인해봤다.

"……'광시곡 〈바람을 바라보는 자〉'."

2 || 격류의 끝으로 ||

"이제는 일찍 일어나지 않아도 될 줄 알았는데……."

토스트를 먹으려고 입을 크게 벌렸을 때 그런 말을 듣는 바람에 모토키는 그대로 굳어버렸다. 부엌에 서서 자기 도시락을 싸고 있는 어머니의 뒷모습을 바라봤다.

"새벽 다섯 시에 일어나는 생활도 이제는 끝이구나 하고 기대했는데."

"죄, 죄송해요……."

중학교 3년 동안 어머니는 매일 새벽 다섯 시에 일어나서, 아침 연습을 하려고 여섯 시 반에는 집을 나가는 모토키를 위해 아침상을 차려주셨다. 주말에도 아침부터 저녁까지 연습하니까 도시락을 준비해야 했다. 중학교 3년 동안 추석과 연말연시의 며칠을 제외하고는 거의 날마다 그런 패턴이 유지되었다.

"네가 분명히 그랬었잖아. 고등학교 가면 공부에 집중할 거니까 취주악은 그만둔다고."

"나 역시 취주악부에 들어가고 싶어!"라고 부모님께 사정해서 가입 신청서에 도장을 받은 지 벌써 한 달이 넘게 지나서 이제는 5월 초 연휴도 끝났는데. 도대체 이 이야기를 몇 번째 듣는 걸까.

아니, 그게. 취주악 콩쿠르 전국대회에서 금상을 수상한 시대의 부장님인 후와 에이타로가 코치로 왔으니까. 이러면 취주악부에 들어갈 수밖에 없잖아.

"중학교 때와 다르다는 것은 나도 알아. 공부도 열심히 할 거니까……."

"당연하지. 고교 입시와는 달리 대학 입시에는 인생이 달려 있으니까. 중학교 때처럼 부활동을 했다가는 틀림없이 후회할 거야. 어휴, 레오나 엄마도 고생하는 것 같던데."

모토키는 토스트를 입속에 욱여넣고 고개를 끄덕였다. 어머니는 실은 그가 취주악부에 들어가지 않기를 바랐던 것이다. 자녀 교육에 집착하는 잔소리꾼 엄마가 되고 싶지 않아서 허락해주기는 했지만. 최근 들어 날마다 예민한 모습을 보여주는 것은 아마 그런 이유 때문일 것이다.

그때 계단을 내려오는 발소리가 났다. 하얀 블라우스와 남색 바지를 입은 리오 누나가 나타났다. 화장실로 뛰어 들어가나 싶더니 순식간에 화장을 하고 돌아왔다.

"리오, 토스트 몇 개 먹을래? 하나면 돼?"

"됐어, 안 먹어."

어머니의 말에 통명스럽게 대답하고 그대로 식당 겸 거실을 통과해 현관으로 갔다.

"누나, 벌써 회사 가?"

"빨리 가서 일하려고."

리오는 뒤도 안 돌아보고 현관 쪽으로 사라졌다. 모토키도 토스트 가장자리까지 입속에 쑤셔 넣고 자리에서 일어났다.

"모토키, 이거 리오 입에다 집어넣어."

어머니가 말랑말랑한 식빵에 잼을 듬뿍 바르고 반으로 접어 모토키에게 건네줬다. 모토키는 "알았어!" 하고 그걸 받은 뒤, 도시락을 백팩에 집어넣고 집에서 뛰쳐나왔다.

"누나!"

하이힐을 신은 리오는 금방 따라잡을 수 있었다. 식빵을 내밀자, 리오는 아주 약간 귀찮다는 표정을 지으면서도 그걸 받아줬다.

"원래 시업 시간은 아홉 시 반 아니야?"

일곱 살 차이가 나는 리오 누나는 올봄에 대학교를 졸업하고 도쿄의 대형 광고회사에 취직했다. 일을 시작한 지 아직 한 달 정도밖에 안 됐는데, 아침에 집을 나서는 시간은 점점 빨라지고 밤에 귀가하는 시간은 점점 늦어졌다. 지금은 새벽 여섯 시 반. 회사까지는 한 시간이면 도착할 텐데 벌써 출근하고 있었다. 막차를 타고 집에 온 적도 있었고, 연휴 기간에도 며칠은 출근했다.

아버지도 어머니도 "신입일 때에는 어쩔 수 없지"라고 하면서도 내심 걱정하고 있었다.

"그래도 아침밥은 먹고 다니면 좋을 텐데."

모토키가 그렇게 말하자, 리오는 식빵을 씹으면서 그를 쏘아봤다.

"고등학생인 네가 뭘 알아."

역까지 별다른 대화도 없이 걸어가서 같은 전철을 탔다. 리오보다 먼저 내려서 역 밖으로 나왔더니, 뒤에서 경쾌한 발소리가 다가왔다. 그 사람은 "안녕?!" 하고 모토키의 등을 찰싹 때렸다.

"우리 같은 차 탔지, 응?"

레오나는 짙은 남색 플리츠스커트와 양 갈래 머리를 흔들면서 모토키 옆에 나란히 섰다.

"뭐야. 봤으면 말을 걸지."

"네가 리오 언니랑 이야기하고 있었잖아. 게다가 리오 언니 기분이 안 좋아 보였고."

레오나의 집과 모토키의 집은 산울타리를 사이에 두고 딱 붙어 있었다. 그래서 등교 루트가 완전히 똑같았다.

"일하느라 바쁜가 봐."

"리오 언니, 살 빠진 것 같아. 새해에 만났을 때에는 지금보다 건강해 보였는데."

"새로운 환경에 적응하면 좀 편해지지 않을까?"

"오, 신입부원이 건방진 소리를 하네?"

깔깔 웃는 레오나. 리오와는 반대로 기분이 좋아 보였다. 취주악부에 신입부원이 많이 들어오고, 또 후와 에이타로가 코치로 온 지 한 달이 지난 현재. 취주악부는 기세가 오른 상태였다.

"있잖아, 모토키."

레오나가 입가에 미소를 머금고 모토키를 쳐다봤다.

"올해는 꼭 갈 수 있을 거야. 전국대회."

"아직 연주할 곡도 정해지지 않았잖아."

목소리만 들어도 레오나가 얼마나 신났는지 잘 알 수 있었다.

"왜 굉장하지 않아? 전국대회 무대에 서봤던 사람이 코치로 와줬잖아? 부모님의 반대를 무릅쓰고 부장이 된 보람이 있어. 안 그래?"

애정을 담아 '부장'이란 단어를 입에 담는 레오나. 그 발걸음은 가벼웠다.

정문을 지나 곧장 제1음악실로 갔더니, 도바야시가 이미 창가에서 연습을 하고 있었다. 음 하나를 메트로놈에 맞춰 정성껏 길게 늘이고, 한 음 올리고, 또 한 음 올리고. 그렇게 단조로운 기초 연습을 꾸준히 반복하고 있었다.

자율적인 아침 연습을 하러 온 부원은 열 명 남짓이었다. 취주악부는 총 예순네 명이니까, 아침 연습에 참가한 사람은 약 20퍼센트. 이 와중에 악기 소리보다도 떠드는 소리를 더 많이 내는 선배님도 있었다.

칠판 옆에 붙어 있는 모조지에는 『하나의 음에 영혼을 담아서! 가자! 취주악 콩쿠르 전국대회』라는 취주악부의 목표가 적혀 있었다.

"우리 아침 연습 말인데. 진짜 해도 해도 너무하지 않아?"

도시락을 꺼내놓는 모토키 앞에서 도바야시가 자리에 앉아 편의점의 크로켓 샌드위치를 먹으면서 똑같은 말만 계속하고 있었다.

"에이타로 선생님도 예전처럼 화끈하게! 엄하게! 하시면 될 텐데. 사실 난 그런 것을 기대했다고."

후와 선생님이 아니라 에이타로 선생님이라는 호칭을 널리 퍼뜨린 사람은 미요시 선생님이었다.

"이제 막 코치가 됐는데, 다짜고짜 그럴 수도 없지 않아……?"

자신의 말소리가 점점 작아지는 것은 실제로는 도바야시와 같은 생각을 하고 있기 때문일 것이다. 에이타로가 코치로 취임해서 대체 어떤 식으로 지도해줄까? 하고 내심 두려워하면서도 즐겁게 기대했었다. 그러나 5월이 되었는데도 에이타로는 "하던 대로 계속 연습해"라는 지시만 내릴 뿐이었다. 합주할 때에도 올해 콩쿠르 과제곡만 반복해서 시키고. 너무나 평범했다.

모토키가 도시락 통을 깨끗이 비우고 도바야시가 편의점에서 사온 빵을 다 먹었을 때, 반 친구 중 하나가 뛰어와서 모토키와 도바야시를 불렀다.

"야, 어떤 선생님이 너희들 데려오래."

두 사람은 교실 입구를 확인해보기도 전에 벌떡 일어나 교실 밖으로 뛰쳐나갔다.

에이타로가 두 사람을 불러내서 데려간 곳은 평소 연습 장소인 제1음악실이 아니라 그 옆에 있는 음악 준비실이었다.

"점심시간을 방해해서 미안해."

음악 준비실은 사실상 취주악부 지도 교사가 쓰는 방이었다. 그다지 넓지 않은 방 안에는 긴 책상이 놓여 있었고, 책장에서는 악보가 쏟아질 것 같았다.

에이타로는 방구석에 있는 냉장고에서 페트병에 든 보리차를 꺼냈다. 유리컵에 보리차를 따라서 두 학생 앞에 놔 줬다.

"너희들에게 물어보고 싶은 것이 있어."

에이타로는 자기 몫의 보리차를 손에 들고 창문에 기대어 서서 이쪽을 힐끗 봤다. 모토키와 도바야시는 보리차에는 손 대지 않고 똑바로 앉았다. 그걸 본 에이타로가 피식 웃었다.

"내가 그렇게 무서워?"

모토키는 허둥지둥 고개를 옆으로 흔들었다.

"아뇨, 무서운 건 아닌데요. 에이타로 선생님은 TV에서 본 적이 있고, 또 전국대회에 출전했던 선배님이 코치로 와 주셨으니까요. 그래서 다들 긴장한 것 같아요."

"……그런 것 같더라."

에이타로는 보리차를 한 모금 마시고 씁쓸한 표정을 지었다. 근처에 있는 책상에서 서류인지 뭔지를 집어 들어 내려다보더니, 도바야시를 바라봤다.

"도바야시 케이타. 하루베2중에서 활동하면서 전국대회 콩쿠르에 3년 연속 출장. 중3 때에는 부장도 됐었지."

돌연 이름이 불린 도바야시는 "네" 하고 고개를 끄덕였다. 에이타로는 서류를 들추더니 이번에는 모토키를 봤다.

"챠엔 모토키. 오사코1중에서 활동. 작년에는 니시칸토 대회에 출장."

"망한 금상이라 전국대회에는 못 갔지만요……."

취주악 콩쿠르의 경우에는 행정구역이나 지부에 따라 다소 차이는 나지만, 어디든 지구 대회, 현 대회, 지부 대회와 같은 여러 예선이 존재한다. 상위 대회에 진출하려면 각 대회에서 추천 단체로 선출되어야 한다. 금상을 수상해도 추천 단체가 되지 못하는 경우도 있다. 그것이 소위 '망한 금상'이다.

작년 9월. 니시칸토 대회에서 도바야시가 속한 하루베2중은 금상을 수상하고 전국대회 추천 단체로 선출됐다. 모토키네 취주악부는 '망한 금상'이라서 금상은 받았어도 전국대회에는 가지 못했다.

뚝, 하고. 내 마음속에서 뭔가가 꺾여버린 순간이었다.

"그래서 〈꿈은 깨어지고〉였던 거야?"

에이타로가 그 곡명을 입에 올리자 모토키는 놀라서 벌떡 일어났다. 파이프 의자가 끼익 소리를 냈다.

"그걸 어떻게 아세요?!"

"인터넷에서 오사코1중 정기 연주회 동영상을 봤더니, 관련 동영상으로 그게 뜨던데."

에이타로는 친절하게도 자기 휴대폰을 꺼내더니 레오나가 업로드한 동영상을 보여줬다. "아뇨, 됐어요! 재생하지 않으셔도 돼요!" 하고 모토키는 양손을 마구 휘저었다. 그리고 의자에 털썩 앉았다.

"뭐야, 레오나. 지운다고 했으면서……."

"한번 인터넷에 올라간 것은 전부 다 지우긴 어려우니까. 앞으로 조심해."

고개 숙인 모토키에게 에이타로가 헛웃음을 지으며 그렇게 말했다.

"저, 그건 선생님의 경험담인가요?"

도바야시가 물어봤다. 기운 내라고 모토키의 어깨를 쿡 찌르면서.

"선생님이 센가쿠에 계셨을 때의 영상을 인터넷에서 자주 봤거든요."

센가쿠 취주악부가 등장한 다큐멘터리 프로그램의 일부는 동영상 사이트에서 검색해보면 아직도 볼 수 있었다.

"아, 그래."

왜일까. 자기들을 보는 에이타로의 얼굴이 한순간 어두워진 것 같았다. 그는 어떻게 받아들여야 할지 모르겠는 애매한 미소를 짓더니, 곧 화제를 바꿨다.

"그런데 너희들이 보기엔 센가쿠 취주악부가 어떤 것 같아?"

테이블을 양손으로 짚고 이쪽을 내려다봤다.

"센가쿠는 전국대회 콩쿠르에 나갈 수 있을까?"

사냥감을 확인하는 맹수 같은 눈빛이었다. 이 녀석들은 내가 사냥할 가치가 있는 존재인가? 하고 깊디깊은 눈동자로 음미하는 것이었다.

"안 될 거라고 생각해요."

어느새 입이 그렇게 움직이고 있었다.

"에이타로 선생님이 오셔서 다들 의욕이 생긴 것처럼 보였지만요. 아침 연습을 하러 오는 사람은 열 명 정도밖에 안 돼요. 지금이 가장 동기부여가 잘된 상태일 텐데도, 아침부터 악기를 연주하려고 하는 사람이 그 정도밖에 없으니까요. 이러면 안 된다고 생각해요."

도바야시가 힐끗 이쪽을 봤다.

"전국대회라는 목표는 내걸고 있지만, 그것도 그냥 내걸고만 있는 느낌이에요. 저는 선배님들한테서 '오늘은 반드시 이 부분을 멋지게 연주해낼 거야!'라는 패기를 느껴본 적이 한 번도 없어요."

지금 나는 선배님을 비난하고 있다. 부장으로서 취주악부를 운영하고 있는 레오나를 간접적으로 비난하고 있다. 하지만 그래도, 나는 이 사람을——후와 에이타로를 실망시키고 싶지 않았다.

"저도 그렇게 생각합니다."

옆에서 도바야시가 침착하게 동의했다.

"아침 연습을 하러 오는 사람들도 연습에 집중한다고는 할 수 없어요. 단순히 연습하러 온 것에 만족하고 있는 거죠. 그게 너무 티가 나서, 매일매일 짜증이 나요."

모토키는 자기들이 왜 여기에 불려왔는지 생각해봤다. 그리고 그걸 말로 표현했다.

"사이타마현 대회는 안 그래도 경쟁이 치열하잖아요. 이런 상태에서 우리가 이기고 올라가는 것은 불가능해요."

현시점에서 전국대회에 출전하는 학교는 전부 다 실력이 좋았다. 특히 사이타마현 대회는 경쟁이 치열했다. 사이타마현 대회보다 상위 대회인 니시칸토 대회에서 전국대회 콩쿠르로 추천받아 진출하는 고등학교가 모두 다 사이타마현 대표일 정도로 이곳에는 유력한 학교들이 잔뜩 있었다. 중1과 중2 시절에는 현 대회에서 패퇴했고 중3 때 니시칸토 대회에서 탈락한 모토키는 그 사실을 잘 알고 있었다. 그리고 레오나도 분명히 알고 있을 텐데.

"그럼 이 상황에서 너희들이라면 어떻게 할래?"

"네?" 또는 "저희들이요?"라고 되물어볼 뻔했다. 그러나 목구멍에 힘을 주어 꾹 참았다.

"아마 이것은 에이타로 선생님이 졸업하신 다음에 생겨난 안 좋은 풍습인 것 같아요. 레오나는…… 부장님은, 제 소꿉친구인데요. 제 기억으로는 2년 전 부장님이 취주악부에 가입했을 때에는 '느슨해진 분위기를 확 조여주고 싶어'라고 말했거든요."

그러나 결국 레오나가 부장이 되었어도 상황은 바뀌지 않았다. 쉰 명이 넘는 커다란 조직을 혼자서 바꾼다는 것은 그리 쉬운 일이 아니다.

"에이타로 선생님이 코치로 와주신 것은 좋은 기회라고 생각합니다. 지금이라면 취주악부의 안 좋은 부분을 부숴버릴 수 있을 것 같아요."

"그래?"

에이타로가 웃음기를 띠고 맞장구치자, 모토키는 헉 하고 고개를 들었다.

입꼬리를 끌어 올리면서 웃는 그 표정은 모토키가 초등학교 때 TV에서 본 것이었다. 아아, 그 사람이 지금 내 눈앞에 있는 거구나. 그걸 실감했다.

"고마워."

보리차 좀 마시지 그래? 하면서 에이타로가 모토키와 도바야시의 컵을 가리켰다. "네!" 하고 두 사람은 합창하듯이 대답하고 보리차를 꿀꺽꿀꺽 마셨다. 그게 웃겼던 걸까. 에이타로는 또다시 헛웃음을 지었다.

"저기요. 에이타로 선생님이 우리 취주악부가 어떤 것 같으냐고 나한테 물어보시던데요?"

"아, 이케베. 너도? 나도 그 질문 받았는데."

모토키와 마찬가지로 알토 색소폰을 부는 2학년 이케베 유타카 선배와 3학년 고시가야 가즈히코 선배가 그런 이야기를 꺼낸 것은, 파트별 튜닝 및 기초 연습을 마치고 이제 개인 연습을 시작하려고 할 때였다.

"선배님들도 그 질문 받으셨어요?"

파트별 연습실로 사용하고 있는 2학년 1반 교실에서 자기 목소리가 예상보다 더 크게 울려 퍼졌다.

"어? 설마 챠엔, 너도?"

색소폰 파트의 파트장도 맡고 있는 고시가야 선배는 짧은 머리카락을 손가락으로 대충 훑으면서 "1학년한테도 그걸 물어봤구나" 하고 눈을 동그랗게 떴다.

"1학년인 저한테도 물어봤으니까요. 선생님은 부원들 전원에게 같은 것을 물어보고 다니시는 걸까요?"

"으음, 그런가? 대체 왜?"

기초 연습은 둥그렇게 둘러앉아서 했지만 곡 연습은 개인적으로 하는 거라서 다들 교실 안에 흩어져 있었다. 그 상황에서 다른 부원들도 "나도 그 질문 받았어" "나도" 하고 한마디씩 했다.

"현재 취주악부의 분위기를 알고 싶어서……일까요?"

그렇게 말하다가 문득 떠올렸다. 자신에게 같은 질문을 하면서 에이타로가 지었던 표정을. 그 표정은 그렇게 단순한 것이 아니었다.

"그 사람. 아직 본성을 숨기고 있어."

고시가야 선배가 불쑥 그런 말을 꺼냈다. 키가 큰 이 선배는 마치 커다란 노송나무 같았다. 과연 파트장답게 이 파트의 장남 같은 존재였다.

"지난 한 달 동안 에이타로 선생님은 '하던 대로 계속 연습해'라고만 하면서 자신의 개성을 전혀 보여주지 않았어. 하지만 1학년도 들어왔고 파트 편성도 끝났으니까 이제 슬슬 뭔가 시작할 거야."

"뭔가? 그게 뭔데요?"

"뭔가…… 엄청난 지옥훈련 같은 거?"

날마다 과제곡 연습을 하고, 합주를 하고, 에이타로가 각 파트나 개개인에 대한 지시를 내린다. 지난 몇 주 동안 쭉 그런 작업을 반복해왔다. 그래서 센가쿠 취주악부 멤버들도 이제는 좀 질린 것이다.

오늘은 과제곡 I 〈스케르찬도〉 합주를 해볼 거란 예고가 있었으므로, 시간을 들여 연습하기로 했다. 곡 중간부에는 알토 색소폰의 아름다운 선율이 존재한다. 에이타로한테서 "한번 해봐"란 말을 듣는다면 꼭 완벽하게 불고 싶었다.

마우스피스를 입에 물려는데 뒤에서 웃음소리가 들렸다. 반사적으로 고개를 돌려 확인해봤더니, 이케베 선배와 2학년 선배가 아무리 봐도 부활동과는 상관없는 잡담을 하고 있었다. 고시가야 선배가 살짝 주의를 줬지만, 정말 살짝 줬을 뿐이다. 바람에 살랑거리는 나뭇가지 수준이었다.

멀리서 화려한 트럼펫 소리가 들려왔다. 이건 도바야시의 소리다. 아마 무슨 핑계를 대고 혼자서 연습하고 있나 보다. 차라리 나도 그렇게 할까? 저절로 그런 생각이 들었다. 여기 있으면 나까지 흐물흐물 녹은 아이스크림처럼 변해버릴 것 같아서.

연습에 집중하다 보니 어느새 다섯 시 반이 다 되었다. 슬슬 합주가 시작될 시간이었다. 악기를 껴안고 제1음악실로 돌아갔더니, 에이타로가 이미 지휘대 위에 놓인 파이프 의자에 앉아 있었다. 무릎에 팔꿈치를 대고 턱을 괸 채 멍하니 스코어(모음 악보)를 보고 있었다.

모든 파트가 모였을 때, 평소 같으면 레오나가 구령을 붙일 타이밍이었다. 그런데 이번에는 그보다 더 빨리 에이타로가 일어났다.

"내가 좀 궁금한 게 있는데."

그러더니 『하나의 음에 영혼을 담아서! 가자! 취주악 콩쿠르 전국대회』라는 취주악부의 목표를 가리켰다.

"가자! 전국대회. 저 부분은 이해가 가. 그런데 너희들이 생각하는 저 '하나의 음에 영혼을 담아서'는 대체 뭐야?"

에이타로는 예순네 명의 부원들을 둘러보면서 말했다.

"사실 너희들 모두의 대답이 일치할 필요는 없어. 개개인이 각자 담아야 할 영혼을 가지고 연주하고 있다면, 그걸로 충분해."

그런데 그게 느껴지지 않아서 지금 이런 이야기를 하는 거야. 에이타로의 표정에서 그런 속마음이 드러났다. 모토키는 무릎에 올려둔 손을 꽉 쥐었다.

"너희들 말인데. 자기 머릿속에 '이런 식으로 연주하고 싶다'는 이상은 가지고 있어? 자신의 음과 이상을 비교해서 부족한 부분을 수정하는 작업을 오늘 했어? 지금부터 시작될 합주에 늦지 않게 그걸 수정해보려고 필사적으로 노력은 했어?"

에이타로의 말투는 결코 그들을 힐문하는 투는 아니었다. 설교도 아니었다. 굳이 말하자면——솔로 파트를 연주하고 있는 것 같았다.

"전국대회에 나가고 싶다는 목표는 좋아. 그런데 너희에게는 목표는 있어도 이상이 없어. 무작정 목표를 향해 달리다가, 달리기의 매너리즘에 빠져서 의욕을 잃어버린 거야."

모두가 아무 말도 하지 않았다. 이 음악실이 통째로 바다 속에 가라앉아버린 것 같았다. 소리가 없었다. 고요한 긴장감 속에서 모두가 에이타로를 쳐다보고 있었다. 다들 속으로는 비슷한 생각을 하고 있었을 것이다. 그렇다, 신기할 정도로 멋지게 간파 당했다.

"나는 미요시 선생님한테서 '취주악부를 어떻게든 해 달라'는 부탁을 받았어. 게다가 이대로 침체기에서 벗어나지 못한다면, 취주악부 자체도 지금처럼 활동하진 못하게 될 거야."

맨 앞줄에서 레오나가 손을 들었다. 에이타로 이외에는 아무도 입을 열지 않았던 이 음악실에서 "선생님" 하고 또랑또랑한 목소리가 울려 퍼졌다.

"지금처럼 활동하진 못한다는 게 무슨 뜻인가요?"

"취주악부는 우리 학교의 특별 지원 동아리야. 예를 들어 제1음악실은 사실상 우리의 전용 연습실이고, 수업은 옆에 있는 제2음악실에서만 하고 있지. 예산도 다른 동아리보다 넉넉한 편이야. 콩쿠르 원정이나 악기 구매를 위한 예산은 동아리 회비만 가지고는 감당이 안 되거든. 학교가 취주악부의 실적을 인정하고 응원해주고 있기 때문에 너희들이 지금 이렇게 활동할 수 있는 거야."

"그럼 전국대회에 나가지 못하면, 특별 지원 동아리가 아니게 된다는 건가요?"

레오나가 이어서 그렇게 물어보자, 에이타로는 거침없이 긍정했다.

"6년. 벌써 6년이나 센가쿠는 전국대회에 나가지 못했어. 이 기간이 긴지 짧은지는 내가 판단할 문제가 아니야. 단, 학교 측은 '길다'고 판단했다. 미요시 선생님도 컨디션이 좋지 않으시니까, 지도 교사를 바꾸고 앞으로는 콩쿠르에 출전하지 않는다는 식으로 방침을 변경할지도 몰라. 그러면 아침부터 밤까지 연습할 필요도 없고, 너희는 공부에 전념할 수 있을 거야. 대학 합격 실적이 좋아져서 학교 측은 아주 기뻐할 테지. 취주악부가 사용하던 예산을, 현재 활약하고 있는 다른 동아리한테 줄 수도 있고."

에이타로는 '그럴지도 몰라'라고 가정적으로 말했다. 하지만 그걸 한낱 가정적인 이야기라고 해석한 사람은 없을 것이다.

"그러니까 나는 코치로서 너희들을 전국대회로 데려가야만 해. 너희들도 보다시피 이렇게 전국대회를 목표로 하고 있고. 목표는 일치하는 거지. 그러니 우리 함께 열심히 해보지 않을래?"

비로소 에이타로의 입가에 미소가 번졌다. 그러나 모토키는 도저히 웃을 수 없었다.

"한 달 동안 생각을 해봤는데. 우선은 이 동아리를 한번 박살내는 것부터 시작하기로 결정했어."

돌연 에이타로가 지휘자용 보면대에 놔뒀던 지휘봉을 집어 들었다. 모토키는 조건반사처럼 목에 건 알토 색소폰에 손을 댔다.

하얗고 날카로운 지휘봉 끝은 마치 뭔가의 윤곽을 그리듯이 허공을 가르더니——모토키를 가리켰다.

"먼저 부장부터. 1학년 챠엔 모토키로 바꾼다."

에이타로의 음성은 시간을 멈추는 마법의 소리였다. 침묵이 흐르는 음악실에서 모토키는 어느새 벌떡 일어나 있었다.

색소폰의 벨 부분이 보면대를 건드려 쓰러뜨렸다. 악보가 소리를 내면서 주변으로 쫙 흩어졌다.

"챠엔."

부르지 마. 제발. 그 언젠가 나를 매료했던 목소리로, 내 이름을 부르지 말아줘.

"우리 함께 취주악 콩쿠르 전국대회에 갈 수 있는 취주악부를 만들어보자."

이번에야말로 에이타로가 웃었다. 눈동자를 반짝 빛내면

서, 그가 고등학교 3학년이었을 때처럼. 취주악 콩쿠르 전국 대회에 출전했을 때처럼.

"네."

입이 제멋대로 움직였다.

음악실이 술렁거렸다. 레오나가 조용히 고개를 돌려서 흔들리는 눈동자로 모토키를 응시하고 있었다.

◆

겨우 한 시간밖에 안 되어도 합주는 신경을 갉아먹는다. 귓구멍이 뜨거워지고 뒤통수에서 은근한 둔통이 느껴진다. 이러니 미요시 선생님한테 쓰러지시기 전처럼 동아리를 지도해 달라고 할 수도 없는 것이다.

음악 준비실 바깥에서 나는 소리에 귀를 기울여봤다. 집에 가는 부원들의 이야기 소리가 들렸다. 조심스럽게 소곤거리는 소리. 뭐, 그럴 만했다. 자신이 무슨 짓을 했는지는 에이타로도 알고 있었다.

맞은편에 앉아 있는 나루카미 레오나의 시선은 에이타로에게서 떨어지지 않았다.

취주악부 부장을 레오나에서 1학년 챠엔 모토키로 교체하겠다고 선언한 에이타로. 그에 대해 자신의 의견을 정식으로 밝힌 사람은 레오나 하나뿐이었다.

오늘 연습이 끝나자마자 레오나는 혼자서 음악 준비실에 찾아왔다.

"3학년생들을 끌고 와서 항의할 줄 알았는데."

"그런 보기 흉한 짓은 안 합니다."

레오나는 단호하게 고개를 옆으로 흔들었다.

작년 가을에 레오나는 부장이 되었다. 미요시 선생님 말씀으로는, 그 당시 레오나를 제외한 2학년생 전원이 나루카미 레오나를 부장으로 추천했다고 한다. 그만큼 레오나는 그 학년의 중심인물이었던 것이다.

"에이타로 선생님이 현재의 취주악부를 개선하고 싶어 하신다는 것은 압니다. 저도 늘 그렇게 생각했고요. 부장이 되어서 이제야 겨우 개선할 수 있을 줄 알았는데요."

그런데 제가 왜 부장 자리에서 쫓겨나야 하는 겁니까. 레오나는 그런 표정을 짓고 있었다. 입술을 꾹 다물고 에이타로를 똑바로 응시하고 있었다.

"너에게 능력이 없다고 판단한 것은 아니야. 그랬으면 나루카미, 너를 학지휘로 삼지도 않았을 거야."

학생 지휘자──통칭 학지휘. 지도 교사인 정지휘자의 지도를 돕고, 가끔 축제나 연주회에서 지휘봉을 잡기도 한다. 지금까지 센가쿠에서는 부장이 학지휘를 겸했는데, 이제 부장은 모토키가 하고 학지휘는 레오나가 하는 식으로 분담하기로 했다.

"내가 지도했는데도 합주 전에 부족한 부분이 발견되면 네가 수정해줬으면 좋겠어. 그것은 1학년인 모토키에게는 버거운 일일 거야."

"선생님. 저번에 저한테 센가쿠를 어떻게 생각하느냐고 물어보셨지요? 그때 저는 취주악부의 부족한 점이나 개선해야 할 점을 이것저것 말씀드렸습니다. 그런데 모토키는 무슨 대답을 했나요?"

"나루카미. 너의 의견은 아침 훈련에 더 많은 사람들이 참가하게 해야 한다, 휴일 연습 시간을 늘리자, 부원 한 명 한 명이 목표를 가지고 그것을 동아리 내에서 공유하자, 뭐 그런 식으로 구체적이고 논리 정연했지."

"그럼……."

"챠엔은 '안 될 거라고 생각해요'라고 말했어. 현재의 취주악부가 전국대회에 출전하는 것은 불가능할 거라고. 일단 부숴버리고 다시 만드는 편이 낫다고 했어."

허를 찔린 것처럼 입을 반쯤 벌리고 굳어버린 레오나. 에이타로는 신중하게 단어를 고르면서 이야기를 계속했다.

"그 외에도 많은 부원들의 의견을 들어봤는데, 그중에서 내가 가장 끌린 사람은 챠엔이었어. 내가 속으로 생각했던 것을 정확하게 말로 표현해준 사람이 챠엔 모토키였다."

사실 모토키와 이야기해본 다음에도 망설였다. 상당히 망설였다. 그러나 그 연주를 보고, 듣고, 챠엔 모토키에게 한 번 미래를 걸어보고 싶어졌다.

"챠엔이 〈꿈은 깨어지고〉를 부르는 동영상. 그건 나루카미, 네가 인터넷에 올린 거지?"

혼날 거라고 생각한 걸까. 레오나는 난처한 표정을 지었다.

"본인이 싫어하는 것 같으니까 빨리 지워주는 게 좋을 테지만…… 그건 그렇고, 그 연주를 직접 들은 감상이 궁금해."

에이타로의 말에 레오나는 뭔가를 이해한 것 같았다. 얼굴을 굳히면서 고교생답지 않게 착 가라앉은 표정을 지었다.

"화가 났습니다."

눈을 살짝 내리깔고 그렇게 투덜거렸다.

"……배 내놓고 자다가 배탈이라도 나면 좋겠다. 그렇게 생각했습니다."

"나도 그 연주를 직접 들어보고 싶었는데."

휴대폰으로 촬영한 연주인데도 소리의 입자가 하나하나 빛나는 것처럼 들렸다. 불꽃, 레몬 과즙, 달빛, 수은등, 밤바다에 둥둥 떠다니는 해파리. 온갖 색깔과 냄새가 들려오는 소리였다. 이거 참 괜찮은 녀석이 들어왔구나. 몇 소절만 들고도 그렇게 생각했다.

"색소폰을 불 때의 모토키는 굉장해요. 오로지 그 곡만 똑바로 보면서 한눈도 팔지 않고 연습을 하거든요. 한번 음악의 세계에 들어가 버리면 좀처럼 돌아오지 않아요. 무대에서도 그렇고요. 같은 무대에서 연주하고 있는데도 그 녀석 혼자만 다른 곳에 있어요."

거기까지 말한 뒤, 레오나는 약간 머뭇거리면서 에이타로의 얼굴을 살펴봤다.

"……취주악의 신."

레오나가 쑥스러운지 작은 소리로 그렇게 말했다.

"신?"

"네. 저는 그 녀석한테 가끔 취주악이나 음악의 신이 빙의한다고 생각해요. 에이타로 선생님, 그래서 모토키를 부장으로 임명하기로 결심하신 건가요?"

"너를 부장으로 놔둔 채 이것저것 바꿔볼까?라는 생각도 했어. 하지만 그것으로는 부족해. 현재 취주악부의 분위기를 쇄신하려면, 1학년을 부장 자리에 앉히는 짓 정도는 해야 해. 너처럼 능력도 의욕도 있는 학생이 여태 바꾸지 못했던 것을, 나 한 사람이 추가되어봤자 바꿀 수는 없어."

2년 전 레오나가 취주악부에 들어오면서 작성한 가입 신청서가, 미요시 선생님이 주신 자료 중에 있었다. 가입 이유에 『전국대회 콩쿠르에 꼭 출전할 겁니다』라는 포부를 적은 사람은 레오나 한 명밖에 없었다.

이 아이라면 자존심 때문에 자신의 목표를 버리진 않을 것이다.

"게다가 3학년 선생님한테도 따끔하게 훈계를 들었거든."

"가사이 선생님 말씀이세요?"

짚이는 것이 있나 보다. 레오나의 뺨이 부들부들 떨리고 얼굴이 험하게 일그러졌다.

레오나는 성적도 좋아서 국립 대학교 약학부에 진학하는 것이 목표였다. 부모님도 "이왕 센가쿠에 들어갔으니 대입에 실패하지 않았으면 좋겠다"고 하시는 것 같았다. 레오나의 담임인 가사이 고이치 선생님은, 에이타로가 코치가 된 직후에 미요시 선생님까지 함께 있는 자리에서 이렇게 말했었다.

『솔직히 말해서 부활동에 시간을 빼앗길 수는 없어. 후와 씨, 당신이 여기 다니던 시절과는 상황이 다르니까 이해해주면 좋겠어. 학생의 인생은 동아리에서 은퇴하고 나서도 쭉 이어지는 거니까.』

가사이 선생님은 미간을 찌푸리고 그런 말을 했었다.

"하지만 연습을 대충 해도 출전할 수 있을 정도로 전국대회가 만만하지는 않다고 생각합니다. 취주악부 친구들 중에도 대학 진학을 목표로 하는 사람이 많고, 부활동 시간도 제한되어 있어요. 안 그래도 불리하다고요. 그러니까 쓸 수 있는 시간은 모조리 연습에 투자할 수밖에 없잖아요?"

그래. 그렇다. 고교생 에이타로도 그렇게 생각했었다. 인생 전체를 음악의 신에게 바침으로써 전국대회로 가는 길이 열리는 거라고.

그러나 지금은 담임과 보호자의 주장이 충분히 이해가 갔다. 이해할 수밖에 없었다.

"나는 전국대회에 나가기 위해서 챠엔을 부장으로 임명했어. 그러나 취주악부를 운영하려면 나루카미, 네 힘이 필요해. 그리고 가능하다면 네가 입시 공부도 열심히 했으면 좋겠다. 너에게 너무 힘든 일을 시켜서 미안하구나. 하지만 네가 그 어려움을 극복할 능력이 있는 사람이라고 생각하기 때문에 그러는 거야."

레오나의 표정은 여전히 어두웠다. 당연하지. 이런 말을 듣고 진심으로 납득하는 녀석이라면 애초에 취주악부 부장이 되지도 않았을 것이다.

"에이타로 선생님의 생각은 잘 알았습니다."

레오나는 의자를 빼고 일어나서 에이타로를 향해 고개를 깊이 숙였다.

"시간을 내주셔서 감사합니다. 그럼 이만 실례하겠습

니다."

진짜로 하고 싶은 말은 삼키고, 마음을 가라앉히고 이렇게 정중히 인사할 수 있다니. 만약 레오나가 같은 시대에 취주악부에 있었더라면, 역시 나는 부장이 되지 못했을 거라는 생각이 들었다.

음악 준비실 문을 잠그고 직원용 현관으로 가려고 연결통로를 지나가고 있었다. 그런데 저 앞에서 오는 사람이 "후와 씨!" 하고 이름을 불렀다.

학생들은 이미 하교했고 교사 안은 어두웠다. 그러나 이쪽으로 뛰어온 인물의 가시 돋친 목소리를 듣고 금방 그가 가사이 선생님이란 것을 눈치챘다. 에이타로도 학교 다닐 때 이 선생님의 수업을 들었었다. 수업은 이해하기 쉽게 잘하지만, 좀 성가신 사람이었다.

"후와 씨. 잠깐 이리 와봐."

끌려간 곳은 3학년 3반 교실이었다. 가사이 선생님은 에이타로가 학생이었을 때보다 더 희끗희끗해진 머리를 거칠게 긁으면서, 개미 새끼 한 마리 없는 교실의 불을 켜더니 창가로 달려갔다. "자, 이거 봐" 하고 가리킨 것은 창문 섀시. 핸들식 잠금장치 부분이었다.

"봐. 열려 있잖아?"

"……네."

"허, 대답이 시원찮네. 취주악부 학생이 여기를 연습실로 쓰는 것은 좋은데, 그러면 문단속은 철저히 해야지. 안 그래? 내가 확인하러 다니지 않았으면 이대로 창문이 쭉 열려 있었을 거 아냐?"

"그렇죠. 주의하라고 말할게요. 죄송합니다."

저절로 영혼 없는 말투가 되어버렸지만, 다행히 가사이 선생님은 이걸로 만족해주셨다.

"너희 세대에는 그래도 실적이 좋아서 너그럽게 봐줬지만, 사실 이러면 안 되는 거야. 빌린 장소는 소중히 사용해야지, 응?"

좀 성가신 사람이라는 평가를 '성가신 사람'으로 수정하면서 에이타로는 다시 한번 사과했다.

가사이 선생님의 잔소리를 적당히 흘려 넘기고 도망치듯이 교사 밖으로 빠져나왔다. 서둘러 교문으로 향했는데 어디선가 악기 소리가 들려왔다. 이건 도저히 착각할 수가 없었다. 에이타로가 중학교 시절부터 불었던 알토 색소폰의 음색이었다.

귀를 기울여 소리가 나는 곳을 찾아보다가 교회에 도착했다. 교회와 색소폰. 짐작 가는 사람은 한 명이었다.

문을 열자, 암흑 속에서 투명한 색소폰 소리가 울려 퍼졌다.

　모토키는 제단과 가까운 의자에 앉아 색소폰을 불고 있었다. 바츨라프 넬리벨의 〈두 개의 교향적 단장〉. 에이타로가 고3 때 콩쿠르에서 연주한 자유곡.

　알토 색소폰이 연주하는 그 그리운 곡이 순식간에 에이타로를 7년 전으로 데려갔다.

　그해 4월부터 10월까지는 참 신기한 시간이었다. 매주 방송국 촬영 스태프가 찾아와 취주악부 연습을 촬영했고, 에이타로도 몇 번이나 인터뷰에 응했다.

　취재할 때마다 에이타로는 부장으로서 한마디 해 달라는 부탁을 받아서 좀 짜증이 나기도 했다. 그러나 방송 PD한테 "매번 멋있는 명대사만 뱉을 수는 없다니까요?" 하고 가벼운 농담을 할 수 있게 됐을 무렵, 카메라 렌즈가 자기들을 평소보다 더 강하게 만들어준다는 느낌을 받았다.

　전국대회 표창식에서 에이타로는 부장으로서 골드 금상 상장을 받았다. 트로피를 받은 사람은 차장인 도쿠무라였다. 그때 객석에서 들려온 동료들의 환성은 지금도 잊을 수 없었다.

　〈두 개의 교향적 단장〉의 선율이 에이타로의 가슴속에 있는 기억의 상자의 뚜껑을 차례차례 열었다. 딸칵 하고 상쾌한 소리를 내면서, 그립고도──지금의 에이타로에게는 조금 씁쓸한 영광의 나날이 되살아났다.

"챠엔."

연주를 끊기 좋은 대목에서 말을 걸자, 그가 비명을 지르며 이쪽을 돌아봤다. 에이타로가 들어온 것을 전혀 몰랐나 보다.

"다른 선생님한테 들켰으면 취주악부 전체가 혼났을 거야."

"죄, 죄송합니다."

"뭐, 실은 나도 부활동 끝나면 여기서 몰래 연습했었지만."

모토키 옆에 앉아 스테인드글라스를 쳐다봤다. 연습을 충분히 못 했다고 느낄 때에는 여기서 색소폰을 불었다. 그러다 가끔 선생님한테 들켜서 억지로 끌려 나갔었다.

"그건…… TV에서는 못 봤는데요."

"여기선 카메라에 신경 쓰지 않고 연습할 수 있었으니까. 가끔은 혼자 연습하고 싶을 때가 있잖아?"

모토키는 색소폰을 분해해 케이스에 집어넣으면서 "네, 맞아요" 하고 웃었다.

"챠엔, 너는 왜 연습하고 있었던 거야?"

"혼자서 생각을 좀 해보고 싶었고, 집에 가서 부장이 됐다는 것을 부모님께 설명하기가 싫기도 했고, 레오나…… 나루카미 부장님한테 말을 걸려다가 실패하기도 했고. 그래서요."

아니, 실은 제가 괜히 혼자 거북해하면서 말을 걸지 못했던 거지만요. 모토키는 어깨를 축 늘어뜨리고 뺨을 긁적였다.

에이타로는 달빛을 받고 있는 십자가를 쳐다보며 중얼거렸다.

"참 좋지. 여기. 오래됐지만, 소리가 잘 울려서 연주가 아름답게 들려."

"예전에는 여기서 정기 연주회도 했잖아요."

언제부터 여기서 정기 연주회를 하지 않게 되었을까. 노후화되기도 해서 학교가 허가를 안 해주게 된 걸까. 그리운 스테인드글라스의 빛깔을 보면서 그런 생각을 했다.

"저 6년 전에 센가쿠 정기 연주회를 보러 왔었어요. 레오나와 함께."

6년 전. 그럼 에이타로가 고3이었을 때다. 정기 연주회는 졸업 직전인 3월. 〈열정의 연주! 취주악부 이야기〉에서 밀착취재를 당한 뒤였기 때문에 사람들이 물밀듯이 이 교회로 몰려왔었다.

"선생님과 친구분들이 연주하셨던 〈바닷바람 행진곡〉과 〈두 개의 교향적 단장〉은 정말 굉장했어요. 그런 식으로 악기를 연주하고 싶어서, 4월부터 학교 취주악 동아리에 가입했어요. 레오나와 둘이서. 그리고 중학교 들어가서도 쭉 '전국 대회에 가자!'고 레오나와 이야기하면서 연습을 계속했어요."

케이스를 무릎 위에 올려놓은 모토키는 에이타로처럼 스테인드글라스를 우러러봤다. 그의 코끝에 파란 빛이 닿았다. 안경 렌즈에 빛이 반사됐다.

〈바닷바람 행진곡〉은 콩쿠르 과제곡이었다. 〈두 개의 교향적 단장〉도 당연히 그렇지만, 에이타로의 손가락은 지금도 그 연주법을 기억하고 있었다.

"레오나는 중학교 시절에 전국대회에 나가지 못해서, 그때 막 공학이 된 센가쿠에 지원했어요. 저도 전국대회에는 가지 못했고요. 레오나가 고등학교에서 같이 전국대회를 목표로 하자고 말했지만, 저는 그걸 거부했었어요."

모토키는 민망한지 관자놀이를 긁적거리면서 말을 이었다.

"중학교 3년 동안 완전히 취주악 중독자처럼 살았는데. 결국 전국대회에 가지 못했잖아요. 여기서 뭐를 더 희생해야 할지 모르겠더라고요. 앞으로 3년 더 똑같은 짓을 하기는 어렵다, '지쳤다'고 생각했어요. 하지만 에이타로 선생님이 돌아오셨으니까. 그러면 역시 사정이 달라지는 거죠."

모토키의 말에 에이타로는 무릎에 팔꿈치를 대고 턱을 괴었다. 어깨를 으쓱했다.

"그래서 아까 내가 부장이 되라고 말했을 때 망설이지 않고 대답한 거야?"

"으음…… 그렇게 말씀하시면, 그렇긴 한데요. 그래도 그 짧은 시간에 많은 것을 생각했어요. 선배님들은 틀림없이 안 좋게 생각하실 테고, 누가 어디서 나를 몰래 욕하거나 괴롭힐지도 모르고. 또 레오나가 화낼지도 모르고."

하지만──.

스테인드글라스, 십자가, 돔 형태의 천장, 낡은 좌석, 통로의 융단. 시선을 이리저리 옮기면서 신음하는 모토키. 에이타로는 한동안 그 모습을 곁눈질로 보고 있었다.

"동경의 대상이 저한테, 무슨 이유와 승산이 있어서 부장이 되라고 했으니까요. 그렇다면 그 사람에게 가능성을 인정받은 '나'라는 인간을 한번 믿어보고 싶다고 생각했어요."

말끝이 살짝 흐려지면서 코를 훌쩍이는 소리가 났다. 모토키는 허둥지둥 코를 문지르더니 "하하하" 하고 웃었다.

"내가 취주악을 시작하는 계기가 되어준 사람과 함께 전국 대회에 출전한다. 고교 생활을 취주악에 바칠 이유로는 충분하잖아요? 아니, 충분하고도 남을 정도죠."

하교 시간도 지났는데 실례했습니다. 내일부터는 조심할게요. 모토키는 그렇게 정중히 고개 숙여 인사하더니, 악기와 짐을 끌어안고 교회에서 나갔다. 문 닫히는 소리를 들으면서 에이타로는 스테인드글라스를 다시 한번 쳐다봤다. 창백한 빛에 눈을 가늘게 뜨고 그 어느 날의 정기 연주회를 떠올렸다.

파란 빛이 흘러넘치던 이곳은 사람들로 꽉 차 있었다. 고교 생활의 끝을 바라보면서, 앞으로 대학교에서의 4년이 어떤 모습일지 머릿속에 그려봤었다. 에이타로는 도쿄에 있는 대학교의 교육학부에 진학할 예정이었다. 그리고 졸업하면 교원이 되어서 취주악부 지도 교사가 될 생각이었다.

고교 생활을 취주악에 바칠 이유──모토키의 목소리가 되살아났다. 그 순간 에이타로는 교회 밖으로 뛰쳐나갔다. 정문으로 가는 가로수길에는 이미 학생의 모습은 보이지 않았다.

"챠엔!"

문을 빠져나왔을 때 모토키의 조그만 뒷모습을 발견하고 크게 소리를 질렀다. 어깨를 움찔하면서 뒤돌아보는 모토키에게 서둘러 다가갔더니, 그는 처음 만났을 때처럼 무슨 유령이라도 본 듯한 표정을 지었다.

"내일부터 연습을 어떻게 할지 고민인데, 상담 좀 해줄래?"

모토키는 여전히 놀란 얼굴로 천천히 고개를 끄덕였다. 왠지 웃음이 나서 참지 못하고 터뜨려버렸다. 머리 하나만큼 작은 모토키의 어깨에 팔을 두르고 도로를 건넜다.

"후지타 상점. 아직 못 가봤니?"

학교와 역 사이에는 오래된 상점이 있었다. '후지타 상점'이라고 적힌 파란색 천막이 눈에 띄는 상점. 문구, 과자, 빵 같은 잡다한 것들로 가득 찬 조그만 가게였다. 옛날부터 여기 있어서, 방과 후 학생들이 많이 들러 적당히 배를 채우고 집에 가거나 학원으로 향했다.

유리 미닫이를 열고 가게 안으로 들어갔더니 갑자기 고교생으로 돌아간 기분이 들었다. 냄새가 7년 전과 똑같았다. 잔혹할 정도로.

"챠엔. 탄산은 마셔?"

뒤에 딱 붙어 있는 모토키에게 그렇게 물어봤다. 한참 후에 모토키가 "네" 하면서 고개를 끄덕였다. 냉장고에서 콜라 병을 두 개 꺼내고 가게 주인에게 말을 걸었다. 가게가 곧 집이라서, 문짝 하나로 분리된 거실에서 백발 여성이 총총히 나왔다.

계산대에 동전을 올려놨다. 가게 주인인 후지타 할머니가 잔돈을 거슬러주면서 "어이구?" 하는 소리를 냈다.

"너 센가쿠 다니는 애, 맞지?"

아무한테나 '너'라고 말하는 후지타 할머니도 그 시절과 똑같았다.

"네. 6년 전까지는 그랬죠."

"6년 전? 에이, 그 정도는 엊그제지."

깔깔 웃는 후지타 할머니. 지갑을 주머니에 넣으면서 마주 보고 웃으려고 했지만, 뺨이 경련하는 듯한 날카로운 통증이 느껴졌다.

"너 취주악부 학생이었지?"

후지타 할머니가 에이타로의 얼굴을 들여다보더니 후후 웃었다.

"TV에 나왔던 제일 활기찬 애잖아."

"이제는 나이를 많이 먹었죠."

"이왕 왔으니, 그거 쓰고 가지 그러냐?"

후지타 할머니가 가리킨 것은 계산대 옆 기둥에 끈으로 묶어 매달아놓은 노트였다. 햇볕에 바랜 표지에는 '졸업생 방문 기념'이란 글씨가 까만색 매직으로 적혀 있었다. 궁금해서 페이지를 좀 넘겨봤더니 거기에는 졸업생 이름이 줄줄이 적혀 있었다. 짧은 코멘트도 덧붙여져 있었다. 결혼했습니다, 애를 낳았습니다, 취직했습니다. 어쩐지 그 모든 글자들에서 즐거움이 묻어나는 것처럼 보였다.

"센가쿠에는 날마다 오니까요. 다음 기회에 쓸게요."

"오. 선생님이 된 거냐?"

"그 비슷한 거죠."

다음에 또 올게요. 그 말을 남기고, 냉장고에 붙어 있는 병
따개로 콜라병을 따서 하나는 모토키에게 주고 가게 밖으로
나왔다.

가게 앞 벤치에 앉자, 모토키가 "잘 먹겠습니다" 하고 고
개를 숙이더니 그 옆에 앉았다.

"고등학교 다닐 때 자주 왔었어."

"네, 그런 것 같았어요."

모토키는 병에 든 콜라를 신기하다는 듯이 한 모금 마
셨다. 그리고 뭔가 생각난 것처럼 에이타로를 쳐다봤다.

"아까 에이타로 선생님이 뛰어오셨을 때, '이거 TV에서 본
장면이다' 하고 생각했어요."

고교생이었던 후와 에이타로가 뛰어온 것처럼 보였어요.
그렇게 말을 잇는 모토키. 에이타로는 그 모습을 힐끗 보면
서 콜라를 벌컥 마셨다. 나는 대체 언제까지 과거의 영광을
데리고 살아야 하는 걸까.

"하지만."

모토키는 병 속에서 춤추는 탄산 기포를 가로등 불빛에 비
춰 보며 고개를 좌우로 흔들었다.

"아, 에이타로 선생님도 나와 같은 인간이구나. 하고 생각
했어요."

"그럼 외계인인 줄 알았어? 아니면 아직도 유령이야? 나."

"그건 아니고요. 같은 세계에 살고 있는 사람이란 것을, 이 제야 겨우 느꼈어요."

모토키는 반쯤 남은 콜라를 모조리 마셨다. 입가를 쓱 닦고 진지하게 고개를 끄덕였다.

"우선은 다들 거기서부터 시작해야 해요. 선생님은 같은 세계에 살고 있는 사람이고, 선생님도 우리들과 같은 고교생이었다. 선생님은 우리 실력을 향상시켜주는 마법사가 아니다. 우리가 필사적으로 노력하지 않으면 절대로 전국대회에는 출전할 수 없다."

그렇죠? 하는 얼굴로 모토키가 이쪽을 쳐다봤다. 바로 얼마 전까지는 중학생이었던 애티 나는 얼굴이었다. 취주악부에 들어온 지 한 달밖에 안 된 그에게 부장 역할을 맡기는 것은, 아무리 극약 처방이라곤 해도 무모한 짓일지도 모른다. 하지만 역시 현재 센가쿠의 부장으로는 모토키가 가장 적합했다.

"전국대회 무대는 멋진 곳이야. 내가 고등학생이었을 때에는 아직 대회장이 도쿄의 후몬칸이었지만, 나고야 국제회의장 센추리홀도 좋은 곳이야."

내진 문제로 전국대회 콩쿠르 대회장이 후몬칸에서 나고야 국제회의장으로 변경된 다음부터는, 그 회의장 안의 센추리홀이 취주악의 고시엔이 되었다. 대회장은 달라졌어도 전국대회 무대의 가치는 퇴색되지 않은 것이다.

"굉장한 곳이야. 취주악 콩쿠르 전국대회는."

후지타 할머니의 말이 맞았다. 기나긴 인생에서 6년 전 일은 정말로 '엊그제' 일이나 마찬가지다. 그 짧은 시간 속에서 〈두 개의 교향적 단장〉은, 감미롭고 반짝반짝한 추억이었다가 이제는 후회와 씁쓸함을 지닌 과거로 변모했다.

"전국대회 무대는 내 인생에서 가장 행복한 12분이었어."

"와, 부러워요. 저도 가고 싶어요. 나고야 국제회의장, 센추리홀."

"나도 다시 한번 가보고 싶다."

설령 전국대회에 출전하더라도 에이타로의 처지는 전혀 바뀌지 않을지도 모른다. 그러나 전국대회 무대 말고 도대체 어디에서 나를 바꿔줄 바람이 분단 말인가.

"꼭 가야만 해."

소리를 낮춰 말했지만, 옆에 앉아 있는 모토키에게는 다 들렸다. "그렇죠" 하고 그는 웃었다. 그리고 텅 빈 콜라병을 사랑스럽다는 듯이 바라보고 있었다.

◆

집으로 들어가기 전에 그 옆에 있는 레오나의 집을 확인했다. 2층의 한 방에 불이 켜져 있는 것을 보고, 레오나에게 LINE으로 메시지를 보냈다. 딱 한마디. 『지금 있어?』라고.

"다녀왔습니다!"

현관문을 열자, 식당에서 "그래, 빨리 씻어"라고 하시는 어머니의 목소리가 들렸다. 알았다고 대답하고 2층 내 방으로 뛰어갔다. 베란다로 나왔을 때 마침 레오나의 방 창문이 열렸다. 머리를 풀고 잠옷 위에 파카를 걸친 레오나가 "왜 불렀어?" 하고 얼굴을 내밀었다.

서로 집도 붙어 있는데, 레오나의 방은 모토키의 방과 높이가 같았고 거리는 겨우 몇 미터 떨어져 있었다. 창문이 마주 보는 형태는 아니지만, 베란다로 나가면 서로 이야기를 할 수 있었다.

"지금 들어온 거야?"

아직도 교복 차림인 모토키를 본 레오나가 난간에 기대어 턱을 괴고 말했다.

"응. 에이타로 선생님하고 이야기 좀 하느라."

연습이 끝난 뒤 레오나와는 대화를 하지 못했다. 레오나 주변에 3학년생이 다가가서 '에이타로 선생님한테 항의하러 가자'는 이야기를 하고 있었으므로. 그들 사이에 거침없이 끼어들 수도 없었다.

"레오나, 미안해."

모토키의 사과에 레오나는 험악한 표정을 지었다. 응, 그럴 줄 알았어.

"왜 사과를 해? 사과할 거면, 왜 부원들 앞에서는 부장이 되겠다고 말한 거야?"

"아니, 그게 아니라."

모토키는 레오나의 말을 가로막듯이 이야기했다.

"작년 콩쿠르가 끝난 다음부터 네가 쭉 '센가쿠에서 취주악을 같이 하자'고 권했는데도 내가 거절했잖아."

게다가.

"그랬으면서, 에이타로 선생님이 등장하자마자 뻔뻔하게 동아리에 가입했으니까."

레오나는 불평 한마디도 하지 않았고, 오히려 '네가 가입해준다면 나야 대환영이지!'라는 태도를 보여줬지만. 그래도 모토키는 알 수 있었다. 소꿉친구니까 알았다.

"지난 한 달 내내 레오나, 너한테 사과해야 한다고 생각했었어."

"그런 주제에 나를 부장 자리에서 내쫓다니. 너도 참 대단하다?"

레오나는 어깨를 으쓱하면서 목소리를 낮게 깔았다. 그 위협적인 목소리에 모토키는 쓴웃음을 지었다.

"저기, 심술부리지 마."

"시끄러워. 나도 화풀이나 좀 하자, 응?"

"화풀이? 그럼 내가 부장이 되어도 된다는 뜻이야?"

모토키는 놀라지 않았다. 레오나는 원래 그런 녀석이니까.

"어휴, 진짜. 너 내가 하지 말라고 하면, 부장 자리를 포기할 거야? 에이타로 선생님한테 '역시 저는 할 수 없어요'라고 말하러 갈 거야?"

"그건 싫어. 왜냐하면 내가 취주악을 시작하게 된 계기가 에이타로 선생님이었으니까. 그런 분이 나한테 부장이 되라고 했는데, 어떻게 그걸 포기해?"

이야기를 하면서 혀끝이 차가워지는 듯한, 통증이 느껴지는 듯한 감각에 사로잡혔다.

레오나는 한동안 아무 말도 하지 않았다. 자동차가 집 앞을 지나갔고 멀리서 개가 짖었다. 목욕탕 냄새가 났다. 목욕물과, 수증기와, 은은한 비누 냄새가 뺨을 어루만지고 코끝을 간질였다.

"그래, 알아."

레오나가 양팔에 얼굴을 묻더니 수긍했다. 웅얼거리는 목소리. 평소의 레오나와는 달랐다.

"나도 뭐, 너와 같이 센가쿠를 TV에서 보고, 정기 연주회를 관람하고, 같이 취주악 동아리에 들어갔는걸. 그러니까 나도 알아. 에이타로 선생님의 제안은 거절할 수 없지."

"나도 그때 생각했었어. 너라면 결국 에이타로 선생님이 말씀하신 대로 할 것 같다고."

소리 없이 고개를 든 레오나는 "그랬어?" 하고 입꼬리만 끌어올려 웃었다. 아주 희미한 미소였다.

"어땠어? 실제로는."

"처음에는 '웃기지 마!'라고 생각했어. 나도 취주악부를 바꾸려고 했단 말이야. 하지만 1학년 때부터 쭉 그렇게 생각했는데도 혼자서는 뭔가 제대로 해낼 수가 없어서, '2학년이 되면', 또 '부장이 되면'…… 하고 꾸물거리다가 어느새 3학년이 되고 말았어."

"나는…… 레오나가 꾸물거린다고 생각한 적 없어."

실제로 동아리 안에 들어가 있으면 부원들의 개인적인 사정도 알게 되고, 선배와의 상하관계에 얽히기도 하고……. 그렇게 온갖 장해물과 맞닥뜨리게 된다. 바꾸려고 마음먹어도 바꿀 수 없는 것이다.

"콩쿠르까지는 이제 3개월도 안 남았어. 에이타로 선생님이 전국대회에 나가기 위해서는 내가 부장이면 안 된다고 판단해서 너를 부장으로 삼으신 거라면, 나도 그걸 믿어보고 싶어."

──왜냐하면.

거기까지 말하고 나서 레오나는 잠시 입을 다물었다. 고개

숙인 채, 두 사람의 집을 갈라놓는 산울타리를 노려봤다. 그러나 얼굴을 양손으로 가리지는 않았다.

"내 목표는 취주악부 부장이 되는 것이 아니라, 전국대회 콩쿠르에 나가는 것이니까."

에이타로 선생님이 그러셨는걸. 나는 '그 어려움을 극복할 능력이 있는 사람'이라고. 1학년생이 부장이 돼서 불만을 가지는 2, 3학년생들을, 내가 학지휘로서 잘 통솔하면서 너를 도와줄 수 있단 말이야. 부모님과 선생님이 뭐라고 하시든 상관없어. 콩쿠르에도 나가고, 대학에도 들어갈 거야.

앞머리에 가려진 레오나의 눈가에서 작디작은 물방울이 또르르 굴러떨어졌다.

"레오나."

일부러 못 본 척했다. 그래야만 했다. 여우비가 딱 한 방울만 내린 것이리라.

"나 열심히 할게. 전국대회에 나갈 수 있도록 노력할게."

"너 혼자 노력하지 마. 짜증나니까."

레오나가 눈가를 문지르고 고개를 들었다. 더 이상 울지는 않았다. 눈이 젖어 있지도 않았다.

"레오나. 이번에야말로 꼭 가자. 전국대회 콩쿠르. 에이타로 선생님이, 전국대회 무대는 멋진 곳이라고 말씀하셨어."

난간에 팔꿈치를 댔다. 몇 미터 떨어진 곳에서 레오나도 그러고 있었다. 무심코 같은 포즈를 취해버린 그들은 동시에 한숨 쉬듯이 웃었다.

"아직 가본 적이 없잖아. 우리는."

"가보고 싶다. 틀림없이 재미있을 거야."

1층에서 어머니 목소리가 들렸다. 슬슬 계단을 올라와 방문을 쾅쾅 두드릴 것 같았다.

"그럼 내일 보자. 어머니 화나셨어. 빨리 목욕하래."

"어휴, 너까지 부모님한테 부활동 반대당하면 큰일 나지."

안녕. 잘 자. 레오나는 손을 가슴 앞에 올려서 살짝 흔들고 자기 방으로 돌아갔다. 1층으로 내려갔더니, 예상대로 어머니가 "빨리 들어가, 빨리!" 하고 성화를 부리셨다.

욕조에 들어가 천장을 우러러보며 생각했다. 레오나는 집에 와서 지금까지 내내 자기 방에서 울었던 게 아닐까. 소꿉친구의 직감이 그렇게 속삭였다.

어쩌면 지금 이 순간에도 방에서 코를 훌쩍거리고 있을지도 모른다.

제2장
오 마이 〈스케르찬도〉!

1 || 저편의 소리 ||

내 가슴의 온도를 어떻게 표현하면 좋을까. 적당한 말을 찾지 못했다. 뜨겁다? 피가 끓는다? 그럴듯한 표현은 있지만, 다 완벽하진 않았다.

학교 비품인 CD 플레이어는 소리가 깨끗하게 나오지는 않았다. 그런데도 알 수 있었다. 이 곡이 엄청난 곡이란 것은. 연주해보고 싶었다. 무대에서 피로하고 싶었다. 그렇게 생각하는 사람은 모토키 혼자가 아니라 틀림없이 취주악부 전원일 것이다. 취주악의 세계에 몸담은 인간이 이 곡을 좋아하지 않을 수는 없었다.

플레이어에서 나는 소리가 그쳤다. 그 순간 음악실이 조용해졌다.

"곡명은 '광시곡 〈바람을 바라보는 자〉'다."

지휘대에 선 에이타로가 곡명을 가르쳐줬다.

"작곡자는 미즈시마 카에데. 아직 젊고 무명인 작곡가지만, 이렇게 좋은 곡을 만드는 사람이야."

에이타로의 말투는 어쩐지 앞으로 유명해질 거라고 확신하는 것 같았다.

"이 곡은 올해 센가쿠의 콩쿠르를 위해서 그 사람이 작곡해준 거야."

네? 하고 누군가가 말했다. 그것을 계기로 음악실이 다시 평소처럼 왁자지껄해졌다.

"저, 그럼 위촉곡인가요? 센가쿠를 위해 만들어진 곡이란 말이죠?"

맨 앞줄의 의자에 앉아 있던 레오나가 그렇게 물어봤다.

"맞아. 콩쿠르는 물론이고, 이 나라에서 이 곡을 연주하는 것은 우리 센가쿠가 처음이야."

모토키는 숨이 멎을 뻔했다. 에이타로는 센가쿠를 위해 위촉곡까지 준비했다. 진심으로 전국대회에 나가려고 하는 것이다.

"〈바람을 바라보는 자〉는 이 멤버들끼리 처음부터 만들어 나가는 곡이다. 어려운 것도 요구하게 될 텐데, 어차피 강호들과 똑같이 해봤자 그들을 추월하는 것은 불가능해. 같은 수준으로 무대에 서면, 경쟁에 익숙지 않은 센가쿠는 절대로 콩쿠르에서 이겨 나가지 못할 거야."

모토키는 에이타로의 말을 진지하게 가슴에 새겼다. 색소폰을 붙잡은 손에 약간 힘을 주고, 금색 관에 흐릿하게 비친 자기 모습을 바라봤다.

"자유곡은 이 정도면 됐고, 이제 과제곡 이야기를 해볼까?"

놀람과 감탄과 당혹. 부원들의 동요를 무시하듯이 에이타로가 말을 이었다.

"우리는 과제곡 I 〈스케르찬도〉를 할 거야. 〈스케르찬도〉
가 약 3분 30초, 〈바람을 바라보는 자〉가 약 7분. 총 12분 동
안의 무대를 꾸밀 거야. 현재 센가쿠는 지켜야 할 것 따윈 없
어. 〈바람을 바라보는 자〉와 〈스케르찬도〉와 함께, 너희들
이 새 역사를 만들어봐."

이어서 에이타로는 어떤 날짜를 말했다. 5월 31일——약
3주 후의 날짜였다.

"이날 콩쿠르 멤버를 선발하는 오디션을 개최한다. 심사할
부분은 조만간 전달할 테니, 오늘은 악보를 잘 익혀둬. 다섯
시 반부터 〈스케르찬도〉 합주를 할 거야."

자, 이야기는 끝났으니까 파트 연습 시작해. 그러더니 에
이타로는 음악실에서 나갔다. 모두들 뭔가에 쫓기듯이 펜을
들고 수첩에 오디션 날짜를 적었다.

센가쿠 취주악부 부원은 총 예순네 명. 취주악 콩쿠르 고
교 A부문의 최대 출전 인원은 지휘자를 제외한 쉰다섯 명.

아홉 명은 탈락한다.

"오늘부터 부장으로 활동하게 되었습니다. 잘 부탁드립
니다."

색소폰 파트 연습을 하기 전에 모토키는 같은 파트 선배님

들께 고개 숙여 인사했다. 색소폰 파트는 모토키를 포함해 일곱 명. 1학년은 두 명이고, 나머지 다섯 명은 모두 선배님 이다. 어제 방과 후에 부장으로서 인사는 했지만, 같은 파트 선배님들에게는 정식으로 다시 이야기하고 싶었다.

기초 연습 전 자리 배치는 반월형. 알토 색소폰, 테너 색소 폰, 바리톤 색소폰. 형태가 제각각인 악기들이 모토키를 둘 러싸고 있었다.

"저를 부장으로 정한 사람은 에이타로 선생님이지만, 그걸 받아들인 것은 제 의지입니다. 이에 대해 선배님들도 여러 가지 의견이 있으실 테지만……."

이야기하는 도중에, 2학년 이케베 선배가 으흠 하는 소리 를 냈다. 노골적인 행동이었다. 무테안경 너머에서 예리한 시선이 모토키를 향해 날아왔다.

3학년인 고시가야 선배를 힐끔 봤다. 그는 자기 악기를 무 릎에 올려놓고 똑바로 모토키를 응시하고 있었다. 이야기를 대놓고 방해했으면서 눈만 내리깔고 있는 이케베 선배나, 계 속 불만스럽다는 듯이 고개를 홱 돌리고 있는 다른 2학년생이 나, 불편한지 이리저리 눈을 굴리고 있는 동급생과는 달랐다.

"저는, '저 같은 사람이 부장이 되어서 죄송합니다'라는 말 은 하지 않을 거예요."

한 사람 한 사람을 똑바로 보면서 선언했다. 허세였다. 지금 나는 발가락에 힘을 꽉 주고 필사적으로 잘난 척하고 있었다. 하지만 다부지게 행동할 수밖에 없었다. 안 그러면 내가 레오나를 울리면서까지 부장이 된 의미가 없으니까.

"챠엔, 너 멋있는 말을 하는구나."

고시가야 선배의 손이 스르르 악기에서 떨어졌다. "그래, 그래. 알았어" 하고 가볍게 박수를 쳤다. 나뭇잎 사이로 비쳐드는 햇살처럼 온화한 얼굴로.

"나루카미가 어젯밤에 LINE 메시지를 보냈어. 후배가 부장이 되어서 불만을 가지는 것은 이해하지만, 3학년이 앞장서서 부장의 발목을 잡지는 말아 달라고. 3학년 전원에게 그런 메시지가 전달됐어. 나루카미가 그렇게 말하는데 누가 싫다고 하겠어?"

어젯밤에 자신과 대화한 다음에 레오나는 방에 돌아가서 그런 메시지를 보냈나 보다.

"뭐, 사실 나도 개인적으로 생각하는 바가 없지는 않아. 하지만 내가 이 파트에서 챠엔을 냉대한다면, 파트 연습의 분위기가 끔찍해지지 않겠어? 그건 싫거든. 그래서 일단 나는 챠엔을 지지하고 싶어."

그렇게 말하면서 고시가야 선배는 옆에 앉아 있는 이케베 선배의 의자 다리를 발끝으로 툭 찼다. 이케베 선배는 입을 꾹 다물고 모토키를 쏘아봤다.

전원이 단번에 나를 받아들여줄 거라고는 생각하지 않았다. 만약 내가 이케베 선배의 입장이었다면 똑같이 행동했을지도 모른다.

그래도 일단 지금은 3학년인 고시가야 선배가 "응원한다"고 말씀해주신 것만 해도 다행이었다. "1학년 주제에 건방진 소리 하지 마" 하고 멱살 잡힐 각오도 했었는데.

"감사합니다. 앞으로 잘 부탁드릴게요."

"아, 물론 색소폰 파트의 리더는 나야. 알지? 그 점은 잊지 마."

고시가야 선배가 자기 얼굴을 가리키면서 주위 사람들에게 강조하듯이 말했다. 이케베 선배가 "선배님 자리는 아무도 안 뺏어요"라고 하자, 소소한 웃음이 흘러나왔다. 극도로 냉랭했던 교실 분위기가 따뜻해졌다.

"자, 그럼 연습 시작합시다."

멀리서 트럼펫 소리가 들렸다. 허공을 가르는 듯한 날카로운 소리. 틀림없이 도바야시의 소리다. 에이타로는 그를 차장으로 임명했다. 그 소리는 마치 같은 파트 부원들을 후려치는 것 같았다.

* * *

오전 수업이 끝나자마자 허겁지겁 도시락을 먹고 교실 밖으로 뛰쳐나갔다. 한발 늦게 멜론빵 끄트머리를 입속에 쑤셔 넣은 도바야시도 내 뒤를 따라왔다.

"야, 우리들 드디어 선배님한테 그거 당하는 거냐? 그거, 군기 잡기."

우물우물 멜론빵을 씹어 먹으면서 말하는 도바야시. 모토키는 "무서운 소리 하지 마" 하고 뒤를 돌아봤다.

"그냥 간부회의잖아."

"이참에 부장과 차장이 된 시건방진 1학년생들의 기를 확! 죽이려고 할지도 모르지."

오늘은 점심시간에 음악 준비실에서 취주악부 간부회의가 열린다. 부장, 차장, 학지휘, 각 파트의 파트장이 모여서 향후 연습 방법이라든가 동아리 내부의 문제 발생 여부 등을 확인하고, 지도 교사의 지시를 빠짐없이 공유하기 위한 모임이었다.

솔직히 말해서 무서웠다. 내가 '저러면 안 된다'고 낙인찍어버린 선배님들 속으로 뛰어드는 셈이니까.

간부회의 장소인 음악 준비실의 문을 열었다. 안에는 벌써 레오나가 와 있었다.

"아쉽네요! 2등, 3등이십니다."

부장답게 1등으로 도착하려고 했던 의도가 훤히 보였는지, 레오나는 모토키와 도바야시를 차례로 손가락질하면서 웃었다. 그 후로 5분도 지나기 전에 다른 부원들도 도착해서 좁은 음악 준비실이 꽉꽉 찼다. 게다가 자신과 도바야시 이외에는 전부 3학년생이었다. 모토키는 위압감을 느끼면서 오늘 의제를 메모한 종이를 내려다봤다. 일단 가장 무난한 의제부터 꺼내기로 했다.

"먼저 파트 연습을 할 때 사용하는 교실 말인데요. 에이타로 선생님께서 문단속과 뒷정리를 철저히 하라고 하셨어요. '창문이 안 잠겨 있었다'는 다른 선생님의 제보가 들어왔다고 합니다."

말을 마치자, 한 박자 늦게 레오나와 도바야시와 고시가야 선배가 대답했다. 그보다 늦게 다른 파트장들도 대답했다.

"다음 의제입니다. 월말 오디션에 관하여 각 파트에서 정보가 공유되고 있는지 다시 한번 확인해주세요. 파트별 연주 범위가 다르므로 착각하면 안 됩니다."

"연습해야 할 범위는 들었는데, 그걸 어떤 식으로 심사하는지는 아직 안 정해졌어?"

저음 파트의 마스다 선배가 턱을 괸 자세로 물어봤다. 튜바 연주자. 키도 크고 어깨도 넓은 남학생이었다.

"아직 정해지지 않았다고 생각합니다."

"생각합니다? 뭐야, 그게."

마스다 선배의 투덜거림은 작지만 또렷하게 들렸다. 레오나가 살짝 한숨을 쉬고 모토키 대신 대답했다.

"아직 정해지지 않았다기보다는, 에이타로 선생님의 말투를 보면 아마 오디션 당일까지 비밀로 하실 것 같아."

"적어도 선생님과 일대일로 연주하는지, 부원들 앞에서 연주하는지는 정해서 알려줘야지. 그래야 우리도 마음의 준비를 할 거 아냐?"

여전히 불만이 있어 보이는 마스다 선배. 도바야시가 일부러 꾸며낸 듯한 미소를 지으며 그쪽을 봤다.

"뭐, 그런 건 상관없잖아요? 어차피 연주하는 건 똑같으니까."

야유 섞인 말투였다. 모토키는 테이블 밑에서 몰래 그의 다리를 걸어찼다.

"……내, 생각은. 그렇습니다."

도바야시는 반쯤 일그러진 얼굴로 모토키를 째려보면서 그렇게 덧붙였다. 마스다 선배가 그보다 더 일그러진 표정으로 이쪽을 보고 있는데 도바야시는 그걸 아는 걸까, 일부러 무시하는 걸까.

"저기, 부장. 부장은 정말로 선생님한테서 아무것도 못 들었어?"

플루트 파트장인 기시하라 선배가 모토키를 보고 말했다. 웃음기 없는 진지한 눈빛. '너한테만 몰래 가르쳐주신 거 아냐?' 하고 의심하는 표정이었다.

"……아무것도 못 들었는데요."

목구멍에서 겨우 소리를 쥐어짜냈다. 왠지 모르게 "죄송합니다" 하고 사과하고 싶어졌다.

"부장도 차장도 학지휘도 아무 말도 못 들었어."

이번에도 레오나가 단호하게 대답했다.

"에이타로 선생님과 일대일일 수도 있고, 모든 부원들 앞에서 연주할 수도 있어."

레오나가 그렇게 말하자 그제야 기시하라 선배도 마스다 선배도, 그 외 파트장 선배들도 납득했다. 모토키는 황급히 메모지로 시선을 떨어뜨렸다.

"네…… 그럼 이어서, 학지휘인 나루카미 선배님이 아침 연습에 관해 제안알 것이 있다고 합니다."

『아침 연습 참가 인원수에 관하여』. 레오나가 미리 제출해 준 의제가 이미 메모지에 적혀 있었다. 그것을 읽는 형태로 레오나가 이야기를 꺼냈다.

"현재 아침 연습은 자율적으로 이루어지고 있는데, 콩쿠르에 대비한 연습도 이제 본격적으로 시작될 테니까 다들 좀 더 적극적으로 참가해줬으면 좋겠어요."

레오나의 목소리는 낭랑했다. 이야기가 끝난 후 찾아오는 실내의 정적이 좀 무서워질 정도로.

"아, 저기 우리도 게을러서 아침 연습에 빠지는 게 아니거든?"

떨떠름한 얼굴로 그렇게 말한 사람은 클라리넷 파트의 오타니 선배였다.

"부활동 끝나면 학원 갔다가 집에 가서 숙제하느라 늦게 잔단 말이야. 여기서 아침 연습까지 강제로 참가시키면 과로사할 거야, 과로사."

오타니 선배의 '과로사'라는 말에 고개를 끄덕이는 사람도 몇 명 있었다. 오타니 선배가 말한 '우리'에는 그들도 포함된 것이리라.

"그건 나도 알아. 하지만 센가쿠는 월요일과 저녁 일곱 시 이후에는 부활동이 금지되어 있어서 안 그래도 다른 학교에 비하면 연습 시간이 짧으니까, 그 점을 좀 더 확실히 자각해 줬으면 좋겠어. 조금이라도 더 연습하려고 마음먹지 않으면 또 사이타마현 대회에서 패퇴할 거야."

"네에, 알겠습니다."

이야기를 억지로 끝내려는 것처럼 오타니 선배가 다소 큰 목소리로 말했다.

그러나 이야기는 원만하게 끝나지 않았다.

"그런데 사실 입시 공부가 어쩌고저쩌고하는 사람이 동아리에 남아 있는 게 이상하지 않아? 입시가 그렇게 중요하면,

2학년 때까지만 활동하고 은퇴하면 되잖아."

그런 말을 한 사람은 트럼펫 파트의 사쿠라이 선배였다. "그 선배는 성격은 별로인데 의욕은 있어"라고 했던가? 도바야시가.

센가쿠에서는 부활동은 3학년 마지막 대회까지 계속할 수 있는데, 대입 준비를 하느라 2학년 때까지만 활동하고 그만두는 사람도 적지 않았다.

"뭐? 그럼 아침 연습에 못 나오는 사람은 은퇴하라는 거야?"

예상대로 오타니 선배가 응전했다. 사쿠라이 선배도 물러서지 않았다.

"아무도 그런 말은 안 했는데? 다만 3학년생이 솔선해서 연습하지 않으면, 1, 2학년생은 '이 정도로 괜찮은 건가……?' 하고 생각할 거란 말이지."

고시가야 선배가 "너희 둘 다 그만해!" 하면서 끼어들었다. 사쿠라이 선배는 몸을 테이블 위로 쑥 내밀려다가 그만뒀다. 오타니 선배가 소리 없이 혀를 차는 모습이 모토키의 위치에서는 보였다.

"부장, 부장이 의장이잖아. 결론을 내려줘."

기시하라 선배가 모토키를 쳐다봤다. 이번에는 '어차피 넌 못 하지?'란 표정을 짓고서.

"서, 선배님들은 특히 입시 준비 때문에 우리들보다 훨씬 바쁘실 거라고 생각합니다. 그런 상황에서……."

"아니, 하지만 자기 입시 준비 때문에, 콩쿠르를 중요시하는 다른 부원들에게 폐를 끼쳐도 되는 건 아니잖아?"

사쿠라이 선배는 여전히 가시 돋친 말을 했다. 모토키의 이야기를 가로막으면서 또다시 오타니 선배에게 대들듯이 시비를 걸었다.

"그럼 콩쿠르 때문에 입시에 실패해도 된다는 거야? 사쿠라이, 너도 수험생이잖아?"

"애초에 오디션 형식이 뭔지가……" 하고 마스다 선배가 아까 했던 이야기를 또 꺼내려는 순간, 레오나가 급히 그를 막았다. 당장이라도 도바야시가 "선배님들이 이 모양이라서 1학년한테 부장과 차장 자리를 뺏긴 거라고요!"라고 말할까 봐 나는 미리 그의 발을 꽉 밟아놓았다.

도대체 무슨 수로 이런 3학년생들을 다스리는 부장이 되란 말인가. 나보다는 차라리 도바야시가 호전적이라서 그나마 소질이 있어 보이는데.

부장으로서 전국대회 무대에 선다. 그런 환상이 한 걸음, 두 걸음, 조금씩 멀어져 갔다.

"차안경, 너도 눈치 보지 말고 강경하게 말해. 에이타로 선생님한테 '우리 취주악부는 이대로는 안 된다고 생각해요!'라고 말했던 때처럼."

도바야시가 그렇게 울분을 토했다. 방과 후 연습을 마치고 음악실 문단속 당번 일을 모토키와 둘이서 끝낸 뒤 교사에서 빠져나오면서.

"차안경이라고 부르지 마……."

도바야시는 정말로 모토키에게 화가 나 있었다. 간부회의에서도 아침 연습은 자율 참가를 좀 더 권장하자는 말만 나왔고, 주말 연습 시간을 늘리는 것도 일단 보류됐다. 사실 그렇게 결론을 내린 사람도 대체로 레오나였다. 모토키는 회의 후반에는 레오나 옆에서 그저 고개만 위아래로 까딱거리고 있었다.

"난 선배님 앞에서 강경하게 구는 성격이 아닌걸. 난 못 해!"

"이제 부장이 됐으니까 할 말은 제대로 해야지, 응? 보는 사람이 짜증난다고."

그렇게 말씀하셔도 말이죠. 모토키는 머리를 싸쥐고 신음했다.

"애초에 무작정 연습 시간만 늘리는 것도 좀 이상한 것 같고."

"아, 혹시 그게 이유야? 나루카미 선배가 학원 다녀서?"

"……왜 여기서 레오나 얘기가 나와?"

레오나도 오타니 선배 그룹과 마찬가지로 입시 학원을 다니고 있었다. 오늘도 연습이 끝나자마자 음악실에서 뛰쳐나갔다. 저녁 일곱 시에 부활동이 끝나면 여덟 시에는 학원에서 수업을 듣는다. 취주악부에는 그런 부원이 많이 있었다. 3학년생은 물론이고, 1, 2학년생 중에서도. 주말에도 오전에는 학원에서 수업을 듣고 오후부터 연습에 참가하는 부원도 있고, 또 반대로 오후부터 학원에 갔다가 저녁에 다시 부활동에 합류하는 부원도 있었다. 이게 좋은 연습 환경이냐 하면 아마도 좋지는 않을 것이다. 하지만 그 사람들이 게으름 피우거나 노는 것도 아닌데 그걸 규탄하는 것도 괴로웠다.

"사실 레오나도 입시 공부를 위해 부활동은 줄이라고 부모님한테 잔소리를 듣고 있어. 심지어 일요일에는 레오나네 어머니께서 우리 집에 오셨다? 과자를 선물로 들고. '레오나 대신 부장이 되어줘서 고맙다'고."

"우와. 난 그런 부모님은 딱 질색이야."

부활동을 마치고 집에 돌아온 모토키에게 어머니가 카눌레를 내주셨다. 레오나의 어머니가 주신 선물이라면서. 지금쯤 옆집에서는 싸움이 났겠군. 맛있게 잘 구워진 과자를 보면서 그런 생각을 했다.

"선배님들도 진심으로 콩쿠르에 나가고 싶다면 오디션에 대비해 연습을 할 거야. 그런데도 남들한테 폐가 된다는 식으로 비난하면, 그건 좀 너무하잖아."

흐응 하고 도바야시가 콧방귀를 뀌었다. 뭔가 의도가 있는 반응이랄까, 불만스러운 태도였다. 왜 이런 녀석이 부장이고 내가 차장이지?라고 생각하는 게 틀림없었다. 하고 싶은 말이 있으면 해봐. 그렇게 말하려고 했을 때 무슨 소리가 들렸다.

어깨가 굳어지고 발이 멈췄다.

도바야시가 두 발짝 앞으로 가서 뒤돌아봤다. "왜 그래?"란 말을 듣기도 전에 큰 소리로 외쳤다.

"〈스케르찬도〉야!"

뭐? 하고 말하려던 도바야시의 귀에도 그게 들렸나 보다. 밤바람을 타고 춤추듯이 희미하게 들려오는 색소폰 음색이.

"〈스케르찬도〉의 알토 색소폰 퍼스트!"

겨우 몇 음 들었을 뿐인데도 몸이 반응했다.

"에이타로 선생님이 교회에서 불고 계신 거야."

가로수길에서 벗어나 교회로 뛰어갔다. 도바야시도 그 뒤를 따라왔다. 나무 문을 살며시 열고 교회 안으로 발을 들여놓았다. 소리는 보다 크고 선명하고 다채롭게 변했다.

모토키가 부장이 되라는 제안을 받았던 그날처럼 스테인드글라스에서는 파란 빛이 비쳐들었다. 그런데 그 빛을 날려버릴 것처럼 경쾌한 음악이 교회에 울려 퍼지고 있었다.

색소폰을 부는 에이타로는 제단 앞, 정확히 빛이 닿는 밝은 곳에 서 있었다.

도바야시와 눈이 마주쳤다. 어쩐지 들키면 안 될 것 같아서 둘이서 좌석 뒤에 숨었다. 도바야시가 모토키 위에 반쯤 올라타는 바람에 모토키는 신음 소리를 냈다.

〈스케르찬도〉는 과제곡 중에서도 눈에 띄게 밝고 장난스러운 곡이었다. 에이타로의 몸 자체가 가볍게 춤추는 것처럼 보였다. 게다가 클라리넷이나 트럼펫 파트까지 섞어서 불고 있었다. 마치 악보를 데리고 노는 것 같았다.

모토키는 어금니를 꽉 깨물었다.

색소폰의 벨 부분에서 색이 튀어나왔다.

부장으로 임명된 날 밤에 이곳에서 〈두 개의 교향적 단장〉을 불었던 것이, 그 장면을 에이타로에게 들켰던 것이 너무나 부끄럽게 느껴졌다. 몸이 화르르 타버릴 것 같았다.

연주가 끝난 순간 도바야시가 모토키의 손을 잡아끌었다.

"도망치자."

일어날 때 모토키의 다리가 좌석에 부딪쳐 소리가 났다. 에이타로가 이쪽을 돌아봤지만, 그러거나 말거나 두 사람은 교회에서 뛰쳐나갔다.

"엄청난 것을 봤어."

멈출 수 없었다. 둘이서 가로수길을 따라 교문으로 뛰어갔다.

"넌 좋겠다. 트럼펫이잖아. 나 같은 경우에는 정확히 내 파트거든?"

"아니아니, 그게 아니지! 파트가 같든 다르든 그런 게 문제가 아니잖아?"

"그건 나도 알아!"

도바야시의 '도망치자'는 말에 담긴 의미는 모토키에게도 전해졌다. 에이타로의 연주가 눈과 귀에 달라붙어서, 심지어 그 냄새와 맛까지 느껴질 것 같아 무서웠다. 와, 난감해. 이거 난감하네. 부장으로서 선배님들과 어떻게 소통하면 좋을까. 그런 고민은 에이타로의 연주에 휩쓸려 사라져버렸다.

앞으로 날마다 나는 그 연주를 떠올리면서 연습할 것이다. 그리고 나 자신과 이상의 간극에 틀림없이 날마다 절망할 것이다.

2 || 색과 빛의 춤 ||

나만의 음악성인지 뭔지를 가지고 있는 고교생이 오히려 보기 드물 것이다. 템포, 리듬, 음정. 악보에 적힌 요소를 재현하느라 바빠서, 재현 자체에 성취감을 느끼고 거기서 멈춰버리는 경우가 태반이다.

"끝까지 해봤는데. 방금 그 연주, 너희들은 어떻게 생각해?"

지휘대 위에서 예순네 명의 부원들을 둘러보며 에이타로가 말했다. 부원들은 에이타로를 쳐다보면서도 대답은 하지 않았다.

"스케르찬도는 '장난친다', '익살을 부린다'는 뜻이야. 우리는 무대 위에서 관객과 심사위원들이 지켜보는 가운데 명랑하게 장난을 쳐야 해."

내 안에 음악이 없으니까 누군가가 지시해주기를 기다리고, 과제가 나오면 그걸 성실히 제대로 수행한다. 그런 내면이 소리에 반영된다. 음악에는 전혀 안 어울리는 것이다.

"좋아, 그럼 방금 연주한 〈스케르찬도〉에서 자신의 연주는 10점 만점 중 몇 점이라고 생각해?"

우선 10점이라고 생각하는 사람? 손을 들어보라고 했지만 아무도 손을 들지 않았다. 9점——딱 한 명, 도바야시가 손을 들었다. 8, 7, 6, 5, 4…… 손을 드는 사람이 점점 늘었다.

"1."

밴드 끄트머리에서 누군가가 손을 들었다. 챠엔 모토키. 오직 그 혼자만 자신의 연주에 최저 점수를 매겼다. 그에게 주위의 시선이 집중됐다. '왜 그렇게 자신을 낮게 평가하는 거야?'라는 놀라움과 걱정, 그리고 분노 같은 감정이 담긴 시선이. 한편 당사자인 모토키는 고개 숙인 채 자기 악기를 노려보고 있었다.

"챠엔."

에이타로가 이름을 부르자, 그는 번쩍 고개를 들었다.

"방금 그 연주. 문제는 없었던 것 같은데. 왜 1점을 준 거지?"

소리는 여유롭게 늘어지면서도 끈덕지진 않았다. 악보에 적힌 내용을 자기 나름대로 해석했고, 에이타로의 지시도 착실히 반영해서 소리로 잘 표현했었다.

모토키는 말하기 거북한 것처럼 입을 우물거리면서 "죄송합니다" 하고 고개를 숙였다.

"스스로 생각했던 것만큼 잘 불지 못해서요."

이 세상의 종말이 온 것 같은 표정으로 모토키는 다시 한번 "죄송합니다"라고 말했다. 심각하게 방황하는 중인 듯했다. 에이타로는 쓴웃음을 지으며 다시 밴드 전체를 바라봤다.

"뭐, 아무튼. 전체 평균은 6점 정도인가?"

멋지게 연주했다고 자만할 생각도 없지만, 그럭저럭 괜찮게 해냈다고 생각한다는 뜻이다. 무난하고 재미없는 대답이었다.

"전국대회 콩쿠르에서는 심사위원은 모든 단체를 A, B, C 세 등급으로 평가한다. A 평가가 과반수일 경우에는 금상, C 평가가 과반수일 경우에는 동상, 그 외에는 은상. 너희들은 스스로 6점이라고 평가했으니 은상이겠군."

자기 의견은 말하지 않지만, 남의 이야기는 잘 듣는다. 부원들은 에이타로가 하고 싶은 말을 이해한 것 같았다.

"사이타마의 강호들을 쓰러뜨려서 니시칸토에 진출하고, 또 전국대회에 나가려면 10점 가지고는 부족해."

전국대회에 출전하는 학교는 틀림없이 15점이나 20점짜리 연주를 할 것이다.

"방금 그것이 오늘 첫 합주였는데, 튜닝 후 첫 번째 연주의 완성도가 콩쿠르에서 너희들이 보여줄 수 있는 연주다. 두 번째나 세 번째에서 최고 컨디션이 되어도 소용없어. 진짜 무대에 올라갈 기회는 딱 한 번밖에 없으니까."

알았지? 하고 묻자 "네!"라는 기운찬 대답이 나왔다. 대답의 음량 따위는 아무래도 상관없으니까, 좀 더 너희들 안에 있는 감정과 의견을 겉으로 표현해줬으면 좋겠는데. 그런 무리한 요구를 하고 싶어질 정도였다.

"〈스케르찬도〉는 하나의 모티프가 형태를 바꿔 몇 번이나 등장하는 곡이야. 단순하기 때문에 밴드의 사운드가 노골적으로 드러나지. 템포도 종종 바뀌니까, 지정된 템포로 연주함으로써 곡이 어떻게 변화하는지 잘 생각해야 해."

음악실 전체에서 대답이 튀어나왔다. '장난친다'와는 아직도 거리가 멀군. 코르크 손잡이를 꽉 쥐고 에이타로는 또다시 지휘봉을 치켜들었다.

"처음부터."

예순네 명이 악기를 준비하는 소리. 마치 짐승 한 무리가 눈앞에 있는 것 같았다. 64인분의 에너지를 하나의 음악으로 합치는 작업은 당연히 쉽지 않았다.

"원, 투, 쓰리──."

도입부는 소리가 예쁘게 모여져서 꽤 괜찮은 스타트였다. 아직 소리에 스토리가 담기진 않았고, 그런 것을 담을 여유도 없었고, 망설임과 당혹감이 배어 있었지만. 가장 중요한 문제는 그들에게는 아직 보이지 않는다는 것이었다. 악보에 적힌 정보를 놓치지 않고 실수 없이 연주하는 것, 그 너머에 무엇이 있는지.

지구 대회까지는 두 달 반 남았다. 그들은 얼마나 바뀔 수 있을까. 얼마나 바꿀 수 있을까.

이쪽을 노려보는 것처럼 색소폰을 붙잡고 있는 모토키를 힐끔 보면서, 에이타로는 지휘봉을 휘둘렀다. 이따금 지휘자인 내가 그의 시선에 빨려 들어갈 것만 같았다.

* * *

"저기, 센가쿠에 방송국 사람들 왔다는 거 진짜야?"

교실에 들어오자마자 카에데는 에이타로를 향해 돌격했다. 아무도 안 앉아 있는데 옆자리를 난폭하게 차지하고, 보브컷 스타일의 머리카락을 흔들면서 에이타로에게 다가들었다. 코앞까지 다가온 커다란 눈동자. 반사적으로 노트를 들어 그녀의 얼굴을 치워버리려고 했다.

"아, 시끄러워. 그런데 넌 어떻게 안 거야?"

쉿 하는 제스처와 더불어 소리를 죽이면서도 강한 어조로 물어봤다.

"중학교 동창이랑 부모님들 사이에 소문이 파다하던데?"

전국 네트워크 방송국이 에이타로가 속한 센겐가쿠인 고등학교 취주악부를 밀착 취재하기 시작한 것은 이번 주 초였다. 그 소문이 이렇게 빨리 카에데의 귀에 들어갈 줄은 몰랐다.

"아니, 그런데 왜 하필 센가쿠야? 우리 학교를 밀착 취재해주면 좋았을 텐데~."

오늘은 여기서 수업을 들으려나 보다. 카에데는 노트와 참고서를 펼치기 시작했다.

"남자들만 있는 취주악부가 재미있을 것 같아서 그랬대."

"나도 나오고 싶었는데 TV에."

센가쿠는 전국대회 콩쿠르에 나간 적이 없었다. 언제나 사이타마현 대회에서 패퇴해버렸다. 에이타로가 1학년이었을 때에도, 2학년이었을 때에도 그랬다. 아무리 남학교 취주악부여도, 이걸 주제로 다큐멘터리 프로그램을 만들어도 과연 재미있을지 의문이었다.

"센가쿠가 공학이었으면 나도 센가쿠에 가서 TV에서 대활약을 했을 텐데."

"저런 안타깝네요."

카에데는——미즈시마 카에데는 중학교 때 같은 취주악부의 일원이었다. 사이는 좋은 편이라고 생각한다. 고등학교는 서로 다른 곳에 갔어도, 학원에서 이렇게 만나면 이야기를 나눈다. 화제는 항상 취주악이지만.

중학교 때까지는 같은 동아리의 동료였는데, 고등학교 때부터는 격전지인 사이타마현 대회에서 마주치는 라이벌이 되었다. 어쩌면 그만큼 우리 사이가 멀어질지도 모른다고 생각했다. 그러나 의외로 변하지는 않았다. 같이 전국대회에 가자고 의기투합했던 상대가, 우리들 중 누가 전국대회에 가느냐를 두고 경쟁하는 상대로 변했을 뿐이다.

"아무튼 힘내서 잘해봐야겠네? 안 그러면 쪽팔리잖아."

학원 강사가 교실에 들어왔다. 곧 수업이 시작될 것이다. 그러나 카에데는 계속 말을 걸었다.

"카메라 앞에서 쪽팔리는 모습을 보여줄 수는 없잖아?"

"뭐, 그렇지."

실제로 TV 카메라가 우리를 촬영하기 시작한 다음부터는 우리의 연습에 딱 좋은 긴장감이 생겨나서 유지되고 있었다. 어쩌면 미요시 선생님도 그걸 노리고 취재를 허락한 걸지도 모른다.

쪽팔리는 내 모습을 영상으로 남기기 싫다는 자존심. 수많은 스태프들의 기대에 부응해야 한다는 책임감. 우리는 TV에 소개될 만한 존재구나 하는 기대감. 각자 그런 감정들을 가슴속에 품고 연습하고 있었다. 나도 예외 없이 그중 하나였고.

"에이타로, 너 즐거워 보인다."

카에데가 말했다. 강사가 칠판에 쓴 내용을 노트에 적으면서.

"그래 보여?"

"TV 밀착 취재를 당해서 싫어할지도 모른다고 생각했는데. 즐거워 보여."

여전히 눈은 정면에 고정시킨 채 에이타로는 입꼬리를 끌어 올렸다. 얼굴에 저절로 미소가 떠올랐다.

"응. 엄청 즐거워."

연습하다가 틈틈이 코멘트를 요구 받는 것이라든가, 자주 촬영 스태프가 시야 끝에서 어른거리는 것이 거추장스럽게 느껴질 때도 있었다. 하지만 그런 것까지 다 포함해도 지금은 하루하루가 즐거웠다.

"네 웃는 얼굴이 짜증나."

툭. 에이타로의 신발을 카에데가 발로 찼다.

"그쪽은 어때? 안 즐거워?"

"즐겁지. 이제 결과만 좋으면 행복할 텐데."

마지막이니까. 카에데가 조그맣게 중얼거리자, 에이타로
도 "그러게" 하고 맞장구를 쳤다. 강사가 학생을 지목해서
문제를 내기 시작했다. 곧 자기들 차례도 올 것 같았다.

"에이타로. 나 음대 작곡과에 들어갈 생각이야."

글씨로 빼곡히 채워져 가는 화이트보드를 쳐다보면서 "어,
그래" 하고 건성으로 대답해버렸다. 대답하고 나서 서서히
그 말의 의미가 온몸에 스며들었다.

"——뭐라고?"

카에데는 팔꿈치를 책상에 대고 히죽히죽 웃으며 곁눈질
로 이쪽을 보고 있었다.

"후후, 놀랐어?"

"음대 작곡과? 그게 뭐야."

교육학부에 진학해서 장래에는 취주악부의 지도 교사가
된다. 그것이 카에데의 목표였을 텐데.

"너 작곡가가 될 거야?"

음대에 들어가 음악 교사가 되어서 취주악부를 지도한다

는 루트도 있었다. 하지만 카에데의 눈빛은 그런 것이 아니었다.

"취주악부에서 작년에, 정기 연주회에 쓸 곡을 편곡했었어."

그러고 보니 카에데는 오케스트라 곡을 취주악용으로 바꾸는 일에 도전했었다. 실제로 정기 연주회에서 연주된 그것을 에이타로도 들었었다.

"그걸 계기로 작곡에 관심이 생겼거든. 그쪽 방면으로 나가는 것도 괜찮겠다 싶어서."

"부모님한테는 말했어?"

"했지. 마음대로 하라면서도 은근히 투덜거리시긴 하더라. 지금부터 음대 입시를 준비한다면 재수도 각오해야 하니까. 부모님 심정도 이해는 가."

"나도 꽤 놀랐으니까 너희 부모님은 훨씬 더 놀라셨을 테지."

"에이타로, 네 생각은 어때?"

카에데는 필기하는 손을 멈추고 이쪽을 쳐다봤다. 입가에는 미소가 걸려 있었지만 그 눈동자는 더없이 진지했다. 깊숙한 안쪽에서 빛이 나는 것 같았다.

"괜찮을 것 같은데? 네가 작곡하는 게 즐겁다면."

"응. 즐거워."

헤헤 하고 웃는 카에데. 내가 좀 전에 이런 표정을 짓고 있었나? 하고 에이타로는 그 얼굴을 물끄러미 바라봤다. 푸른 하늘을 가르는 비행기구름처럼 상쾌한 웃음이었다.

"너 웃는 얼굴이 짜증난다."

"에이타로. 네가 취주악부 지도 교사가 되면 내가 콩쿠르 자유곡을 만들어줄게."

"이상한 곡이면 안 쓸 거야."

"걱정하지 마. 끝내주게 좋은 곡일 테니까."

아직 간단한 편곡밖에 안 해본 주제에 어디서 그런 자신감이 솟구치는 걸까.

"그러니까 그 곡으로 전국대회에서 금상을 받아야 해, 알았지?"

"그런 몇 년 뒤의 일보다는 당장 올해 콩쿠르가 중요하지 않아?"

강사가 힐끔힐끔 이쪽을 보기 시작했다. 잡담은 슬슬 끝내는 게 낫겠다.

"응. 우선 올해가 중요하지."

카에데도 그걸 눈치챘나 보다. 소리를 낮추고 고개를 크게 끄덕였다.

중고등학교 내내 취주악을 하면서도 아직 한 번도 전국대회 무대에 서본 적이 없었다. 취주악은 이토록 즐거우니까, 이 감정을 최고의 무대에서 피로하고 싶었다. 취주악부에서 은퇴한 다음에는 대입 준비를 하느라 또다시 자신을 마구 채찍질해야 한다는 것도 뭐, 괜찮겠거니 하는 생각이 들었다.

취주악을 계속하는 한, 내 인생은 괜찮을 것이라는 확신이 있었다.

──그것이 언제부터 바뀌었을까.

"자, 그럼."

그리운 기억을 떨쳐내면서 에이타로는 제1음악실을 둘러봤다. 모두들 똑같은 표정을 짓고 있었다. 긴장해서 뺨이 굳어진 채 자신의 악기를 꽉 붙들고 있었다.

"오디션을 시작해볼까."

7년 전에 옆자리에서 수업을 듣던 라이벌은 어느새 바다 건너 머나먼 곳으로 가버렸다. 그리고 〈바람을 바라보는 자〉라는 약속의 선물만 강속구처럼 다짜고짜 이쪽으로 던졌다.

난 아직 아무것도 되지 못했는데.

"파트별로 음악실 뒤쪽에 서서 한 명씩 순서대로 연주할 거야. 나머지 사람들은 연주자를 등지고 있다가, 콩쿠르 멤버로 적당하다고 생각되는 연주에 대해 손을 든다. 손을 든 관객이 많은 사람부터 합격하는 거야."

네? 하고 누군가가 말했다. 당황할 사람은 당황하고, 불안해할 사람은 불안해하고, 각오를 다진 사람은 가볍게 심호흡을 했다. 지휘대 위에서는 다양한 표정들을 볼 수 있었다.

"콩쿠르 멤버를 결정하는 것은 너희들 자신이다. 자신의 귀로 잘 듣고, '이 녀석한테는 믿고 맡길 수 있겠다'는 확신이 드는 연주를 선택하면 돼."

◆

고시가야 선배가 제비를 뽑는 모습을 지켜봤다. 눈도 깜빡이지 않고.

"첫 번째는 트럼펫."

각 파트장이 뽑은 제비를 에이타로가 확인하고 오디션 순서를 발표했다. 색소폰 파트는 여섯 번째였다.

"얘들아. 딱 좋은 중간 순서를 뽑은 나를 찬양해라."

돌아온 고시가야 선배가 우리 파트의 긴장감을 풀어주려는 것처럼 그런 말을 했다. 그래서 고시가야 선배에게 대답하고 싶었지만, 목에서는 꿀꺽 소리밖에 안 나왔다.

난 지금 긴장하고 있었다.

"준비됐지?"

지휘대 위에서 에이타로가 음악실 뒤편을 향해 말을 걸었다.

"심사하는 사람들은 눈을 감아. 심사가 끝날 때까지 눈을 뜨면 안 돼. 연주하는 사람도, 심사 자체에는 참가할 거니까 자기 이외의 연주를 잘 들어야 해. 일단 확인용 동영상은 찍을 거지만, 오늘 여기서 합격자는 결정될 거니까. 각오해둬."

아, 참고로. 나는 심사에 참가하지 않아.

그가 아무렇지도 않게 그런 말을 하자, 모토키는 감으려던 눈을 번쩍 떴다.

"서, 선생님은 안 하신다고요?"

저도 모르게 큰 소리로 그렇게 물어봤다.

"너희들은 항상 내 지시를 순순히 받아들이기만 하잖아. 가끔은 너희들이 스스로 같이 싸울 동료를 선택해봐."

에이타로는 후후 웃더니 다시 한번 "눈 감아"라고 말했다. "저게 뭔 소리야?" 하고 모토키 옆에서 이케베 선배가 조그맣게 중얼거리더니 신경질적인 한숨을 쉬었다.

"자, 그럼 1번부터. 과제곡과 자유곡을 순서대로 불어봐."

에이타로의 말이 끝난 지 3초도 안 되었을 때 불꽃이 폭발하듯이 등 뒤에서 트럼펫 소리가 들려왔다. 한 음만 들어도 벌써 알 수 있었다. 도바야시의 소리였다.

도바야시의 연주는 흠잡을 데가 없었다. 평소처럼 당당하게 끝까지 불었다. 다음 2번 주자의 연주도 훌륭했다. 아마 파트장인 사쿠라이 선배일 것이다. 이번에도 저절로 눈치채고 말았다. 나머지 여섯 명은 앞의 두 사람의 연주에 가려져서 전부 다 그저 그랬다.

"복잡하게 생각해봤자 답이 안 나오니까 빨리빨리 해치우자."

전원의 연주가 끝나자 에이타로가 즉시 말을 꺼냈다.

"연주자도 눈을 감고, 콩쿠르 멤버로 적합하다고 생각한 연주에 대해 손을 들어줘. 자신이 적합하다고 생각하면 자신에 대해서 손을 들고."

"저, 선생님. 한 사람이 몇 명까지 손을 들 수 있나요?"

누군가가 물어봤다.

"콩쿠르 멤버로 적합하다고 생각한다면, 몇 명을 들어도 상관없지 않을까?"

에이타로의 대답에 당혹스런 웅성거림이 퍼져 나갔다. 트럼펫 파트는 여덟 명. 콩쿠르 멤버로 선발되는 것은 그중 여섯 명 정도일까. 여덟 명 전원에 대해서 손을 드는 것도 가능하다. 그러면 아무도 상처받지 않을 것이다. 물론 자기 자신도.

하지만 그런 다정함의 탈을 쓴 비열함을 에이타로가 용납해줄 것 같지도 않았다.

"1번의 연주가 좋았다고 생각하는 사람."

주위에서 옷자락 스치는 소리가 들렸다. 모토키도 손을 높이 들었다. 2번, 3번, 4번, 계속해서 거수가 진행됐다. 8번까지 전부 심사가 끝났을 때 에이타로가 "좋아, 눈 떠"라고 말했다.

"합격자를 발표한다."

천천히 눈꺼풀을 들어 올리자, 형광등 불빛이 평소보다 강하고 날카롭게 느껴졌다.

"도바야시 케이타. 사쿠라이 히토미, 다카하시 나루미, 아키야마 슈야, 기시다 사야카, 하세가와 토모미. 이상."

발표가 너무 간결하게 이루어져서 박수칠 타이밍도, 탈락자의 얼굴을 떠올릴 여유도 없었다. "자, 다음. 호른"하고 에이타로가 재촉하자, 호른 파트 사람들이 이동하기 시작했다.

쭈뼛쭈뼛 모토키는 뒤를 돌아봤다. 제자리로 돌아오는 도바야시와 눈이 마주쳤다. 아니, 실은 도바야시가 모토키를 쳐다봤다. 승리 세리머니까지 하지는 않았지만, 빙그레 웃으면서 '야, 봤냐?' 하고 입을 움직였다. 거기 답해줄 여유 따윈 없었다. 콩쿠르 멤버에서 탈락한 두 사람이 어깨를 축 늘어뜨렸고 그중 한 명은 울음을 터뜨렸으므로.

"미안하지만 후회하거나 우는 것은 나중에 해줘."

팔짱을 낀 에이타로가 단호하게 말했다.

"연주가 끝났으면 이제는 심사할 차례다. 우느라 심사를 못하면 안 돼."

잠시 후 "네" 하는 가냘픈 소리가 들렸다. 곧바로 호른 파트 심사가 시작됐다. 호른, 플루트, 트롬본, 클라리넷 순으로 오디션이 쭉 진행되어 순식간에 색소폰 파트의 차례가 왔다.

　색소폰 파트는 알토 색소폰과 테너 색소폰과 바리톤 색소폰 세 종류. 악보는 다르지만 다 함께 오디션에 참가한다. 바리톤 색소폰은 딱 한 명밖에 없으니까 소리만 들어도 누가 부는지 저절로 알게 되는데, 그렇기 때문에 에이타로는 일부러 '콩쿠르 멤버로 적합하다고 여겨지는 연주에 대해 손을 들라'고 말한 것이리라. 설령 우리 동아리에 딱 하나밖에 없는 악기여도, 자동적으로 콩쿠르 멤버가 되지는 못하는 것이다.

　연주 순서는 1번이 고시가야 선배님이고, 그다음이 이케베 선배님. 모토키는 3번이다. 알토 색소폰 연주가 끝나면 테너 색소폰과 바리톤 색소폰이 이어서 연주할 것이다.

　모토키는 꽉 쥐었던 손을 천천히 폈다. 손끝이 차가웠다. 3월 정기 연주회를 떠올렸다. 심장이 시끄럽게 뛰지는 않았다. 자신의 숨소리가 제대로 들렸다. 그러나 입술이 바싹 말라버렸다.

　고시가야 선배, 이케베 선배의 연주가 끝났다. 모토키는 입술을 혀끝으로 핥고 마우스피스를 물었다. 시선 끝에는 에이타로가 있었다. 그는 지휘대 위에 떡 버티고 서서 똑바로 모토키를 바라보고 있었다. 자신은 심사에 참가하지 않는다고 말했는데도 그 시선은 마치 모토키를 꿰뚫는 것 같았다.

연주할 곡은 〈스케르찬도〉와 〈바람을 바라보는 자〉의 도입부. 파란 빛 속에서 연주하는 에이타로의 모습을 떠올리면서 숨을 들이마시고, 입속에서 밀도를 높여 알토 색소폰에 불어넣었다.

처음은 특히 악센트를 줘서 선명하게. 그러나 소리의 세기는 균일하게. 얇아지지 않도록 적당히 두껍게. 혀끝으로 정확히 음을 끊고, 한 음 한 음에 약동감을 부여하면서.

분명히 실수 없이 불고 있는데도 머릿속에서 누군가가 "이게 아니야"라고 말했다.

겨우 몇 주 전에 교회에서 〈스케르찬도〉를 부는 에이타로를 목격했다. 그의 소리는 밝고 다소 장난스러웠다. 신성한 교회 안에서 음표가 미친 듯이 춤추고 있었다.

그 후로 날마다 에이타로의 연주를 뇌리에 떠올리면서 색소폰을 불었다. 불 때마다 "아니야"라는 소리가 들렸다. 자신의 소리는 그렇게 컬러풀하지 않았고 춤을 추지도 않았다. 그저 이상을 좇으려고 꼴사납게 날뛸 뿐이었다.

어느새 연주해야 할 범위가 끝나버렸다. 천천히 마우스피스에서 입을 떼고 앞을 봤다. 에이타로는 변함없는 표정으로 그곳에 서 있었다.

테너 색소폰과 바리톤 색소폰의 연주가 끝났다. 모토키는 얼른 눈을 감았다. 에이타로가 오늘 몇 번째인지 모를 "1번의 연주가 좋았다고 생각하는 사람"이란 말을 꺼냈고, 순서대로 손을 들기 시작했다. 모토키도 좋다고 생각했던 연주에 대해 손을 들었다.

"다음, 3번의 연주가 좋았다고 생각하는 사람."

손을 들려고 했을 때, 또다시 머릿속에서 "아니야"라는 목소리가 들렸다. 누구 목소리인지 확실히 알았다. 에이타로. 이것은 후와 에이타로의 목소리다.

"――그럼 색소폰 합격자를 발표하겠다."

에이타로가 잠깐 뜸을 들이더니 이쪽을 본 것 같았다. 등골이 서늘해졌다.

"알토 색소폰은 챠엔 모토키, 고시가야 가즈히코. 테너는 쓰카모토 준코. 바리톤은 야자와 미호."

쭉 그랬듯이 담백하게 발표를 마친 에이타로는 갑자기 "챠엔" 하고 모토키를 불렀다.

"왜 자신에 대해 손을 들지 않았어?"

에이타로의 목소리도 시선도 결코 화난 것은 아니었다. 그러나 일제히 이쪽을 돌아본 부원들의 얼굴은 냉담했고 분노와 짜증으로 가득 차 있었다. 수많은 시선들이 모토키를 가차 없이 꿰뚫었다.

"……죄송합니다."

고개를 깊이 숙인 채 딱딱하게 굳어버렸다. 정수리에서 느껴지는 따가운 시선은 누그러질 기미가 안 보였다.

"너는 자신의 연주가 콩쿠르 멤버로 적합하지 않다고 생각한 거야?"

"아닙니다."

급하게 대답하자, 눈앞에 앉아 있는 부원들 사이에서 "뭐?"라는 소리가 분명히 튀어나왔다. 대놓고 악의적으로 모토키를 규탄하는 소리였다.

"오디션이나 콩쿠르와는 상관없이, 단지 스스로 납득하지 못했던 겁니다."

모토키가 말을 마치기도 전에 옆에서——이케베 선배의 손이 날아왔다. 그는 난폭하게 모토키의 멱살을 잡더니 가느다란 눈으로 모토키를 쏘아봤다.

"야, 너 내가 우습냐?!"

이케베 선배의 침이 모토키의 뺨에 튀었다. 와이셔츠 옷깃이 위로 당겨져 숨이 막혔다. 자기 연주에 몰입하는 바람에 깨끗이 잊어버렸었다. 이케베 선배가 콩쿠르 멤버에서 탈락했다는 것을. 알토 색소폰에서는 유일하게.

"스스로 납득하지 못했다고? 탈락한 나를 비꼬는 거야, 뭐야? 일부러 다른 탈락자들의 속을 긁는 거야?!"

이케베 선배의 고함 소리에 주위가 조용해졌다. 아무도 말을 하지 않았다. 고시가야 선배가 말리려고 했지만, 말문이 막혀버린 것 같았다. 틀림없이 이곳에 있는 사람들 전원이 이케베 선배와 같은 생각을 하고 있는 것이리라.

나 자신을 때려눕히고 싶었다. 욕하고, 때리고…… 그리고. 어떡하면 좋지?

"이케베."

에이타로의 목소리가 들렸다. 그 소리는 잔물결처럼 모토키에게 가만가만 부딪쳤다.

"네 마음은 이해하지만, 네가 탈락한 것은 챠엔 탓이 아니야. 우리 모두의 선택의 결과다."

이케베 선배는 입술을 깨물고 모토키를 한 번 노려보더니 멱살을 놓았다. 모토키에게만 들릴 정도로 살짝 혀를 차고 제자리로 돌아갔다. 고시가야 선배가 난처한 듯이 웃으면서도 굳어진 얼굴로 모토키 앞을 지나쳐 갔다. 다른 선배들도 마찬가지였다.

창밖이 완전히 어두워졌을 무렵에 모든 파트의 심사가 끝났다. 예순네 명의 부원들 중 쉰다섯 명이 선발되고 아홉 명이 탈락했다.

"너희들이 스스로 판단하여 선택한 쉰다섯 명. 이 멤버로 전국대회를 목표로 내일부터 다시 연습을 해나갈 거다. 단, 콩쿠르 무대에 올라가기 직전까지 긴장은 풀지 마. 탈락한 아홉 명이 더 멋진 연주를 해낸다면 적극적으로 멤버를 교체할 예정이니까."

에이타로의 말이 내 안을 공허하게 스쳐 지나갔다. 그래도 "자, 오늘은 여기서 끝내자"라는 한마디에 간신히 부장으로서 구령을 붙이기는 했다.

이케베 선배는 모토키에게 사과할 기회조차 주지 않고 곧장 음악실 밖으로 나가버렸다.

"있잖아, 모토키."

색소폰을 끌어안은 채 멍하니 서 있는 모토키에게 레오나가 다가왔다.

"아까 그건 내가 봐도 어이없더라."

열심히 연습했지만 탈락한 사람도 있잖아. 안 그래? 그렇게 레오나가 기막혀하면서도 부드러운 말투로 이야기를 꺼냈을 때.

"에이타로 선생님, 결국 챠엔은 콩쿠르 멤버가 되는 건가요?"

누군가가 그렇게 말했다. 목소리만 들어도 누구인지 알 수 있었다. 알았지만, 모토키는 일부러 그쪽을 보지 않았다. 봤다가는 내일부터 여기 오지 못하게 될 것 같았다.

"선생님께서 아까 말씀하셨듯이 자기 자신에 대해 손을 들지 않았다는 것은, 자신이 콩쿠르 멤버로 적합하지 않다는 거잖아요. 즉, 오디션을 사퇴한 거나 마찬가지라고 생각합니다."

음악실 안의 공기가 술렁거렸다. "그건 그래"라는 소리가 들렸다.

"얘들아, 잠깐만. 그런 식으로 말하면 어떡해?"

레오나가 제지하려고 했지만 상황은 수습되지 않았다. 불쾌한 대상을 다들 합심해서 배제하려고 하는 압력이 점차 강해졌다.

"착각하지 마."

적란운같이 부풀어 오르는 험악한 분위기를 깨뜨린 것은 역시나 에이타로의 목소리였다. 웃음기를 띤 목소리. 모토키는 고개를 들었다. 보면대에 팔꿈치를 대고 턱을 괸 에이타로는 어째서인지 입꼬리를 끌어올려 웃고 있었다.

"아까도 말했잖아? 지금 너희는 챠엔에게 화내고 있지만, 그 챠엔을 콩쿠르 멤버로 선택한 사람은 바로 너희들 자신이야. 아, 부장으로 정한 사람은 나지만."

모토키를 콩쿠르 멤버에서 제외할 마음도 없고, 부장을 바꿀 마음도 없다. 에이타로의 미소는 웅변하듯이 그렇게 이야기하고 있었다. 부원들은 하나둘씩 불만스런 얼굴로 차츰 입을 다물었다.

모두가 집에 갈 준비를 하는 가운데 모토키는 꼼짝도 못하고 있었다. 가방을 챙겨든 도바야시가 "야, 너무 신경 쓰지 마" 하고 모토키의 어깨를 툭 치고 갔다.

"챠엔."

에이타로가 그의 이름을 불렀을 때 그는 겨우 움직일 수 있게 되었다.

"이따가 음악 준비실로 와."

음악 준비실에 들어갔더니, 에이타로가 백팩을 메고 문 앞에 서 있었다.

"오라고 하긴 했는데, 생각해보니 하교 시간이 다 됐네?"

에이타로가 교사에서 나가자고 등을 떠미는 바람에 모토키는 시키는 대로 복도로 나왔다. 이미 제1음악실은 문이 잠겼고 복도는 캄캄했다. 준비실 문을 잠근 에이타로는 모토키를 데리고 승강구로 향했다.

정문으로 가는 에이타로의 손에 색소폰 케이스가 들려 있는 것이 몹시 신경 쓰였다.

"선생님, 이케베 선배님에 관해서…… 말씀하시려는 거죠?"

"챠엔. 넌 그렇게 생각해?"

"아닌가요?"

"글쎄, 그게 전부는 아닐 거야."

혼날 거라고 각오했는데. 에이타로의 평온한 태도를 보니 어쩐지 맥이 탁 풀렸다.

여기가 괜찮겠다. 그러면서 에이타로가 멈춰선 곳은 교회 앞이었다. 그날 밤 일이 떠올라 얼굴이 저절로 찌푸려졌지만, 에이타로가 시키는 대로 그를 뒤따라 안으로 들어갔다.

"오늘은 달이 반달이라서 좀 어둡네."

에이타로가 통로를 나아가더니 맨 앞줄의 의자에 백팩과 악기 케이스를 내려놨다. 그리고 태연한 얼굴로 케이스를 열고 넥스트랩을 목에 걸었다.

여기서 그는 다시 한번 불려는 것이다. 〈스케르찬도〉일까, 〈바람을 바라보는 자〉일까, 아니면 〈두 개의 교향적 단장〉일까. 어떤 곡이 연주되어도 곤란하다. 현재의 자신에게는 전부 다 괴로울 것이다.

"챠엔. 넌 이케베에 대해 어떻게 생각해?"

바닥에 무릎을 꿇고 리드를 입에 물어 적시면서 에이타로가 질문했다.

"제가 부장이 된 것을 불쾌하게 여긴다는 것은 알고 있었어요. 상대가 선배님이란 이유로 오디션에서 기회를 양보할 생각도 없었고, 제가 멤버로 선택돼서 다행이라고 생각해요."

"합격한 것은 순수하게 기쁘단 말이지. 다행이다."

"네, 당연히 콩쿠르 멤버가 된 것은 기뻐요. 다만 진짜로 제가 생각했던 것처럼 잘 불지 못해서, 그게 속상했습니다."

"아하, 그래."

리드를 문 채 만족스럽게 웃는 에이타로의 옆얼굴. 모토키는 "그런데" 하고 말을 이었다.

"저는 오디션에서 이케베 선배님이 떨어졌다는 사실에는 관심도 없었어요."

자신의 연주가 생각대로 잘되지 않았다. 이상과는 거리가 멀었다. 에이타로의 뒷모습이 아예 보이지도 않았다. 그런 생각이 온통 마음속을 점령하고 있어서, 이케베 선배가 오디션에서 떨어졌다는 사실에 대해서는 같은 파트의 멤버로서도, 부장으로서도 전혀 신경을 쓰지 않았었다.

"저는 제 생각만 하느라 바빴어요. 이번 이케베 선배님과 관련된 일뿐만이 아니라 전체적으로 부장 역할을 잘하고 있는 것 같지도 않아요. 저보다는 레오나나 도바야시가 훨씬 더 리더십이 있는걸요."

이야기하다보니 점점 자신의 어리석음이 실감나게 느껴졌다. 침묵이 무서워서 곧바로 "죄송합니다" 하고 에이타로를 향해 고개를 숙였다.

"얼마 전부터 마음에 걸렸었어."

에이타로가 리드를 마우스피스에 붙이고 일어났다. "꺼내봐" 하고 모토키가 어깨에 메고 있는 색소폰 케이스를 가리키며 말했다.

"넌 아무리 봐도 자신의 연주에 납득하지 못하는 것 같았거든. 그래도 설마 오디션 현장에서 자신에게 투표하지 않을 줄은 몰랐지만."

모토키는 악기 케이스를 열다가 그의 말에 고개를 푹 숙였다.

"챠엔. 얼마 전에 도바야시랑 여기서 몰래 구경했었지? 내가 〈스케르찬도〉를 부는 것을."

"네. 알고 계셨네요."

모토키가 리드를 준비하고 악기를 조립하는 동안 에이타로는 좌석에 앉아 기다려줬다. 리드를 마우스피스에 고정시키면서 모토키는 연한 푸른색으로 물든 십자가를 쳐다봤다.

"악보에 적힌 대로 정확한 리듬과 음정으로 부는 것이라든가, 손가락 테크닉 같은 것은 열심히 연습하면 어떻게든 되는 거잖아요. 하지만 그런 거 말고, 선생님처럼 불어보고 싶어요. 그런데 제 능력으로는 아무리 애써도 흉내를 낼 수가 없어서⋯⋯."

적절한 표현이 당장 떠오르진 않았다. 모토키는 입만 여러 번 뻐끔뻐끔 움직였다.

"모래⋯⋯ 모래 바다 속에서 계속 헤엄치는 것 같아요. 너무 건조하고 숨 막히고, 출구는 없고. 괴로워요."

두 눈 안쪽에서 둔통이 느껴졌다. 풍선이 부풀어 오르는 것처럼 그 감각이 점점 커지면서 눈시울이 뜨거워졌다. 역시 내 가슴속을 꽉 채우고 있는 것은 이것이었다. 이케베 선배에 관한 일, 부장으로서의 부족함. 그런 것들은 사소하게 느껴버릴 정도로 나는 나 자신의 연주에 온통 정신이 팔려 있었다.

"자신의 이상을 따라잡고 싶은데 따라잡지 못한다. 그러면 지칠 수밖에 없지."

"지쳤어요."

갈라진 목소리로 동의하는 모토키. 에이타로는 몸을 일으켰다. 모토키가 악기 준비를 마친 것을 확인한 그는 "지치겠지"라고 반복해서 말했다.

"챠엔은 마법에 걸린 것 같아. 아니, 마법이 아니라 저주인가."

에이타로는 모토키를 가리키더니, 이어서 자기 얼굴을 가리켰다.

"너는, '후와 에이타로는 훌륭한 인간이다'라는 믿음이 지나치게 강해."

어쩐지 자조하는 것처럼 그렇게 말했다.

"물론 나는 7년 전에 센가쿠의 부장이었어. TV에도 나왔고, 전국대회에도 출전했어. 너는 그런 나를 동경해서 취주악을 시작했을지도 몰라. 그러나 현재의 나는 평범한 코치에 불과해."

"하지만 저는 선생님의 〈스케르찬도〉를 듣고, 왜 나는 저렇게 불지 못할까 하고 매일매일…… 매일, 그런 생각을 했어요. 지금도 그렇게 생각하고요."

"좋아. 그런 너에게 조언을 하나 해줄게."

에이타로는 십자가를 등지고 색소폰 키에 손가락을 댔다.

"동경의 저편에 있는 것은 따라잡지 못하는 것이 정상이야. 그러니까 초조해할 필요 없어. 너는 너 자신의 이상을, 콩쿠르 날까지 차근차근 쫓아가면 돼."

"하지만 부장은 자기 생각만 하면 안 되는 거잖아요."

"부원들 모두에게 신경을 써주거나 상급생들을 상대로 리더십을 발휘해주길 바랐다면, 난 애초에 너를 부장으로 삼지 않았을 거야."

"그럼, 왜……?"

모토키는 저절로 숙여졌던 고개를 다시 들고 질문을 꺼냈다. 목구멍이 뒤틀려 소리를 잘 내진 못했는데도 에이타로는 정확히 알아들었다.

"너는 오디션 합격이 아니라, 오로지 자신의 이상을 쫓아가는 데에만 집중할 수 있는 녀석이니까."

하하하 웃은 그의 입이 마우스피스에 닿았다. 후 하고 숨을 불어넣어 소리를 길게 냈다. 낮은 음에서 높은 음으로.

높은 음에서 낮은 음으로.

"저……"

그렇게 쉽게 말하지 말아줬으면 좋겠다. 워밍업인 소리 내기 도중의 가벼운 잡담처럼 취급하지 말아줬으면 좋겠다. 가능하다면 다시 한번 같은 대사를 말해줬으면 좋겠다.

방금 그가 한 말을 평생 내 가슴속에 새겨두고 싶었다.

"선생님, 지금부터 뭐 하실 거예요?"

"모래 바다 속에서 허우적거리면서 헤엄치는 너를 구해줄 수는 없지만, 같이 헤엄치는 것 정도는 해주고 싶어."

"같이……?"

"오디션 전에는, 너만 특별지도를 해줬다는 오해가 생길까봐 자제했던 거야."

〈스케르찬도〉, 처음부터. 그는 그렇게 말하더니 소리 내기를 계속했다. 모토키도 허겁지겁 색소폰에 숨을 불어넣었지만, 충분히 소리 내기를 하기도 전에 에이타로가 "원, 투, 쓰리~"하고 신호를 보냈다.

굉장히 중요한 최초의 한 음을 완전히 망쳐버렸다. 입이 굳어서 리드가 제대로 진동하지 못하는 바람에 비명처럼 날카로운 소리가 났다. 일그러진 음이 흉하게 꼬리를 끌자, 에이타로가 웃음을 터뜨렸다. 그 순간 그의 음도 흔들렸다. 마치 껑충껑충 뛰는 것처럼.

자신이 알토 색소폰의 퍼스트를 불어야 할지, 세컨드 악보에 맞춰 불어야 할지조차 모르는 상태로 에이타로의 소리에 질질 끌려갔다. 그렇게 곡은 진행되었다. 엉망진창이었다. 그는 퍼스트를 부는 줄 알았는데 갑자기 그걸 모토키에게 양보하고 클라리넷이나 트럼펫 파트를 불어대기도 했다. 방심하면 또다시 돌아와서 모토키가 불려던 주선율을 빼앗아갔다——고 생각했는데, 그걸 또 모토키에게 돌려줬다. 그는 스코어를 통째로 외우고 있어서 가볍게 온갖 파트를 이리저리 왔다 갔다 하는 것이었다. 재미있어 보이는 곳, 즐거워보이는 곳으로 자유롭게.

뭐야, 장난하나.

그런 말이 불쑥 마음속에서 솟구쳤다. 아아, 뭐 이런 장난 같은 연주가 다 있지? 이 사람은 허둥지둥 연주하는 모토키를 즐겁게 바라보고 있었다. 좀 전까지 이런저런 문제로 고민했었는데. 오늘까지 쭉 괴로워했는데. 아마 내일부터도 그럴 텐데.

신기하게도 그런 불안함이나 지긋지긋함 같은 것이 벨에서 소리로 변해 튀어나간다. 스테인드글라스 너머로 푸르게 빛나면서 빙글빙글 돌다가 사라져간다.

음도 안 맞았고 템포도 어긋났다. 화음도 엉망이고. 콩쿠르였으면 감점 파티가 벌어졌을 것이다.

그러나.

그래도.

기막히게도 정말 미친 듯이 즐거웠다. 본디 스케르찬도는 틀림없이 이런 것이다. 후와 에이타로와 자신이 지금 같이 연주하고 있다. 모토키는 그 사실을 마음껏 음미했다. 어쩐지 입안에 단맛이 돌았다. 꽃처럼 향긋한 냄새가 코를 간질였다.

콩쿠르 무대에서 이런 기분을 느끼면 좋겠다. 그러면 틀림없이 우리는 전국대회든 어디든 갈 수 있을 것이다.

3 || 반짝임 ||

내 신발장을 열었더니 안에 메모지 한 장이 들어 있었다.

"또 이러시네⋯⋯."

교내에서 에이타로에게 볼일이 있는 사람은 음악 준비실로 찾아오는 경우가 많았다. 그런데 일부러 특별관까지 가기 귀찮아서 그런지, 가사이 선생님은 항상 신발장 안에 메모를 던져놓고 갔다.

"심지어 나더러 오라는 거야?"

메모에는 교무실로 오라는 내용이 적혀 있었다. 뭔가 성가신 일의 냄새가 난다. 에이타로는 그런 생각을 하면서 건물 2층에 있는 교무실로 향했다.

가사이 선생님은 떨떠름한 얼굴로 에이타로를 면담실로 데려갔다.

"우리 반에 있는 유키무라 노조무 말인데."

당연히 나루카미 레오나 이야기가 나올 줄 알았는데, 가사이 선생님의 입에서 나온 이름은 그녀와 같은 반 남학생인 유키무라였다.

"그 녀석이 나한테 상담을 했어. 취주악부를 탈퇴하고 싶다고."

"……그랬군요."

유키무라는 트롬본 파트다. 그런데 보름 전 오디션에서 3학년생들 중에선 유일하게 콩쿠르 멤버로 뽑히지 못했다.

"그 애는 콩쿠르 오디션에서 탈락했잖아? 콩쿠르에 나가지도 못한다면, 무리하게 부활동을 하는 것보다는 차라리 은퇴해서 공부에 전념하는 게 낫지 않을까."

"유키무라 본인이 그렇게 말했습니까?"

에이타로가 의심한다고 생각한 걸까? 가사이 선생님은 약간 미간을 찌푸리며 고개를 끄덕였다.

"그런데 다른 3학년생이나 후와 씨에게 그런 말을 하면 일이 커질 테니까. 어쩌면 좋을까 고민인 거지."

"제가 '부활동도 끝까지 해내지 못하는 녀석이 입시에는 성공할 것 같아?'라고 하면서 은퇴를 막을까 봐 걱정된다는 거죠?"

뜻밖이네요 하고 웃었다. 그러자 선생님은 거북한 표정으로 헛기침을 했다. 마치 그의 표면을 덮고 있던 '선생님'이라는 껍질이 찌익찌익 찢어지는 것 같았다.

"아니, 나도 다들 열심히 활동하고 있는데 일부러 찬물을 끼얹고 싶은 건 아니거든?"

손바닥으로 테이블을 탁 치면서 가사이 선생님이 빠르게 말을 토해냈다.

"후와 씨, 당신이 취주악부에 있었을 때는 말이지. 나도 '수험 따위에는 신경 쓰지 말고 지금은 마음껏 부활동에 전념해라!'라고 생각했었어. 당신의 담임은 아니었지만. 미야지와 하나모토가 그 후 원하던 대학교에 못 갔을 때에는, 내가 진작 브레이크를 걸었어야 했구나 하고 후회했어."

미야지, 하나모토. 그리운 이름을 듣고 눈꺼풀이 움찔 경련하는 것을 느꼈다. 둘 다 취주악부에 있었다. 〈열정의 연주! 취주악부 이야기〉에서도 두 사람의 모습은 여러 번 집중적으로 조명됐다. 그러나 콩쿠르 이후에 두 사람이 원하던 대학교에 불합격했다는 사실은 방송되지 않았다. 그 눈부신 스토리는 취주악 콩쿠르 전국대회에서 금상을 수상한 시점에서 아름답고 깔끔하게 끝나버렸으므로.

"저는 부활동보다 학업을 우선시하려는 학생에게 억지로 부활동을 시킬 생각은 없어요. 입시에 실패했을 때 부활동을 탓하는, 그런 서글픈 일은 없기를 바라니까요. 자기 스스로 판단해서 동아리를 탈퇴한다면 저는 반대하지 않을 겁니다."

"그래……. 다행이구나. 유키무라에게도 그렇게 전할게."

선생님은 진심으로 안도한 표정을 지었다. 고교 시절이었으면 단순히 이 사람을 싫어하면 됐을 텐데. 어른이 된다는 것은 성가신 일이다.

"다만 탈퇴할 거면 탈퇴한다고 스스로 확실하게 말하러 왔으면 좋겠어요. 그렇게 전해주세요."

에이타로는 그곳을 떠나면서 가사이 선생님에게 그런 말을 했다. 그리고 음악 준비실이 있는 특별관 4층으로 갔다.

30분도 지나기 전에 유키무라가 찾아왔다. 탈퇴 신청서를 가방에 넣고서.

탈퇴 신청서를 내민 유키무라에게 "가사이 선생님한테서 이야기는 들었어"라고 가능한 한 부드럽게 말했다.

"현 대회 이후와 지부 대회 이후에 콩쿠르 멤버를 다시 뽑는 오디션을 개최할 건데. 괜찮겠어?"

확인차 물어보자, 긴 침묵 끝에 그는 천천히 고개를 끄덕였다.

"가사이 선생님도 부모님도 학원 선생님도 입을 모아 말씀하셨어요. 지금 제 성적으로는 여름에 진짜 열심히 공부하지 않으면 원하는 대학에 가기는 힘들다고요. 그래서 공부와 연습을 양립시키기는 어려울 것 같습니다."

"그렇구나. 알았어."

그렇게 말하자, 유키무라는 미련이 남은 것처럼 "다만" 하고 말을 이었다.

"세팅 멤버로서 콩쿠르 당일에는 같이 가고 싶은데요. 안 될까요?"

세팅 멤버. 무대 위에서 연주하지는 않고 악기 반입을 돕는 인원이다. 오디션에서 떨어져버린 부원들이 그 역할을 맡기로 했다.

"이기적인 부탁이지만요. 3학년 친구들과는 그동안 쭉 함께 노력해왔거든요."

'친구들과 함께 노력하는 부활동'과 '자신의 장래'를 저울질해서 후자를 선택했다. 그러나 지금까지 취주악부에서 보낸 나날을 소중히 여기고 싶다. 유키무라는 그런 식으로 이야기를 했다.

"유키무라, 네가 원한다면 세팅 멤버로 참가해도 돼. 하지만 여름방학 때에는 여름 특강과 모의고사 같은 것도 있으니까 너무 무리하지는 마."

유키무라의 얼굴이 그제야 밝아졌다. 이것이 스스로 가장 원했던 결과인가 보다.

"아, 그리고 이번 일은 네가 직접 친구들에게 설명하도록 해."

유키무라는 긴장한 기색으로 "네" 하고 대답했다. 그리고 그날 합주가 끝난 다음에 모든 부원들 앞에서 탈퇴 의향을 정식으로 밝혔다. 3학년생들은 물론이고 하급생들도 깜짝 놀랐지만, 유키무라를 심하게 붙잡거나 비판하는 사람은 없었다.

"도중에 이탈하게 되어서 정말 죄송합니다. 그래도 여러분이 전국대회에 꼭 가기를 바랍니다. 다들 힘내세요."

유키무라는 그렇게 말하고 정중하게 인사한 뒤 취주악부를 떠났다.

* * *

"둘째 날, 정확히 중간이네."

에이타로는 벽에 붙은 일람표를 보고 혼잣말을 중얼거렸다.

센가쿠에서 전철을 갈아타고 한 시간쯤 걸리는 곳에 있는

문화센터에서 오늘 진행되고 있는 것이 사이타마현 취주악 콩쿠르 지구 대회의 연주 순서를 정하는 추첨식이었다. 지구 대회는 8월 1일, 2일 이틀에 걸쳐 열리는데, 이 관문을 돌파한 학교는 현 대회 출전권을 얻게 된다.

센가쿠는 2일 11번. 2일에 출전하는 학교는 총 스물한 개이므로 딱 중간이다.

연주 순서 일람을 새삼스레 살펴봤다. 출전하는 고등학교는 총 마흔셋. 시드 팀인 일곱 학교는 연주는 하지만 이미 현 대회 출전이 결정됐으므로, 나머지 서른여섯 개 학교가 현 대회 출전권을 두고 경쟁하게 된다. 센가쿠는 해마다 지구 대회를 금상으로 통과했으니까 올해도 별문제 없으면 무난하게 통과할 것이다.

"하루베, 이나키타, 사이타마에이코……."

시드 출전권을 갖고 있는 강호들의 이름을 무심코 소리 내어 말했다. 에이타로가 고교생이었을 때에도 이 세 학교가 센가쿠 앞을 가로막고 있었다. 사이타마현 대회를 돌파하고 니시칸토 대회에 진출하더라도 그들과는 또다시 경쟁해야 한다.

"7년 전에는 분명히 나란히 섰었는데."

다시 한번 센가쿠의 연주 순서를 확인하고, 덤으로 앞뒤에는 어떤 학교가 있는지도 메모한 뒤 재빨리 그곳을 떠났다.

센가쿠에 도착한 것은 방과 후 연습이 시작될 즈음이었다. 가방을 든 부원들이 잇따라 제1음악실 문을 열고 들어갔다.

레오나의 목소리가 들렸다. 에이타로는 음악 준비실 문을 열고 레오나를 불러 세웠다.

"오늘 추첨식이 있었죠?"

파이프 의자에 앉은 레오나가 몸을 앞으로 쑥 내밀고 "몇 번째예요?"라고 물어봤다.

"둘째 날 열한 번째. 딱 중간이야."

"맨 앞이면 음을 맞추기도 힘든데 잘됐네요. 휴, 드디어 시작한다는 느낌이 들어요."

이제 장마철인데도 비는 오지 않는 하늘 아래를 걸으면서 내내 생각해본 것이 있었다. 그런데 레오나의 '드디어'란 한마디가, 결정적으로 그의 생각을 앞으로 확 밀어줬다.

"자유곡 솔로 파트 말인데."

〈바람을 바라보는 자〉에는 다수의 솔로 파트가 존재한다. 특히 중요한 것은 중반에 있는 오보에 솔로다. 이 곡에서 특별히 눈에 띄는, 약동감 있는 멜로디가 울려 퍼지는 부분.

"나는 어떤 곡이든 처음이 중요하다고 생각해. 아무리 멋진 연주를 하는 밴드라도, 처음부터 실수하면 다 소용없는 거거든. 그래서 평소에 연습할 때에도 도입부에 가장 많은 시간을 투자하는 거야. 그런데 〈바람을 바라보는 자〉는 도입부만큼이나, 오보에 솔로로 시작되는 중간부가 중요하다고 생각해."

"제가 실패하면 센가쿠 자체가 실패해버린다는 뜻인가요?"

"나루카미, 네가 상의 종류를 좌우할 정도로 심하게 실패할 거라고는 생각하지 않아."

일정 수준을 넘어선 학생은 어지간한 일이 없으면 연습으로 쌓은 실력을 무대에서도 발휘할 수 있다. 반대로 연습에서 해내지 못한 것을 무대에서 해내는 것은 불가능하다.

"오보에한테 솔로를 시킨다면 그건 당연히 나루카미지. 그런데 오보에 솔로는 대역으로 알토 색소폰으로 연주하는 것도 가능하다……고 작곡가가 지시를 내렸거든."

에이타로의 말뜻을 눈치챈 레오나가 숨을 들이켜는 소리가 났다.

"모토키에게 시키실 거예요? 솔로 파트."

챠엔 모토키는 알토 색소폰 오디션에서 최다 득표를 했다. 주위의 야유를 받으면서도 그는 알토 색소폰 퍼스트 자리를 꿰찼으니까, 솔로를 논한다면 자연스럽게 그 이름이 나올 수밖에 없었다.

"무대에 오르기 직전에 어떻게 할지 결정할 거야. 일단 연습은 시키려고."

"현시점에서 저에게 그런 말씀을 하신다는 것은, 둘이서 솔로 경쟁을 하라는 뜻이군요?"

기대를 걸고 계시나 봐요, 모토키한테. 조그맣게 그런 말을 중얼거리는 레오나. 에이타로는 그 얼굴을 빤히 바라봤다. 그러자 레오나가 당황한 것처럼 "앗, 아니에요" 하고 양손을 앞으로 들어 올려 흔들었다.

"선생님께서 모토키를 편애하신다거나 뭐 그런 식으로 생각하는 것은 아니에요. 그 녀석은 오디션에서도 무척 열심히 했고, 또 꾸준히 진지하게 연습하고 있는걸요."

절대로 오해하진 말아주세요. 그렇게 못 박듯이 말하더니, 레오나는 다소 굳어진 얼굴로 에이타로를 쳐다봤다.

"오디션을 봤던 그날. 에이타로 선생님은 모토키와 같이 〈스케르찬도〉를 연주하셨죠?"

"……알고 있었구나."

"모토키가 그날 밤 엄청나게 자랑했거든요. 어지간히 기뻤나 봐요. 이케베와 다른 부원들한테 별별 소리를 다 들어서 주눅이 들었을 거라고 생각했는데, 아주 기운이 넘치더라고요."

정말 단순한 녀석이에요. 레오나는 그렇게 말하는 듯한 표정으로 웃었다.

"그런 순수한 면도, 에이타로 선생님이 그 녀석을 부장으로 삼기로 한 이유일 테죠. 최근 들어 그런 생각을 하게 되었어요."

달그락달그락 소리가 복도에서 들려왔다. 젖빛 유리 너머에서 악기를 든 부원들이 이동하는 모습이 보였다. 레오나도 그것을 보고 일어났다.

"저는 솔로 파트를 놓고 모토키와 경쟁할 거예요. 이번에는 지지 않을 겁니다. 이건 전 부장으로서의 오기입니다."

오디션 직후에 하복으로 바뀌어서 학생들의 교복은 시원해졌다. 레오나는 물빛 셔츠 소매를 걷어붙이고 주먹을 꽉 쥐었다.

"입시 공부도 해야지. 너무 무리하지는 마."

탈퇴한 유키무라와 레오나가 같은 반이란 사실을 떠올리고 저도 모르게 그런 말을 했다. 레오나는 지긋지긋하다는 표정으로 "선생님까지 그런 말씀을 하시면 어떡해요? 그러지 마세요" 하고 미간을 찌푸리며 말했다.

"가사이 선생님도 부모님도, 학원 선생님도, '부활동은 적당히 해' 하고 시끄럽게 잔소리를 하신단 말이에요. 특히 최근에는 더 심하게."

"그 상황에서 내가 '부활동에 집중해'라고 말하면, 너는 도망칠 곳이 없어지잖아?"

무리하지 마. 그렇게 다시 한번 말하자, 레오나는 놀란 것처럼 눈을 휘둥그렇게 떴다. 아무 말 없이 에이타로의 얼굴만 쳐다봤다.

"공부도 부활동도, 자신이 납득할 수 있을 만큼 열심히 해. 다른 누구도 아닌 자기 자신을 위해서."

그렇게 말을 잇자, 레오나는 퍼뜩 정신이 들었는지 숨을 크게 들이마시더니 "네, 감사합니다!" 하고 파란색 넥타이를 휘날리며 고개를 숙였다.

음악 준비실에서 나가는 레오나의 뒷모습을 지켜보면서, 자신이 한 말을 입속에서 다시 굴려봤다. 그리고 창문에 흐릿하게 비친 자기 얼굴을 노려봤다.

너도 그러지 못했던 주제에. 뭘 잘난 척하면서 학생들에게 "열심히 해라"라고 말하는 거야? 그렇게 욕을 하고 싶었다.

『에이타로, 넌 장래에 뭐가 되고 싶니?』

그리운 목소리가 돌연 귀 속에서 되살아났다. 가슴이 답답해졌다.

여름방학이 코앞까지 다가온 그날, 달빛 아래에서 부는 넬리벨의 〈두 개의 교향적 단장〉은 마치 출구가 보이지 않는 울창한 숲 속을 더듬어 나아가는 것 같았다. 그러나 그 길의 끝에서는 빛나는 뭔가가 기다리고 있으리란 것을 에이타로에게 가르쳐줬다. 이곳이 학교 건물의 비상계단이라는 사실조차 잊어버릴 정도였다.

"에이타로, 넌 장래에 뭐가 되고 싶니?"

연주를 끊기 좋은 대목에서 돌연 누군가가 문을 열고 나타났다. 카메라를 든 모리사키 아저씨였다.

"뜬금없이 왜 물어봐요?"

"너도 고3이잖아? 장래에는 어떻게 할 생각인지 궁금해서. 아저씨가 궁금해요."

입에 물려던 마우스피스를 떼고 하늘을 우러러봤다. 오늘은 만월이라 눈이 부셨다.

"솔직히 말해서 지금은 머릿속에 콩쿠르 생각밖에 없어요."

정확히 말하자면, 취주악 이외에는 하고 싶은 것이 생각나지 않았다. 틀림없이 콩쿠르 날까지 모든 것을 음악에 바치고 끝까지 전력질주를 하지 않으면, 나는 다른 일 따윈 아무것도 하지 못할 것이다.

그것을 어떻게 간결하게 말로 표현할 수 있을까. 과연 이 사람이 그걸 이해해주기는 할까. 그런 생각을 하면서 상대를 돌아봤는데.

"……뭐 하는 거예요?"

모리사키 아저씨가 필사적으로 웃음을 참으면서 이쪽을 향해 손바닥을 내밀고 있었다. 달빛을 자기 손으로 막는 시늉을 하면서 "눈부셔…… 너무 눈부셔" 하더니 마침내 웃음을 터뜨렸다.

"뭔데요?"

이번에는 진짜로 짜증이 담긴 말을 모리사키 아저씨에게 던졌다.

"뭔가에 정신없이 몰두하는 고교생의 모습이 아저씨한테는 너무 눈부셔 보여서 그래."

실실 웃으면서 모리사키 아저씨가 이야기를 계속했다.

"실은 남학교 취주악부에서 다큐멘터리를 찍자는 기획을 스스로 내놓긴 했지만, 남자들밖에 없는 부활동을 밀착 취재하는 것은 너무 땀내 나고 별로이지 않나?라고 생각했었거든."

그래서 뭐 어쩌라고요. 그렇게 대꾸하려는데, 모리사키 아저씨의 웃음소리가 그 말을 가로막았다.

"으음, 그런데 참 좋다. 젊은이가 어떤 것 하나에 정신없이 몰두하는 거. 눈부셔서 좋아. 멋진 다큐멘터리가 될 거야. '요즘 젊은이들은……' 하고 잘난 척 거들먹거리는 어른들에게, 그들이 잊고 있었던 소중한 것을 일깨워주는 거지."

콩쿠르를 위해 연습하고 있는 자기들의 모습이 생판 남인 누군가의 마음을 도대체 얼마나 움직일 수 있을까. 에이타로의 그런 의문이 전해져버린 걸까? 모리사키는 히죽 웃었다.

"나는 지금의 에이타로, 너를 보고 확신했어. 그런 프로그램을 만들 수 있을 거라고."

이상한 사람이다. 속으로 생각한 것이 소리로 튀어나올 뻔해서 양쪽 뺨에 힘을 꽉 줬다. 아마도 그런 자신의 얼굴이 모리사키 아저씨한테는 웃는 것처럼 보였을 것이다.

"너도 어른이 돼보면 알 거야. 고교생은 눈부신 존재거든. 일종의 파워, 순수한 열로 똘똘 뭉쳐진 것 같아. 그래서 일단 고기부터 먹여줘야 할 것 같다니까?"

이번에는 진짜로 웃음이 터져버렸다. 색소폰을 흔들면서 웃는 에이타로에게 모리사키는 카메라를 들이대진 않았다.

"나 참, 고기를 먹여주는 건 또 뭐예요?"

어깨가 흔들릴 때마다 색소폰에 비친 달빛이 흔들렸다. 흔들흔들, 흔들흔들. 마치 악기 자체가 웃는 것 같았다.

"고교생은 모른다니까? 이 심정을!"

비상계단 난간에 기대어서 모리사키 아저씨도 웃었다. 카메라는 완전히 오늘 업무를 마치고 그의 손안에서 그저 검고 차가운 덩어리로 변해버렸다.

"좋아요, 그럼 전국대회 콩쿠르에 가면 고기 사줘요."

반쯤 농담으로 그런 말을 했더니, 모리사키 아저씨는 여전히 웃는 얼굴로 눈을 진지하게 빛냈다. 가늘고 날카로운 뭔가가 자기 가슴에 쑥 하고 박힌 느낌이 들었다.

"그래. 아주 비싼 고기를 먹여줄게."

그것은 선전포고 같기도 하고, 훨씬 더 따뜻하고 뜨거운 응원 같기도 했다.

"약속한 거예요."

에이타로는 모리사키 앞을 지나쳐 비상구 문을 열더니, 아직 복도와 음악실 앞에 남아 있던 취주악부 부원들을 향해 소리쳤다.

"얘들아, 전국대회에 나가면 모리사키 아저씨가 비싼 고기를 사주신대! 취주악부 전원에게!"

"진짜? 우와~!" 하고 굵직한 함성이 복도에 울려 퍼졌다. 바닥과 천장에 그 목소리가 몇 겹으로 겹쳐지면서, 음악실이 있는 특별관 전체를 흔드는 것 같았다.

4 ‖ 승색(勝色) 바람 ‖

"아…… 안 돼."

컬러풀한 조명에 비춰진 좀 어두운 천장을 우러러보면서, 옆방에서 들려오는 엉망인 노랫소리를 들으며 모토키는 한숨을 푹 내쉬었다.

아침 연습 한 시간 반, 점심시간 30분, 방과 후 두 시간 반. 그리고 학교에서 돌아오는 길에 집 근처 노래방에서 한 시간. 그것이 지난 며칠 동안 모토키가 소화해낸 연습 스케줄이었다. 입술이 아팠다. 횡격막이 아팠다. 손가락이 아팠다. 귀도 아팠다. 그런데도 아직 심각하게 부족했다.

에이타로한테서 〈바람을 바라보는 자〉의 오보에 솔로를 알토 색소폰으로 연습해두라는 지시를 받은 것은 약 3주 전이었다. 그런데 모토키는 한 번도 합주에서 솔로를 불어본 적이 없었다.

굳이 레오나의 솔로를 자신의 솔로로 바꿀 정도로 자신의 연주가 높은 수준에 다다르진 못했으므로.

〈바람을 바라보는 자〉의 알토 색소폰 솔로는 이 세상의 누구도 들어본 적이 없었다. 그래서 어려웠다. 불 때마다 모토키 안에서 흐르는 색이나 냄새가 달라져서, 그중 무엇이 진짜인지 알 수가 없었다. 이거다! 하고 손을 내밀면 이미 그곳에는 아무것도 없어서 또다시 미아가 되었다.

그러는 사이에 점원에게서 "18세 미만 청소년은 열 시에는 나가야 해"라는 안내를 받고 말았다. 한 시간만 연습하려고 했는데 두 시간 넘게 방에 틀어박혀 있었던 것이다.

허둥지둥 돈 계산을 하고 집으로 뛰어갔다. 현관문을 열자, 거실에 불이 환하게 켜져 있었다. 복도로 흘러나온 그 빛을 보자마자 아, 큰일 났다 하고 생각했다.

미간을 잔뜩 찌푸린 어머니가 그 빛 너머에서 쓱 나타났다.

"문자에도 LINE 메시지에도 대답도 안 하고, 여태 뭐 하고 있었니?"

모토키는 아무 말 없이 가방에서 휴대폰을 꺼냈다. 문자와

LINE 메시지가 세 개씩 와 있었고, 부재중 전화가 다섯 건이었다. 발신자는 대부분 어머니였는데, 딱 하나 레오나가 보낸 LINE 메시지가 있었다.

부활동을 마치고 학교를 나오는 시간은 저녁 일곱 시. 보통 모토키는 여덟 시에는 집에 와서 저녁을 먹는다. 어머니가 걱정하고 의심하는 것도 당연했다. 노래방에 들어갈 때 연습에 집중하고 싶어서 알림과 벨소리를 꺼버린 것이 실수였다.

"죄송해요. 저, 연습하느라······."

"이 늦은 시각까지 어디서 연습을 해?"

"역 근처에 있는 노래방에서."

솔직하게 말했다가 아차 하고 후회했다.

고교생이 이런 시각까지 부모님한테 말도 없이 싸돌아다녀도 된다고 생각하니? 어떻게 연락 하나도 안 할 수가 있어? 그렇게 어머니가 소리 지르는 것을 묵묵히 듣고 있었다. 하지만 여전히 머릿속 깊은 곳에서는 솔로 생각을 하고 있었다. 사고가 음악에 침식되어 간다.

어머니의 분노의 대상이 서서히 오늘 밤 일이 아니라, 최근 부활동만 하느라 공부를 소홀히 하는 게 아니냐는 문제로 옮겨갔다. 아, 이거 난처하네 하고 생각했는데.

등 뒤에서 현관문이 열렸다. 리오 누나가 귀가한 것이다.

"리오…… 오늘은 일찍 왔네?"

취직한 지 석 달 반. 아침에 리오는 아무것도 먹지 않고 집을 나선다. 그리고 자정이 넘어 모토키가 잠자리에 들 무렵에 리오가 계단을 올라오는 소리가 난다. 주말에도 휴일 출근을 한다.

"누나, 오늘은 일이 일찍 끝났어?"

밤 열 시에 집에 왔는데 '일찍'이라고 표현하는 것도 이상했다. 리오의 얼굴은 화장이 무너져서 코끝과 이마가 번들거리고 있었다. 눈가에는 5월보다도 훨씬 진해지고 커진 다크서클이 자리 잡고 있었다.

"내일 회사 가야 하니까. 오늘은 일찍 온 거야."

"리오, 또 토요일에도 회사에 가는 거니?"

어머니가 다소 비난하는 말투로 말했다.

"가야지. 일이 있으니까. 어쩔 수 없어."

"아니, 그래도 요새는 매주 그러잖아."

"그래서 뭐? 어쩔 수 없다니까."

리오는 가방을 들고 거실을 가로질러 2층으로 올라갔다. 어머니가 "밥은?" 하고 물어봤지만 리오는 대답하지 않았다.

"어휴, 진짜. 모토키도 리오도 어쩜 이렇게 사람 속도 모를까! 부활동이다, 일이다, 뭐다 하면서!"

어머니는 이마를 오른손으로 짚고 투덜투덜하면서 거실로 돌아갔다. 모토키도 그 뒤를 따랐다. 얼른 목욕하고 내 방에 틀어박혀야지.

"모토키, 밥 먹어라."

그 한마디에 체념하고 식탁 앞에 앉았다. 어머니는 랩으로 싸서 식탁에 올려둔 생선튀김을 전자레인지에 집어넣었다. 모토키가 전자레인지 돌아가는 소리를 멍하니 듣고 있는데, 눈앞에 종이 한 장이 놓였다.

본 적 있는 녹색 광고지. 부자연스러울 정도로 활짝 웃고 있는 여고생이 "고1 여름부터 시작하는 입시 대책!"이라고 외치고 있었다.

"아…… 이거."

역을 끼고 노래방 반대편에 있는 학원의 여름 특강 광고지였다. 레오나도 이 학원에 다니고 있었다.

"이제 오디션도 끝났잖아? 실은 5월부터 다니기로 약속했잖아, 응?"

지난주에도, 그 전에도 어머니가 이 이야기를 꺼냈었다. 그냥 얼렁뚱땅 넘기다가 여름방학이 시작돼버리면 좋겠다고 생각했는데, 오늘은 도망치지 못할 것 같았다.

"모토키. 너 아빠하고도 약속했지? 부활동과 공부를 양립시키겠다고. 스스로 한 말에는 책임을 져야지."

"아니, 사실 오디션이 끝났으니까 지금부터 진짜 열심히 해야 하는 건데⋯⋯."

"모토키. 잘 들어."

어머니가 식탁 위로 몸을 쑥 내밀고 진지한 얼굴로 모토키의 눈을 쳐다봤다.

"네 아버지가 이제 곧 회사를 그만두고 독립한다는 건 너도 알지?"

모토키의 아버지는 도쿄에 있는 어느 대형 건축 설계 사무소에서 근무하고 있는데, 올가을에는 퇴직해서 자기 사무소를 개업할 예정이라고 한다. 학창 시절부터의 목표였다고 약 반년 전에 아버지가 말씀하셨다.

"네 아버지 일이 잘 풀리지 않으면, 너도 학비를 못 내서 센가쿠를 그만둬야 할 수도 있어. 알아? 그때는 부활동이 문제가 아니게 되거든?"

현재 아버지의 직장은 월급도 많고 안정적이다. 어머니가 '독립은 안 했으면 좋겠다'라고 생각하신다는 것은 모토키도, 또 아버지도 알고 있었다. 하지만 사태가 그렇게 심각하다고 여기지는 않았다.

"⋯⋯그, 그렇게 심각한 거야? 아버지가 독립하시는 거."

무심코 태평한 소리를 했는데, 그 순간 어머니의 눈초리가 사나워졌다. 아차 하고 후회해봤자 이미 늦었다.

"당연한 거 아니니?! 상황이 이런데도 너를 제대로 대학까지 보내주고 싶어서, 엄마가 이렇게 애써서 학원비도 내주려고 하는 거거든?!"

넌 왜 그렇게 항상 자기 생각밖에 못하니?! 어머니의 고함에 맞춰 전자레인지가 삑삑 소리를 냈다.

어머니는 크게 심호흡을 했다. "어떤 코스와 과목으로 할지 정해놔"라고 툭 내뱉듯이 말하더니 전자레인지에서 생선튀김을 꺼냈다. 밥, 된장국, 냉장고 속 샐러드가 차려졌다.

수분을 빨아들여 눅눅해진 튀김을 씹으면서 필사적으로 한숨을 삼켰다. 한숨을 쉬었다간 어머니의 분노가 폭발할 것이다. 자칫하면 취주악부를 관두라는 말까지 나올지도 모른다.

나는 근사한 이층집에 살고 있고, 부모님도 두 분 다 건재하시고, 먹을 것도 입을 것도 부족하지 않고, 부모님 덕분에 사립 고등학교에도 다니고 또 부활동도 하고 있다. 그런 당연한 일상이 사라져버릴지도 모른다. 어쩌면 반년 후에는 나는 취주악부에 머무를 수 없는 처지가 될지도 모른다.

그런 자신을 상상했더니 토할 것 같았다. 무서웠다. 무서워서 견딜 수 없었다.

레오나의 LINE 메시지는 『이 시간까지 어디서 뭐 하는 거야?』란 내용이었다. 어머니가 모토키 어디 갔냐고 레오나에게 물어본 모양이다.

『노래방에서 솔로 연습을 했어.』

그렇게 답장하고 베란다로 나갔다. 그때 마침 레오나가 자기 방에서 얼굴을 내밀었다.

"노래방? 역 앞에 있는 거? 와, 열심히 하네."

흐뭇한 얼굴로 이쪽을 보는 레오나에게 "당연하지"라고 대꾸했다. 막 씻고 나와서 축축한 머리카락에 미지근한 바람이 스며들었다.

"아직 합주에서는 한 번도 연주할 기회를 얻지 못했잖아."

"뭐, 그래도 최소한 어머니 문자에는 대답해야지, 안 그래? 저녁밥 먹고 있는데 너희 어머니한테서 전화가 와서 깜짝 놀랐다니까."

"연습에 몰두하느라 전혀 몰랐어. 머릿속에 솔로 생각밖에 없어서."

와, 너 바보구나 하고 웃을 줄 알았는데, 레오나의 웃음소리는 전혀 들려오지 않았다.

"아무튼 그래서, 어머니가 학원 다니라는 말을 꺼내셨어. 오디션은 끝났으니까 이제 괜찮지? 하는 식으로."

"우와, 너 이제 큰일 났다. 그런 이야기가 나오기 시작하면 점점 귀찮아지거든. 우리 부모님도 '오디션에 붙었으니까 이제 아침 훈련은 안 가도 되지 않아?'라고 말씀하신다니까. 아뇨, 붙었으니까 지금부터 열심히 해야 하는 거죠! 방심하면 안 되는 거잖아요~ 안 그래?"

도대체 왜 어머니도, 또 아마 아버지도 몰라주시는 걸까? 두 분도 고교 시절이 있었을 텐데. 부활동을 열심히 했던 시기가, 부모님의 잔소리를 지겨워했던 시기가 있었을 텐데.

"나도 고3이 되면 너처럼 더 심하게 잔소리를 듣게 될까?"

레오나가 지망하는 곳은 지바에 있는 국립 대학교 약학부다. 반도체 제조회사에서 연구자로 일하는 아버지가 에사키 레오나(*노벨 물리학상을 수상한 일본의 반도체 물리학자)의 이름을 자기 딸에게 붙여줬는데, 레오나 본인은 약제사가 되는 것이 꿈이라고 한다. 약을 개발하고 제조하는 일에 종사하고 싶은가 보다.

"학원. 다닐 거야?"

"응, 아마도. 아버지 회사가 잘 안 되면 학교를 그만둬야 할지도 모른다는 협박도 당했어. 이런 상황에서도 너를 학원에 보내주는 거니까 감사하라는 식이었어."

"하긴, 직장을 관두고 독립한다는 것은 그런 거지."

부장다운 활동은 하나도 하지 못하고, 선배님들의 반감을 사고, 그런 주제에 솔로도 만족스럽게 연주하지 못한다. 학원이니 입시 준비니 아버지 사업이니 뭐니 하는 쓸데없는 고민거리만 늘어난다.

"아마 에이타로 선생님은 응원해주실 거야."

뜬금없이 튀어나온 에이타로의 이름에 모토키는 "뭐?" 하고 고개를 들었다.

기분 좋게 웃는 레오나의 검은 머리카락이 사르르 어깨에서 흘러내렸다.

◆

눈을 감고 전신의 신경을 귀에 집중시켰다. 암흑 저 너머에서 빛의 입자가 탁 터진 듯한 감각에 저절로 웃음이 나올 뻔했다.

지휘봉을 휘두르던 손을 멈춰 합주를 중단시키고. 에이타로는 음악실 뒤쪽을 봤다.

"트럼펫 솔로는 도바야시가 하자."

방금 솔로를 연주한 도바야시가 가슴 높이에서 주먹을 불끈 쥐고 기뻐했다. 같은 트럼펫의 퍼스트이자 3학년인 사쿠라이가 약간 어깨를 늘어뜨리더니 도바야시의 등을 퍽! 하고 때렸다.

〈바람을 바라보는 자〉는 솔로가 많은 편이다. 작곡자의 취향인지, 지도자를 괴롭히려는 의도인지 뭔지. 어쨌든 솔로를 누구에게 연주시킬지도 이제는 거의 다 정해져서 곡이 얼추 만들어지고 있었다.

남은 것은——.

"챠엔, 오보에 솔로를 색소폰으로 해봐."

에이타로의 지시에 모토키는 놀라지 않았다. 평온한 목소리로 대답하고 색소폰을 들었다.

"오보에 솔로는 알토 색소폰으로 대체 가능하다고 한다. 뭐로 할지 오늘 정할 거야."

전원을 향해 그렇게 말하고 지휘봉을 들어 올렸다. 솔로보다 조금 앞에 있는 부분을 지정해 지휘봉을 휘둘렀다.

튜바와 유포니엄의 저음에 호른의 의젓한 소리가 겹쳐진다. 글로켄슈필과 실로폰의 선율은 어쩐지 구슬퍼서 추운 겨울날 대지에 부는 바람을 연상시킨다. 거기서 울려 퍼지는 솔로는 마치 겨울 하늘 아래 나뭇잎 사이로 비쳐드는 햇살 같았다.

모토키가 솔로 파트를 열심히 연습한 것은 잘 알고 있었다. 안정감 있는 고음도, 몸속 깊은 곳까지 울려오는 저음도 흠잡을 데 없이 아름다웠다. 제 안에서 음 하나하나를, 음표의 연결을 필사적으로 해석해서 이야기하려 하고 있었다. 필사적으로 입을 열어 '뭔가'를 노래하려 하고 있었다.

오디션에서 지나치게 순수한 발언을 했다가 주위의 반감을 사버린 이후, 혼자 묵묵히 연습하는 모습이 이전보다 더 눈에 띄게 되었다. 고립감을 떨쳐내려는 듯이 음악에 몰두했었다.

그럼에도 불구하고, '뭔가'를 찾아내기에는 시간이 부족했나 보다.

"다음. 같은 부분을 나루카미가 해봐."

알토 색소폰과 오보에는 애초에 소리가 다르다. 어느 쪽을 사용하느냐에 따라 솔로 파트의 인상은 확 달라지고 곡 자체의 냄새가 변한다. 오보에의 소리는 그 직전의 저음 파트나 호른, 타악기 소리와 멋지게 조화를 이루어 마치 그 잔향을 건져 올리는 듯한 따뜻한 소리였다.

"그만."

에이타로는 지휘대를 짚고 다시 한번 눈을 감았다. 이야기를 내세우는 알토 색소폰과, 주위에 조화되는 오보에. 코로 얕게 숨을 들이마시고 입을 한일자로 꾹 다물었다.

"솔로는 오보에로 한다."

자신의 목소리가 평소보다 더 크게 음악실에 울려 퍼졌다. 박수 소리는 나지 않았다. 레오나를 칭찬하는 소리도, 모토키를 격려하는 소리도.

"상위 대회에 진출하면 그때마다 가장 컨디션이 좋은 사람으로 솔로도 바꿀 생각이야. 그러니까 지구 대회에서 연주하지 않는 사람도 미리 연습해둬."

기운차게 "네!" 하고 대답하는 소리를 들으면서 힐끔 모토키를 봤다. 그는 자기 악보를 노려보고 있었다. 옆에서 이케베가 '꼴좋다'란 표정을 짓고 있어도, 또 주위 사람들이 차가운 눈빛으로 자신을 쳐다봐도 아랑곳하지 않고.

음악의 신에게 오감도 사지도 전부 다 바치는 것처럼.

* * *

부활동이라는 일상 속에 TV 카메라가 들어온 지 벌써 3개월이나 지났다. 저격수처럼 렌즈가 자기들의 옆얼굴을 노리는 것도, 어느새 취주악부 공기의 일부가 되었다.

"아, 좋아. 너희들. 아침인데도 멋진 소리를 내는구나?"

지휘대에 선 미요시 선생님은 기분이 좋아 보였다. 지구 대회 추첨식에서 아침 일찍 1번으로 연주하는 순서를 뽑아서 쭉 걱정하고 있었는데, 연속으로 연주한 과제곡과 자유곡에 아주 만족하신 것 같았다. 새벽 다섯 시에 학교에 집합해 소리 내기를 한 보람이 있었다.

"자, 연습은 이제 그만하고 대회장으로 갈까?!"

네! 하고 대답하고 일어났다. 파이프 의자가 삐걱거리는 소리가, 수많은 남학생들의 발소리 및 악기 정리하는 소리와 겹쳐졌다.

퍼커션 파트장이기도 한 도쿠무라가 중심이 되어 타악기를 트럭에 실었다. 악기를 옮길 때만은 호랑이 교관처럼 험악해지는 퍼커션 부원들을 촬영 스태프가 쫓아다니다가 "거기 있으면 위험해요!" 하고 도쿠무라한테 호되게 혼나는 장면을, 에이타로는 웃음을 삼키며 바라봤다.

"드디어 시작되는구나."

쿵쾅쿵쾅 발소리를 내며 다가온 누군가의 목소리. 그는 승강구로 가는 에이타로 옆에 나란히 섰다. 한발 늦게 카메라맨도 따라왔다.

"네, 그러게요."

"나까지 긴장되는걸."

"긴장이요? 모리사키 아저씨는 연주도 안 하면서 무슨."

에이타로가 헛웃음을 짓자 모리사키 아저씨도 웃었다. 으하하! 괴수 같은 웃음소리였다.

밀착 취재 초기에는 모리사키가 말을 걸 때마다 에이타로는 멈춰 서서 존댓말로 정중하게 문답을 했지만, 어느새 그런 것은 사라지고 존댓말도 친근한 반존대가 되었다.

"아, 기대된다."

자기 목소리가 복도 전체에 울리는 것이 느껴졌다. 자기들 앞뒤도 승강구 바깥도, 전부 다 부원들이 내는 목소리와 악기 운반하는 소리로 시끌시끌한 와중에 신기하게도.

"긴장을 안 하는구나."

"했어요. 긴장했지만, 기대감이 더 커요."

"굉장한데? 에이타로, 넌 장래에 거물이 될 거야. 틀림없이."

"모리사키 아저씨는 참 능글능글하시네요. 괜히 긴장해서 지구 대회에서 패퇴했다가는 당신네도 큰일 나는 거 아녜요?"

"아, 가능하면 좀 더 높은 대회까지 가주면 좋겠는데. 방송인으로서도, 너희들을 쭉 지켜봐온 한 명의 어른으로서도."

멋진 대사를 읊는 것 같은데도 얼굴은 평소처럼 실실 웃고 있으니 왠지 설득력이 없었다. 또 능글맞은 소리를 하네, 하는 느낌이 들었다.

"네, 맡겨주세요."

승강구에서 신발을 갈아 신고 밖으로 나왔다. 교차로에는 악기 반입용 트럭과 대형 버스가 세워져 있었다. 아직 여덟 시도 안 됐는데 매미 울음소리와 햇빛이 그들을 짓누를 것 같았다.

"데려다줄게요. 전국대회 콩쿠르에."

신발을 갈아 신는 데 시간이 걸렸는지 조금 늦게 따라온 모리사키 아저씨와 카메라맨을 돌아보면서 에이타로가 그렇게 말했다. 어디서 그런 자신감이 튀어나왔는지 스스로도 알수 없었다.

다만 오늘부터 시작되는 기나긴 콩쿠르가 자기 인생에서 특별히 빛나는 것이 될 것 같다는 예감이 들었다. 당장이라도 육체를 찢고 하늘 높이 날아갈 정도로 강하게, 강하게.

"너희들 지금 긴장했냐?"

지휘봉을 내리고, 7년 전 자신을 떠올리면서 에이타로는 부원들에게 물어봤다. 지구 대회의 대회장, 공연 직전의 리허설룸에서 부원들은 대체로 비슷비슷한 표정을 짓고 있었다. 긴장은 했다. 그러나 가슴속에 '여기는 아직 지구 대회야' '여기서 패퇴하면 안 돼'라는 생각을 품고 있어서, 그런 것들이 복잡하게 뒤엉켜 있었다.

"조금 긴장했습니다."

앞줄에 앉아 있는 레오나가 그렇게 대답했다. 자유곡 솔로대결의 승리자. 그래서인지 표정이 상쾌해 보였다. 쓸데없이 긴장하지도 않은 것 같았다.

"부장은 어때?"

모토키를 봤더니, 그는 한순간 자기 양손으로 시선을 떨어뜨린 다음에 진지하게 고개를 끄덕였다.

"괜찮습니다. 손가락도 잘 움직여요."

웃는 얼굴도 자연스러웠고 안색도 좋았다. 그토록 열심히 연습했던 솔로를 레오나에게 빼앗겼는데도 그걸 마음에 담아두는 기색도 없이, 새로운 기분으로 임하는 것처럼 보였다.

"7년 전에 내가 고3이었을 때에는 미요시 선생님이 추첨식에서 1번을 뽑아오셨다."

밴드 뒤쪽에 있는 미요시 선생님이 배꼽을 잡고 웃음을 터뜨렸다. 못 본 척하고 이야기를 계속했다.

"새벽 다섯 시에 학교에 집합해서 연습을 하고 열 시 반부터 무대에 올랐어. 진짜 졸리고 힘들었다니까. 나는 갈라진 리드로 내내 롱톤(*음 하나를 최대한 길게 부는 워밍업)을 하다가 미요시 선생님을 격노하게 만들었어. 그날 연주는 썩 훌륭하진 않았고, 연주가 끝나고 나서 우리는 뭔가가 부족하다면서 설전을 벌였었지."

당시의 상황을 부원들에게 이야기하는 것은 오늘이 처음일지도 모른다. 지구 대회에서 했던 연주는 즐거웠다. 그러나 '즐거움'에는 아직 여백이 존재했다. 금상을 수상해 현 대회에 진출하고, PD인 모리사키 아저씨한테서는 "감동했어"란 말을 들었지만. 그래도 역시 뭔가가 부족했다.

"오늘은 그렇게 되지 않도록, 너희들은 지금 할 수 있는 일을 완벽하게 해내길 바란다."

네! 하는 기운찬 목소리. 에이타로는 고개를 끄덕이고 파이프 의자에서 일어났다. 슬슬 스태프가 유도를 시작할 것이다.

콩쿠르 멤버는 동복을 입고 무대에 오른다. 에이타로는 검은색에 가까운 남색 옷으로 온몸을 감싼 쉰다섯 명을 둘러봤다.

"이 색깔은 '승색(*일본의 전통 색깔. 검은색에 가까운 진한 남색)'이란 거다. 승리한다는 뜻이야. 행운의 색깔이지. 자, 긴장 풀고 즐거운 연주회를 가져보자."

지휘자인 자기 혼자만 검은색 정장을 입고 있으니 튀어 보였지만. 고급스런 연미복을 입을 마음은 도저히 들지 않았다.

리허설룸을 나오자 금방 무대 옆으로 유도되었고, 앞 순서 학교의 연주가 끝났나 싶더니 순식간에 무대 위로 올라오게 되었다. 쫓기는 듯한 이 감각은 언제나 변하지 않는다. 연주자였던 시절에도, 지휘자가 된 지금도.

각자의 위치에 자리 잡는 부원들. 에이타로는 간간이 지시를 내리면서 지휘대 옆에서 그들을 바라봤다.

둘째 줄 오른쪽 끝의 의자에 앉은 모토키와 눈이 마주쳤다.

아, 하는 소리가 튀어나올 뻔했다. 에이타로는 지휘봉으로 그를 가리켰다. 눈을 동그랗게 뜨고 의자에서 엉덩이를 떼려는 모토키. 무심코 말 한마디가 흘러나왔다.

"나도 거기서 불었는데."

나는 당시 알토 색소폰 퍼스트였고, 모토키도 마찬가지였다. 자리를 변경하지도 않았으므로 같은 장소에 그가 앉아 있는 것은 아주 자연스러운 일이었다. 그런데 공연 직전의 무대 위에서 할 만한 이야기는 아니었다.

"아, 네……."

모토키는 어쩔 줄 모르고 고장 난 장난감처럼 몇 번이나 고개를 위아래로 움직였다.

혹시 내가 긴장한 걸까. 자신이 현역 취주악부 멤버였던 시절에는 공연 직전에 항상 흥분의 전율을 느꼈었다. 지금부터 시작될 행복한 12분이란 시간 앞에서 전신의 감각이 예민해지고, 온갖 색깔이 선명해지고, 주위의 냄새가 진해지는 것이다. 타버릴 듯한 조명의 열기와 목덜미에서 풍기는 땀 냄새, 누군가가 숨 쉬는 소리, 승색 교복, 객석에 앉아 있는 수많은 사람들의 열량. 색소폰 마우스피스를 입에 물면, 혀 끝에 닿는 리드의 감촉과 더불어 숲 향기가 콧속으로 들어온다. 뺨에 닿는 바람이 느껴진다.

지휘자로서 객석을 향해 인사하자 박수가 터졌다. 피부로 느껴지는 얼얼하고 따끔따끔한 아픔은 경험해본 적이 없는 것이었다.

『너한테 바람이 불 때는 객석에서 봐도 알 수 있어. 아아, 바람이 부는구나. 엄청나게 부네 하고.』

미즈시마 카에데가 에이타로에게 그런 말을 한 것은 7년 전 니시칸토 취주악 콩쿠르에서였다. 본인은 망한 금상이라 전국대회에 나가지 못하게 됐는데도 카에데는 웃고 있었다.

『바람이 불 때에는 최강이잖아. 에이타로, 너는.』

지휘봉을 들어 올리고, 그 가늘고 날카로운 끄트머리로 허공을 긋는다. 공간에 칼집을 넣는 것처럼. 거기서 뭔가를 끌어내는 것처럼.

폭죽이 터지듯이 과제곡 〈스케르찬도〉가 시작됐다.

즐겨라.

악기를 붙잡고, 숨을 불어넣고, 채를 내리치고, 현을 켠다. 한 사람 한 사람의 얼굴을 보면서 에이타로는 염원했다. 즐겁게 연주해라. 즐겁게 연주하지 않으면, 음악의 신은 결코 만나러 와주지 않는다. 그러니까 즐기고 즐기고 또 즐겨서, 그 끝에 있는 것을 찾아 와라.

아니, 같이 찾으러 가자.

제3장
우리는 〈바닷바람 행진곡〉이 되고 싶었다

1 || 미지의 영역 ||

"가장 연습하고 싶을 때 연습하지 못한다는 것은 꽤 심각한 딜레마지."

옆에서 나란히 걷는 미요시 선생님이 멀리서 들려오는 롱톤 소리에 귀를 기울이며 그렇게 말했다. 창문을 열어도 전혀 바람이 불어 들어오지 않는 복도에 울려 퍼지는 소리. 호른 소리였다.

"뭐, 그건 우리들 같은 지도자뿐만 아니라 애들도 마찬가지일 테지만."

여름방학이 시작되자 미요시 선생님도 여유가 좀 생겼는지 부활동에 참가하게 되었다. 합주는 에이타로에게 맡겼지만, 파트 연습은 둘이 분담해서 봐주고 다녔다.

센가쿠는 사이타마현 취주악 콩쿠르 지구 대회를 무사히 돌파하여 현 대회에 진출했다. 현 대회 다음은 니시칸토 대회, 그리고 전국대회. 아직 갈 길이 멀었다.

그런데 현 대회까지는 시간이 일주일밖에 안 남은 이 상황에서 여름방학이 시작된 센가쿠는 3학년생들을 상대로 여름 특강을 실시했다. 주말과 추석 전후의 일주일을 제외하면, 평일 오전 내내 특강이다. 일단 희망자 한정이라고는 하는데, 대부분의 3학년생들이 학원과 병행해서 그 수업을 수강하는 듯했다.

현 대회에서 니시칸토 대회에 진출하는 것은 상위 아홉 개 학교. 도대체 일주일 동안 뭘 할 수 있단 말인가.

"오늘 합주는 할 수 있어?"

지구 대회 직후부터 전원이 모인 합주는 거의 해보지 못했다. 오늘은 또 3학년 부원들이 많이 다니는 학원에서 시험을 본다고 해서 대부분의 3학년생들이 결석했다.

"시험 끝나면 연습하러 오겠다고 한 녀석도 있으니까요. 할 겁니다."

"고생이 많네. 정말 요즘 고교생들은 고생이 많아. 부활동에만 전념해도 비난을 받고, 공부에만 전념해도 비난을 받고, 입시나 취직에 실패하면 그건 자기 책임이고."

그런 불평을 늘어놓는 미요시 선생님과 계단 앞에서 헤어졌다. 선생님은 클라리넷 파트를, 에이타로는 한 층 위에서 연습하는 트롬본 파트를 보러 갔다.

교실 문을 열었더니 그곳에 뜻밖의 인물이 있었다.

"유키무라, 웬일이야?"

한 달도 더 전에 탈퇴했던 3학년 유키무라 노조무가, 둥글게 앉아 있는 트롬본 파트 중앙에 서서 메트로놈에 맞춰서 보면대를 채로 탁탁 두드리며 리듬을 맞추고 있었다. 그는 에이타로를 보고 겸연쩍은지 입을 우물거렸다.

"오늘은 학원 쉬는 날이어서요."

"그런 날 연습이 아니라 공부를 하기 위해 동아리를 탈퇴했던 거잖아."

"3학년은 오늘 시험 봐서 쉰다고 들었거든요. 그래서 연습을 좀 도와주러 와봤어요."

에이타로와 교대하듯이 유키무라는 '콩쿠르 멤버에서 탈락해버린 하급생의 연습을 봐주고 오겠다'면서 교실 밖으로 나갔다.

"유키무라가 오면 좀 도움이 돼?"

파트장인 고마자와 다다시에게 확인차 그렇게 물어봤다. 트롬본을 끌어안은 그는 "도움이 된다기보다는, 안심이 돼요"라고 즉답했다.

"우리도 힘내야지!라는 생각이 저절로 들거든요. 게다가 1학년생의 연습을 봐주니까, 오늘처럼 3학년이 저밖에 없는 날에도 자기 연습에 집중할 수 있고요."

그 말에 위화감을 느끼는 것은 자신이 어중간하게 나이가 들어버렸기 때문일까.

가슴속에 어렴풋한 불쾌감을 품은 채 연습을 시작했다. 전원 모여서 합주하는 것이 불가능하다면, 파트 연습을 통해 세세한 부분을 미조정하는 데 시간을 할애한다. 트롬본 다음에는 또 마찬가지로 3학년이 없는 저음 파트를 살펴봤다. 그

후 찾아간 트럼펫 파트는 전원이 연습에 참가한 상태였다. 파트장인 사쿠라이는 학원 시험을 빼먹었다고 한다. "3학년이 없으면 1, 2학년에게 모범을 보일 수 없잖아요"라는 이유로.

여러 파트를 둘러보는 과정에서 사소한 고민거리가 차곡차곡 쌓이다가 마침내 '현 대회를 어떻게 돌파하면 좋을까?'라는 커다란 고민거리로 발전했다.

색소폰 파트가 연습하고 있는 교실에 도착하자, 그 타이밍을 노린 것처럼 이케베 유타카가 교실로 들어왔다. 허겁지겁 뛰어왔는지 안경이 코끝에서 떨어지기 일보 직전이었다.

"저, 3학년생 대신 들어가도 될까요?"

별실에서 연습하고 있었던 걸까. 그는 알토 색소폰과 보면대를 끌어안고 "허락해주세요!" 하고 에이타로를 향해 고개를 숙였다. 오늘은 3학년인 고시가야가 학원 시험을 보느라 연습에 빠졌다. 알토 색소폰이 모토키밖에 없으면 파트 연습도 뭣도 안 되겠구나…… 하고 생각했었는데 마침 잘됐다. 이케베도 그것을 기회라고 생각한 모양이고.

"좋아, 그럼 세컨드로 들어와."

그렇게 이케베를 참가시켜서 파트 연습을 시작했는데, 몇 분 만에 에이타로의 눈이 휘둥그레졌다.

"이케베, 실력이 많이 좋아졌구나."

저도 모르게 그런 말을 중얼거리자, 이케베는 마우스피스에서 입을 떼고 "감사합니다"라고 담담하게 인사했다. 그러나 뺨은 약간 상기되어 있었다.

"소리가 부드러워지고 앞으로 쭉 퍼지게 되었어."

오디션 당시에는 소리가 뾰족하고 딱딱하게 들렸었다. 소리가 위로 새어나가는 것 같은 아쉬운 연주법이었다. 그런데 그것이 이제는 잘 개선되었다.

"1학년이 잘난 척하는 꼴을 두고 볼 수는 없으니까요."

공격성을 숨기지도 않는 목소리로 대놓고 그런 말을 했다. 옆에 앉아 있는 모토키에게. 예상대로 모토키는 힐끗 그를 보더니 난감한 듯이 미간을 찌푸렸다.

"그래, 잘했다."

장기간에 걸친 콩쿠르 멤버 선발 오디션. 그렇기 때문에 탈락을 계기로 심기일전하여 크게 성장하는 사람도 있는 것이다.

"현 대회까지는 시간이 없으니 현재 멤버를 유지할 거지만, 지부 대회 전에 또다시 오디션을 실시할 거다. 그러니까 좀 더 악착같이 노력해봐."

이케베는 다시 한번 "네, 감사합니다" 하고 고개를 끄덕이더니 입꼬리를 만족스럽게 끌어올렸다.

색소폰 파트의 다른 부원들을 먼저 음악실로 돌려보내고 모토키의 솔로를 봐주기로 했다. 아니, 실은 본인이 그걸 부탁했다. 얼굴에서 초조함이 느껴지는 것은 이케베의 영향인 걸까.

"너 자신은 어떻게 생각해?"

〈바람을 바라보는 자〉의 솔로 연주를 마친 모토키는 절박한 표정으로 에이타로를 응시했다.

"현 대회에서 나루카미 대신 솔로를 할 만한 연주였다고 생각해?"

그렇게 물어보자, 모토키는 신음하면서 힘없이 의자 등받이에 기대어 앉았다.

"스스로 아직 납득하지 못했잖아. 그게 소리에서도 드러나고 있어."

"하지만, 하면 할수록 미궁에 빠져버리는걸요."

모토키는 이마의 땀을 닦고 한숨을 푹 내쉬었다. 에이타로는 학생용 의자에 앉아 쓴웃음을 지었다.

"색소폰은 음악의 역사 속에서도 비교적 최근에 등장한 악기다. 그만큼 연주하기도 쉽지. 그러니까 챠엔, 너의 솔로는 압도적이어야만 해. 작곡자가 놀라서 기절할 정도로."

"선생님, 혹시 〈바람을 바라보는 자〉의 작곡자와 아는 사이세요?"

돌연 모토키가 그런 질문을 했다.

"왠지 친구처럼 이야기하시는 것 같아서요."

글쎄. 그 녀석은 지금 나한테는 어떤 존재일까. 어리석다
싶으면서도 저절로 그런 생각이 들었다. 이제 와서 자신과
미즈시마 카에데의 관계에 이름을 붙이는 것은 가당찮은 짓
이었다.

　"중학교 때 같은 취주악부였어."

　"와! 동급생이 작곡가예요?"

　두 눈을 반짝반짝 빛내는 모토키 앞에서, 굳이 변명하듯이
이런저런 말을 늘어놓고 싶진 않았다.

　"그 녀석이 자주 그런 말을 했었어. '콩쿠르는 12분 동안의
연주회'라고."

　"지구 대회 전에 에이타로 선생님도 그렇게 말씀하셨잖아
요. '즐거운 연주회를 가져보자'고요."

　"콩쿠르든 뭐든 간에, 무대에 선다는 것은 연주회를 여는
것과 마찬가지야. 점수를 얻는다든가 감점을 피한다든가 하
는 게 아니라, 심사위원을 포함한 관객을 얼마나 즐겁게 해
주느냐가 관건이지."

　이상론이라고 말하는 사람도 있을 것이다. 관객을 즐겁게
해줘봤자 꼭 금상을 받는다는 보장은 없다. 금상을 못 받으
면 상위 대회로 나아가지 못한다.

　"어느 날 갑자기 시야가 확 트이면서 발견하게 될 거야."

　말로는 잘 표현하지 못할 것 같아서 "이런 식으로" 하고

모토키의 눈앞에서 짝! 하고 양손을 모았다.

"챠엔. 네가 생각하는 〈바람을 바라보는 자〉에 딱 맞는 풍경, 색깔, 냄새가 발견되는 순간이 반드시 있을 거야. 네가 납득할 수 있는 솔로를 불게 되면, 그걸 나한테 들려주러 와."

"저와…… 선배님들이 납득할 수 있는 솔로, 말씀이신가요?"

모토키가 우울한 얼굴로 질문했다. 에이타로는 자기 무릎에 팔꿈치를 대고 턱을 괸 자세로 모토키에게 물어봤다.

"지쳤니?"

허를 찔린 듯한 표정으로 모토키가 이쪽을 쳐다봤다.

"오디션 이후로 이케베나 다른 2, 3학년생들이 너한테 차갑게 구는 것 같던데."

"아니, 그래도 대놓고 괴롭히지는 않아요. 저도 자업자득이라고 생각하고……. 물론 전혀 신경 쓰이지 않는 것은 아니지만요."

불쑥 튀어나온 모토키의 속마음. 에이타로는 입을 꾹 다물었다.

그의 성격을 알면서도 부장으로 임명한 것도, 콩쿠르 멤버로 놔둔 것도 에이타로 자신이었다. 모토키를 고립되게 만든 원흉은 아무리 생각해봐도 에이타로일 것이다.

"틀림없이 다들 레오나가 솔로를 연주하기를 바랄 거라고 생각해요. 연주의 좋고 나쁨을 떠나서 멤버들의 심정이 그런 거겠죠."

그 장면을 상상하고 '하긴 그렇지' 하면서 에이타로는 수긍했다. 그런데 모토키는 가냘픈 목소리로 "하지만" 하고 말을 이었다.

"'그 녀석은 짜증나니까 솔로 연주를 안 했으면 좋겠어'라는 멤버들의 심정을, 제가 저 자신의 연주로 바꿔놓으면 되는 거잖아요?"

말은 호전적으로 하는데도 모토키는 괴로워 보였다.

"기대할게."

한순간 망설이다가 에이타로는 모토키의 머리로 손을 뻗었다. 쓱쓱. 그의 머리를 쓰다듬었다.

"너무 힘들고 지치거든 다시 한번 교회에서 〈스케르찬도〉 라도 불자."

"아, 네. 그거 좋네요."

모토키가 겨우 미소를 보여주자 에이타로는 안도했다.

슬슬 합주를 시작할 시간이다. 사람이 부족해서 완벽한 합주는 불가능할 테지만, 이케베처럼 이것을 기회로 여기고 적극적으로 참여하는 부원이 있을지도 모른다.

에이타로가 의자에서 일어나기 전에, 악기를 든 모토키가 벌떡 일어났다. 그는 에이타로를 내려다보면서 "선생님은……" 하고 신중하게 단어를 골라 질문을 던졌다.

"7년 전에 과제곡이었던 〈바닷바람 행진곡〉을, 무슨 생각을 하면서 부셨어요?"

그리운 곡명에 순간적으로 말문이 막혔다. 모토키가 "참고하고 싶어서 여쭤보는 거예요"라고 말을 덧붙였다.

"〈바람을 바라보는 자〉의 솔로에 관한 힌트를 선생님한테서 얻으면 그건 비겁한 짓이니까, 선생님이 콩쿠르에서 연주하셨던 〈바닷바람 행진곡〉이 괜찮을 것 같아서요. 그건 저도 중학교 때 불었고요."

그 당시를 회상하면서 에이타로는 팔짱을 꼈다. 카에데, 방송 PD 모리사키 아저씨, 취주악부 친구들의 얼굴. 음악실, 무대, 객석. 밀물이 들어오는 것처럼 하나의 광경에 도달했다.

"아쿠아 알타(Acqua alta)였을 거야."

등을 구부리고 몸을 앞으로 쑥 내밀었던 모토키가 "……네?" 하고 어색하게 고개를 갸웃거렸다.

"전원이 그랬던 것은 아니지만."

그때 그들은 곡의 이미지를 통일하지 않았다. 각자 최고로 좋다고 여기는 것을 들고 오면 지휘자가 그것을 하나로 모아줬다. 그 12분의 시간은 음악의 신에게 자기들의 음악을 헌상하는 시간이었다.

"아쿠아 알타. 뭔지 한번 알아볼게요."

"어쨌든 그건 나만 그랬던 거야. 알았지?"

교실에서 나왔더니, 이미 모든 파트가 음악실로 돌아갔는지 희미하게 롱톤 소리가 들려왔다. 학지휘인 레오나가 오늘은 결석했으므로 누군가가 그 대신 지휘대에 서 있는 것이리라. 어쩌면 유키무라일지도 모른다.

"음……."

좀 전에 모토키가 지구 대회 이야기를 했기 때문일까. 퍼뜩 생각이 났다.

신음하면서 멈춰 선 에이타로. 의아하다는 듯이 돌아보는 모토키에게 그는 양손을 모으고 사과했다.

"지구 대회에서는 미안했다. 연주 직전에 뜬금없는 소리를 해서."

모토키는 아~ 하고 이해한 표정을 지었다. 그리고 "저 깜짝 놀랐어요" 하고 어깨를 들썩이며 웃었다.

"'내가 앉았던 자리니까 실수하면 가만두지 않을 테다!'란 뜻인가 했어요."

"그건 너무 이상한 인간이잖아?"

덩달아 웃으면서 생각했다. 자신이 그때 그런 말을 했던 이유를 왠지 알 것 같다고.

"긴장했던 걸지도 몰라."

"선생님이요?"

못 믿겠다는 표정으로 이쪽을 보는 모토키. 그 어깨를 툭 치고 다시 걸음을 뗐다.

"콩쿠르에서 지휘를 하는 건 처음이었거든."

"선생님도 긴장 같은 것을 하시나 봐요."

"당연하지. 인간이니까."

둘이서 웃으면서 제1음악실 앞까지 이동했는데, 문득 생각이 나서 제2음악실 문을 열어봤다. 콩쿠르 멤버로 선택되지 못한 여덟 명의 부원들이 저마다 과제에 몰두하고 있었다. 그들을 데리고 제1음악실로 들어갔다. 지휘대 위에서 박자를 맞추고 있는 사람은 예상대로 유키무라였다.

"인원수도 부족하니까, 이 친구들도 합주에 참가시킬 거야."

유키무라에게 고맙다고 인사하고 교대한 뒤, 세팅 멤버들을 빈자리에 앉혔다. 그러자 콩쿠르 멤버들의 안색이 눈에 띄게 달라졌다.

"너희가 연습에 빠진다고 해서 콩쿠르 멤버에서 탈락시키려는 것은 아니야. 다만 세팅 멤버에게는 이것도 기회라고 생각하니까. 현 대회 전에 서로에게 좋은 자극이 될 거야."

보면대에 놓여 있던 스코어를 넘겼다. 〈스케르찬도〉라는 곡명을 노려보면서 살짝 숨을 들이마셨다. 그리고 또다시 실내를 둘러봤다.

"3학년은 입시 공부도 해야 하고, 1, 2학년도 학원의 여름 특강이라든가 이런저런 일이 있어서 바쁠 거야. 부활동과 마찬가지로 진로도 중요하니까, 공부를 소홀히 하면서까지 억지로 부활동을 하라는 말은 안 할 거다. 무조건 시간만 들여서 죽어라 연습하는 것만이 연습은 아니니까."

딱! 하고 맞물리는 소리가 가슴속에서 났다. 아무리 고민해봤자 연습 시간이 늘어나지도 않고, 부원들이 모든 것을 포기하고 연습에만 매달릴 수 있는 것도 아니다. 그런 짓을 시키고 싶지는 않았다.

"시간이 없으면, 단시간 내에 알차게 연습하자. 알찬 연습을 하려면 상당한 정신력이 필요해. 단순히 똑같은 부분을 시간 들여 반복하기만 하면 되는 게 아니야."

지휘봉을 집어 들었다. 코르크로 된 손잡이를 움켜쥐면서 에이타로는 가만히 고개를 끄덕였다.

"전국대회에 진출할 때까지 매일매일, 악기를 만지는 기쁨을 느끼면서 연습하자."

이거 꽤 어려운 과제를 주는 건데. 스스로도 그런 생각을 했다.

그러나 과제가 주어지면 일단 해보려고 하는 것이 이 친구들이다. 앞으로 현 대회까지 그들은 '알차다는 건 뭘까?' 하고 고민하면서 연습할 것이다.

1주일도 안 되는 시간 동안에 그것이 어떻게 작용할까. 신기하게도 기대감을 느끼면서 지휘봉을 휘둘렀다.

2 || 아쿠아 알타를 향한 행진 ||

어째서 누나 방의 방문에 노크하는 데 이토록 용기가 필요한 걸까. 리오 누나가 취직하기 전에는 이러지 않았는데. 내심 속상해하면서 모토키는 나무로 된 문을 두드렸다. 한참 후 "어, 누구야?"란 대답이 들려왔다.

문을 열었다. 리오는 러그 위에서 쿠션을 끌어안고 휴대폰을 만지작거리고 있었다. 방 안의 풍경은 이전과 똑같았다. 벽에 출근용 정장이 걸려 있는 것만 빼고는.

"저기, 물어보고 싶은 것이 있는데."

오늘은 리오가 웬일로 자정 전에 집에 돌아왔다.

"응, 뭔데?"

"누나, 2월에 졸업 여행으로 베네치아에 갔었지? 일부러 카니발을 구경하러 갔는데, 아쿠아 알타 때문에 고생했다고 했잖아."

"맞아, 고생했지. 그런데 그게 뭐? 뭔데? 여름방학 숙제야?"

리오는 관자놀이를 엄지로 꾹꾹 문지르면서 물어봤다.

"부활동에 관한 거야. 아쿠아 알타를 연상시키는 곡이 있
는데. 그게 어떤 느낌인지 궁금해서."

"아, 뭐야. 부활동이었어?"

어이없다는 표정으로 리오는 어깨를 으쓱했다. 그래도 무
거운 몸을 이끌고 일어나더니, 책장에서 대량의 엽서를 가지
고 와줬다.

"베네치아에서 산 거야."

리오는 여행을 가면 꼭 엽서를 사 왔다.

"와, 멋있다."

엽서를 보면서 모토키는 탄성을 발했다. 새파란 바다가 도
시의 코앞까지 다가와 있었고 바닷새가 날고 있었다. 영화의
무대 같은 고풍스런 시가지에 퍼져 있는 수로. 그 위에는 곤
돌라가 떠다녔다.

"이거, 아쿠아 알타 때 찍은 거야."

리오가 한 엽서를 가리켰다. 그것은 수위가 높아진 물에
잠겨버린 광장의 사진이었다. 아쿠아 알타는 이탈리아어로
만조를 뜻하며, 베네치아가 있는 이탈리아 북부에서는 겨울
이 되면 정기적으로 아쿠아 알타가 발생하여 도시가 물에 잠
긴다고 한다.

"예쁘다."

수면에 건물들과 하늘의 색이 반사되어 마치 판타지 소설의 한 장면처럼 보였다.

"글쎄, 실제로는 춥기도 하고 신발도 옷도 다 젖어서 최악이었지만."

리오가 휴대폰에 있는 그때의 사진을 보여줬다. 대학 친구들 네 명과 같이 간 졸업여행. 침수된 광장에서 손가락으로 브이 자를 그리는 리오. 중후한 의상과 가면을 착용한 카니발 일행. 어패류가 들어간 먹음직스러운 파스타. 추웠다는 것치고는 몇 번이나 반복해서 등장하는 알록달록한 젤라토. 사진 속에서 즐겁게 웃는 리오의 얼굴은 지금보다 통통하고 건강해 보였다.

"춥기도 했고, 아쿠아 알타 때문에 도시가 물에 잠겨 있었지만. 그래도 확실히 예쁘긴 했어. 별세계에 와 있는 기분이었지. 마치 내 미래가 밝은 것 같은 느낌이 들었어."

저도 모르게 리오의 옆얼굴을 응시했다. 그걸 눈치챈 리오가 찌푸린 얼굴로 이쪽을 봤다.

"이런 이야기가 부활동에 도움이 돼?"

"응, 돼. 엄청나게 돼."

리오가 피식 웃는 소리가 났다. 왠지 모르게 안심이 됐다.

"아쿠아 알타의 곡이라니. 그거 콩쿠르에서 부는 거야?"

"아니, 관련은 있는데 콩쿠르에서 불지는 않아. 사실 현 대회가 바로 내일인걸."

그러자 리오가 눈을 동그랗게 뜨더니 엽서 다발을 내밀었다. "이거 빌려줄 테니까 빨리 가서 자"라고 하면서.

"넌 진짜 네 마음대로 사는구나. 엄마가 안절부절못하시는 것도 이해가 가."

"어, 뭐야. 그게 내 탓이야?"

"아빠가 회사를 그만두신다고 해서 우리 가족도 난리가 났잖아. 그런데 너는 철저히 부활동에만 신경 쓰니까."

"그러는 누나도 자기 일에만 신경 쓰잖아."

시끄러워, 고등학생 주제에 뭘 알아? 그렇게 구박받으면서 방 밖으로 쫓겨났다. 하지만 오랜만에 리오 누나와 길게 대화해서, 대화할 수 있어서, 괜히 안심이 되었다.

* * *

평소보다 훨씬 일찍 전철을 타고 등교했더니 여섯 시에 음악실에 도착했다. 벌써 해가 떠서 주위가 환했지만 집합 시간은 일곱 시였다. 당연히 아직은 아무도 안 왔다.

자기 의자에 앉아 색소폰 케이스를 열었다. 그 순간 커다란 하품이 튀어나왔다. 잠을 세 시간 반 정도밖에 못 잤다. 하지만 머리는 맑았다.

소리 내기도 적당히 하고 눈을 감았다. 물론 나도 알았다. 오늘은 현 대회 당일. 1분이라도, 1초라도 더 많이 〈스케르찬도〉와 〈바람을 바라보는 자〉를 연습해야 할 것이다. 이런 짓을 했다가는 또다시 선배님들한테 눈총을 받을지도 모른다.

그걸 알면서도 〈바닷바람 행진곡〉을 불었다. 아무도 없는 교사에 울려 퍼지는 행진곡은 어쩐지 오늘 콩쿠르에 행운을 가져다줄 것 같았고, 또 이것을 불지 않으면 아무것도 시작할 수 없을 것 같았다.

리오 누나가 보여준 베네치아의 풍경을 떠올리면서 부는 〈바닷바람 행진곡〉은 이전과는 다른 곡처럼 들렸다. 중학교 시절에 이 곡을 분 것은…… 운동회 입장 행진을 할 때였다. 그때 자신은 지도 교사가 시키는 대로 '경쾌하게' 또는 '전진하는 느낌으로'라는 말을 필사적으로 표현하려고 했다. 그러는 데 급급해서 머릿속에는 아무런 풍경도 떠올리지 않았던 것 같다.

중학교 시절 3년 동안에 미친 듯이 연습했지만 결국 전국 대회에는 가지 못했다. 기력이 다하여 취주악에서 멀어지려고 했다. 지휘자가 시키는 대로 손가락만 움직이는 밋밋한 연주를 했던 주제에 뭐 그렇게 잘난 척하면서 자기는 노력했다는 생각에 취해 있었는지. 그 시절의 자신을 질타하고 싶어졌다.

실제로는 가본 적 없는 베네치아 시가지가 아쿠아 알타에 의해 바다에 잠긴다. 파란 하늘 아래 바람이 분다. 오래된 보석 같은 도시에 부딪치는 파도의 소리가 난다. 바다의 냄새가 난다. 수면에 아름다운 건물들과 파란 하늘이 비치고, 누군가가 그 위를 달린다. 물보라가 인다. 다채로운 의상을 입은 사람들이 춤을 춘다. 그중에는 과거에 동경했던 센가쿠 취주악부 일행도, 손에 악기를 들고 섞여 있었다.

물론 고등학교 3학년생인 후와 에이타로도.

7년 전. 초등학생이었던 모토키가 TV 앞에서 봤던 후와 에이타로는 이런 풍경 속에서 〈바닷바람 행진곡〉을 불었을지도 모른다. 그 편린이 자신과 이어졌다는 사실에 모토키는 기쁨을 느꼈다.

"——모토키."

몇 번째인지 모를 〈바닷바람 행진곡〉을 끝까지 불었을 때, 이름이 불렸다. 레오나의 목소리였다.

뒤돌아본 순간에 자신의 두 눈에서 뭔가가 주르륵 흘러내려 "으악" 소리를 냈다. 그보다 더 당황한 소리가 음악실 출입구 쪽에서 들려왔다.

시계를 봤더니 집합 시간 10분 전이었다. 취주악부 부원들이 음악실 입구에 잔뜩 모여 있었다. 아아, 아마도 내가 있어서 들어오지 못한 것이리라. 현 대회 당일에 부장이 과제곡도 자유곡도 아닌 〈바닷바람 행진곡〉을 불고 있었으니.

그것도 두 눈에서 눈물을 줄줄 흘리면서.

"너 뭐 하는 거야?"

레오나가 과감하게 다가오더니 교복 주머니에서 꺼낸 손수건으로 모토키의 얼굴을 닦아줬다. 그러고 보니 어린이집에 다닐 때 자주 레오나가 이렇게 해줬던가.

"아침 일찍부터 연습하는 것은 훌륭한데, 현 대회를 코앞에 둔 이 상황에서 〈바닷바람 행진곡〉을 부는 이유가 뭐야? 게다가 울긴 왜 울어?"

해명을 해야 한다. 적어도 무슨 변명이라도. 그렇게 생각하는데도, 목구멍을 비집고 튀어나온 말은 그런 것들이 아니었다.

"레오나, 나 말이지."

코를 훌쩍거리자, 눈물로 흐려졌던 시야가 밝아지면서 레오나 이외의 사람들 얼굴이 눈에 띄었다. 도바야시가 멍하니 입을 반쯤 벌리고 있었다. 고시가야 선배님…… 저건 아마도 질린 표정일 것이다. 클라리넷의 오타니 선배님, 튜바의 마스다 선배님, 트럼펫의 사쿠라이 선배님도 있었다. 이케베 선배님도 있었다. 많은 사람들이 나를 보고 있는데도 어째서인지 입가에 미소가 번졌다. 바다 냄새가 코끝을 스치고 간

느낌이 들었다.

"취주악을 그만두지 않아서 다행이야."

다시 한번 돌아왔다. 돌아온 덕분에, 7년 전의 후와 에이타로와 같은 풍경을 언뜻 볼 수 있었다. 가본 적도 없는 이국의 땅에서 부는 바닷바람이 자신의 뺨을 어루만졌다.

"──취주악을 계속해서 다행이야."

오늘은 하늘에 무거운 뭉게구름이 매달려 있었다. 어디에 머물러 있는지 모를 매미 소리가 사방팔방에서 울려 퍼졌다. 그것이 무엇을 암시하는지 모토키로선 알 수 없었다.

현 대회가 열리는 홀 바깥에서 취주악부 사람들은 나무그늘 밑에 모여 집합 시간이 되기를 기다리는 중이었다. 모토키는 왠지 마음이 불편해서 그들과 떨어져 있었다. 햇빛 아래라 더웠지만 그래도 상관없었다. 그 정도 수치심은 가지고 있었다.

"오늘 아침의 그 일을 '통곡의 〈바닷바람 행진곡〉 사건'이라고 명명해서 후배들에게 전설로 전해줄 거야."

그런데 도바야시가 친히 모토키 옆으로 다가와 그렇게 놀려댔다.

"저기, 그런데 왜 아침부터 〈바닷바람 행진곡〉을 불면서 통곡한 거야?"

음악실에서, 버스 안에서, 도바야시와 레오나가 지겹도록 그 질문을 던졌다. 모토키는 땀에 젖은 머리카락을 거칠게 헤집더니 한숨을 푹 내쉬었다.

"어, 실은 〈바람을 바라보는 자〉의 솔로를 어떻게 불면 좋을지 몰라서 줄곧 고민하고 있었거든. 그래서 선생님이 고3이었을 때 〈바닷바람 행진곡〉을 어떻게 불었는지 물어봤어. 참고하려고."

"오, 그래서? 선생님한테 물어봐서 뭔가 알아냈어?"

아쿠아 알타에 관한 이야기를 간단히 요약해 도바야시에게 들려줬다. 도바야시가 웃을지도 모른다고 생각했는데, 그는 진지하게 흥미롭다는 듯이 이야기를 경청했다. 마치 마른 땅에 비가 스며드는 것 같았다. 이야기하면서 기분이 좋았다. 모토키가 맛본 열기의 편린을 그도 느낀 걸지도 모른다.

"어쩐지 〈바람을 바라보는 자〉도 불 수 있을 거란 예감이 들어. 현 대회까지는 해내지 못했지만 다음에는 가능할 것 같아."

"넌 벌써 현 대회는 통과했다고 생각하는구나?"

묘하게 냉정한 목소리로 도바야시가 말했다. 모토키는 앗 하고 고개를 들었다.

센가쿠는 지난 6년 동안 니시칸토 대회에 출전하지 못했다. 번번이 현 대회에서 패퇴한 것이다.

"내가 또 내 생각만 했구나."

머쓱해져서 블레이저 앞단추를 만지작거렸다. 이상하게 덥다고 생각했더니, 동복을 입고 있어서 그런 것이었다. 공연은 동복을 입고 하니까. 이 기온에 더운 것은 당연했다.

"에이타로 선생님은 내가 그런 녀석이기 때문에 부장으로 임명했다고 말씀하셨지만. 부원들한테는 자꾸 반감만 사고 있는걸."

목덜미를 타고 흐르는 땀은 더위 때문일까. 아니면 식은땀일까. 부장다운 행동은 하나도 못하고 자신의 연주에만 신경 쓰는 모토키. 도바야시는 그를 어떻게 생각하고 있을까.

"글쎄, 뭐 상관없지 않아?"

햇살이 따가운지 도바야시가 오른손을 눈 위에 대고 모토키를 쳐다봤다. 유리구슬 같은 눈이 그림자로 뒤덮여 감정을 알아볼 수 없게 되었다.

"솔직히 말해서 그동안 쭉 생각했었어. 왜 내가 아니라 챠엔이 부장이지? 하고. 리더다운 행동은 너보다는 내가 더 잘할 거라고 생각하거든."

"응, 나도 그렇게 생각해."

"하지만 오디션 때라든가, 솔로를 연습하는 너를 보니까 어쩐지 에이타로 선생님의 생각도 알 것 같은 느낌이 들더라. 너한테는 노이즈가 없어."

노이즈. 도바야시의 입에서 튀어나온 단어에 모토키가 고개를 갸웃거리자, 그는 모토키에게서 눈을 떼고 말을 이었다.

"내 연주는 아마도 '1등이 될 거야!' '누군가한테서 훌륭하다는 말을 듣고 싶어!' 뭐, 그런 욕망으로 가득 차 있을 거야."

"어, 그게 너의 장점이라고 생각하는데."

솔직하게 그렇게 말하자, 도바야시는 "칭찬 고맙다" 하고 희미하게 웃었다.

"하지만 에이타로 선생님이 원하시는 새로운 바람은 그런 것이 아니라, 너 같은 거였을 거야. 뒷모습으로 주변 사람들을 잡아끄는 느낌이랄까?"

자기만의 이상적인 소리를 쫓아갈 수 있는 녀석. 그런 말을 덧붙인 도바야시가 이마에서 손을 뗐다. 드러난 두 눈은 평소와 다름없었다. 모토키는 무의식중에 한 발 뒤로 물러났다.

"뭐? 내가 뒷모습으로 잡아끈다고? 〈바닷바람 행진곡〉을 불고 통곡하는 사람의 뒷모습을 보고 모두들 따라간다는 거야? 오히려 질리지 않을까? 짜증나지 않아?"

"그야 물론 짜증나지. 챠엔, 네가 오디션에서 고시가야 선배님을 압도적으로 이기고 알토 색소폰의 제1주자가 됐는데, 그 와중에 전혀 납득하지 못했다는 소리를 뻔뻔하게 하는 바람에 다들 얼마나 화가 났는지 알아? 이케베 선배님도,

또 다른 녀석들도 화를 내는 게 당연하지."

도바야시는 그렇게 아픈 곳을 푹푹 찌르더니, "하지만" 하고 기막히다는 듯이 어깨를 으쓱했다.

"그랬기 때문에 다들 오디션 이후에도 들뜨지 않고 연습할 수 있었던 거라고 생각해. 오디션에 합격한다든가, 합주 시간에 선생님한테 혼나지 않는다든가, 시키는 대로 잘한다든가. 그런 것들을 뛰어넘어 저 먼 곳을 보면서 연습하는 녀석이 있는데, 그놈이 1학년이고, 또 부장님이고, 심지어 짜증 나는 녀석이기도 하잖아? 그럼 열심히 노력할 수밖에 없는 거지."

요란하던 매미 울음소리가 딱 한순간 아득히 멀어져갔다. 자신과 도바야시가 단둘이 아주 얇은 막으로 뒤덮인 것 같았다.

"저기, 지금 나를 칭찬해주는 거야?"

혹시나 하고 물어봤더니 도바야시는 마지못해 고개를 끄덕였다.

"다른 녀석들은 어떻게 생각하는지 몰라도, 난 너를 부장이라고 생각해."

거침없이 빠르게 그런 말을 뱉어내더니, 도바야시는 "아, 더워. 그늘로 가자" 하고 빙글 돌아서버렸다. 이마에 달라붙은 앞머리를 만지작거리면서 취주악부 사람들이 있는 나무

그늘 쪽으로 바쁘게 걸어갔다.

"고마워."

모토키는 그 뒷모습을 좇아가면서 인사했다. 그동안 쭉…… 오디션 날보다도 훨씬 전부터, 어쩌면 에이타로에 의해 부장으로 지명된 순간부터 가슴속에 자리 잡았던 무거운 돌덩이 같은 것이 싹 사라졌다. 마치 뭉게구름에 빨려 들어간 것처럼.

도바야시가 이쪽을 돌아보고 입꼬리를 끌어 올리며 말했다.

"10월에 콩쿠르가 끝나면, 정기 연주회든 뭐든 좋으니까 어디선가 〈바닷바람 행진곡〉을 해보자. 난 그거 불어본 적이 없어."

10월에 콩쿠르가 끝나면. 그것은 전국대회에 진출한다는 뜻이었다.

튜닝룸으로 안내되고, 작은 홀에서 리허설을 마치고, 순식간에 무대 옆에 서게 되었다. 어둡고 좁은 곳에서 모토키는 무대에서 흘러나오는 빛을 바라보고 있었다.

센가쿠의 연주 순서는 점심시간이 끝난 직후이므로 여유롭게 무대에 오를 수 있었다. 평소 같으면 무대 옆에서 바로 앞 학교의 연주를 숨죽이고 들을 텐데, 오늘은 그럴 일도 없었다.

"너 아직도 눈꺼풀이 빨개."

옆에 있는 레오나가 갑자기 그런 말을 했다.

"레오나, 네가 박박 문질러서 그런 거잖아?"

"뭐? 내 탓이야?"

진지하게 고개를 끄덕이자, 레오나가 "와, 이 건방진 녀석" 하고 모토키의 어깨를 툭 쳤다. 목에 건 알토 색소폰을 지키려는 듯이 몸을 뒤로 빼고 반박하려는데, 레오나가 이어서 이런 말을 했다.

"그래도 좀 기뻤어."

레오나는 양손으로 오보에를 소중하게 끌어안고 고개를 살짝 기울이며 웃었다.

"모토키, 네가 '취주악을 계속해서 다행이다'라고 말해줘서. 실은 순간적으로 '울고 싶을 정도로 부활동이 싫어졌나?' 하고 걱정했거든."

스태프의 목소리가 들렸다. 승색 교복을 입은 단체가 슬금슬금 움직이기 시작했다.

"오늘로 끝내고 싶진 않아. 나는 좀 더 콩쿠르에 나가고 싶고, 취주악을 하고 싶어."

레오나는 마치 누군가에게 들려주는 것처럼 그렇게 말하고 무대로 나갔다. 조명이 레오나의 뒤통수부터 등, 스커트,

다리, 발끝으로 미끄러지듯이 뻗어 나갔다.

〈스케르찬도〉의 시작은 완벽했다. 에이타로가 항상 신경 쓰던 도입부도 경쾌하고 즐거웠다. 소리가 줄지어 춤을 추는 것 같았다.

아아, 이 사람들. 실력이 좋아졌구나. 스스로도 건방지다고 생각하면서도 모토키는 밴드 전체의 소리를 들었다. 모든 파트가 4월보다 월등하게 실력이 향상되어 있었다.

모토키가 자신의 연주에 열중하는 사이에.

에이타로의 시선이 날아왔다. 중간부의 알토 색소폰 주선율이 시작됐다. 고시가야 선배님과 함께, 식물처럼 고불고불한 금색 악기를 노래하게 했다. 몇 번이나 반복해 연습했으므로 고시가야 선배님과 호흡도 잘 맞았다. 이어지는 클라리넷 멜로디와도 깔끔하게 연결됐다.

지휘봉을 흔드는 에이타로의 입꼬리가 살짝 올라간 것이 보였다. 지휘봉 끝이 흔들릴 때마다 무대 위에서 소리가 팍 터졌다.

3분 30초짜리 과제곡 연주가 끝나자, 잠깐 쉬고 나서 또다시 에이타로가 지휘봉 스탠바이를 했다. 악보를 넘기고 다시 한번 마우스피스를 입에 물었다.

글로켄슈필과 비브라폰의 맑은 소리에 차임이 겹쳐진다. 푸른 하늘 아래에서 교회의 종이 아침을 알리는 듯한 장면.

트라이앵글의 음색은 그곳에 새가 날아가는 모습을 연상시킨다. 몸속의 아주 깊숙한 곳까지 튜바와 트롬본 소리가 울려 들어온다.

크게 숨을 들이쉬었다가 색소폰에 불어넣었다. 심벌즈 소리에 맞춰 다양한 악기들의 소리가 날아올랐다. 바람에 휘말려 올라가 저 멀리 날아간다.

오보에 솔로가 시작된다. 무음의 공간에 울려 퍼지는 오보에의 선율은 마치 기도하는 것 같았다.

『나는 좀 더 콩쿠르에 나가고 싶고, 취주악을 하고 싶어.』

무대에 오르기 직전의 레오나를 떠올렸다. 어쩐지 알 것 같았다. 레오나가 부는 솔로는 기도였다. 좀 더 취주악의 세계에 머무르고 싶다는 레오나의 소망이 깃들어 있었다.

그래, 그랬구나. 자신의 솔로에만 정신이 팔려 전혀 눈치채지 못했었다.

입술을 꼭 깨물었을 때 문득 자신의 악보에 적힌 글자가 눈에 들어왔다. 연습하면서 에이타로에게 지시받은 내용이 전부 기입되어 있었다. 여기는 강하게, 여기는 부드럽게, 다른 파트의 소리를 듣자. 이제는 악보 자체보다도 그런 손글씨가 더 눈에 띌 정도였다.

솔로 부분에도 자신의 필적으로 글자가 적혀 있었다. 어떻게 불면 좋을까, 자신은 이 솔로에서 무엇을 표현해야 할까.

끊임없이 방황하면서 몇 번이나 지웠던 흔적이 있었다.

오보에의 음색이 끝나는 순간에 맞춰 조금씩 악기 소리가 늘어난다. 이 일대에 온통 꽃이 피는 것처럼 소리가 퍼져 나간다.

지휘봉의 움직임이 멈췄다. 에이타로가 양손을 내렸다. 밴드 전체를 둘러보고 지휘대에서 내려왔다. 악기를 손에 들고 일어났다. 객석을 향해 섰다. 박수 소리가 들렸다.

이런 박수를 몇 번이나 더 들을 수 있을까. 그렇게 생각한 순간, 가슴을 후벼 파는 듯한 아픔을 느꼈다. 눈 안쪽이 뜨거워졌다. 그런 우리의 감상과는 상관없이, 다음에 연주할 학교가 무대에 등장했다. 서둘러 무대를 떠나 기념촬영을 하는 로비로 이동했다.

기념촬영을 하고, 악기를 반출하고, 저녁에 표창식이 이루어질 때까지는 다른 학교의 연주를 들을 예정이었다. 그 전에 한 번 홀 바깥에서 미팅을 하기로 했다.

나무그늘에 앉은 부원들 앞에서 우선 미요시 선생님이 "고생했어. 멋진 무대였다" 하고 위로와 칭찬을 해주셨다. 그 후 에이타로가 한 발 앞으로 나섰다.

"너희들은 너희들의 연주를 어떻게 생각해?"

나뭇잎 사이로 비치는 햇살이 에이타로의 검은색 정장과 셔츠에 부딪친다. 그것이 한층 눈부셔 보였다.

"지금 할 수 있는 최고의 연주를 해냈다고 생각합니다."

등 뒤에서 도바야시의 목소리가 튀어나왔다. 그 말에 용기를 얻은 것처럼 동의하는 의견이 줄줄 나왔다. 에이타로는 뒷줄을 바라봤다.

"이케베. 넌 무대 옆에서 듣고 어떻다고 생각했어?"

세팅 멤버 중 하나인 이케베 선배는 즉시 대답했다. 냉정하고 담담한 목소리로.

"니시칸토에는 꼭 가야지요. 안 그러면 곤란해요."

아무도 그 말을 듣고 웃지 않았다. 에이타로가 합주에 세팅 멤버를 참가시키기 시작한 다음부터는 저절로 깨달을 수밖에 없었다. 긴장을 풀면, 설렁설렁 하면, 자기 자리를 대신 차지하려고 하는 부원이 있다. 대기자가 없는 파트조차도 주위의 긴장에 휘말린 것처럼 열심히 연습했다.

숨 막히는 것과는 달랐다. 바다 밑에서 떠다니는 듯한, 충만하고 고요한 긴장감이었다.

하하하. 돌연 에이타로가 웃었다. 고등학생 때처럼 티 없이 맑은 웃음이었다.

"할 수 있는 연주는 해냈다, 온 힘을 쏟아냈다……. 너희들은 자기들을 별로 높이 평가하지 않는구나. 내가 고3이었으면 오늘 연주에 대해 이렇게 말했을 거야——."

에이타로의 등 뒤에서 가벼운 바람이 불어왔다. 모두의 시선이 그에게 쏠렸다.

"니시칸토 진출은 100퍼센트 확정이네!라고."

에이타로를 쳐다보는 자세로 눈만 깜빡거린 것은 모토키 혼자만이 아니었다. 그가 이런 찬사를 보내준 것은 처음이었으므로.

"아, 물론 연주자 측의 성취감이나 만족감을 배신하는 결과가 나오는 것도 콩쿠르에서는 있을 수 있는 일이지. 나도 고1과 고2였을 때에는 현 대회에서 '니시칸토에는 100퍼센트 갈 수 있어!'라고 생각했는데도 두 번이나 망한 금상을 받고 탈락했거든."

이번에는 빙그레 웃으며 모토키와 동료들을 내려다봤다.

"뭐, 그래도 이미 연주는 끝났으니까. 결과를 기다릴 수밖에 없어. 어차피 '기다릴' 거면, 가슴을 활짝 펴고 자신 있게 해보자."

칭찬받아 들뜬 부원들의 마음을 착실하게 긴장의 바다 속으로 되돌려놓았다.

"자, 그럼. 부장님도 한마디 해봐."

에이타로가 모토키를 바라봤다. 모토키는 대답을 하고 일어나서 앞으로 나갔다. 지구 대회 때에도 이렇게 공연 직후에 이야기를 했었다. 다들 고생하셨어요. 이것도 좋은 기회니까, 다른 학교의 연주도 최대한 열심히 들어서 잘 공부합

시다. 그런 식으로.

그렇게 상투적인 말을 하는데 뺨이 굳어졌다. 경련했다. 눈가에서 둔통이 느껴졌다. 그래서 모토키는 눈치챘다.

난 지금 분한 것이구나.

콩쿠르 무대는 유한하다. 자신이 취주악을 할 수 있는 시간도 한정되어 있다. 어느 날 갑자기 음악의 세계에서 방출될지도 모른다. 그런데도 오늘 솔로를 불지 못했다. 소중한 기회 한 번이 끝나버렸다.

노래방에서, 교실 한구석에서, 솔로 연습을 하던 자신이 머릿속에 떠올랐다. 글씨를 썼다 지우기를 반복한 악보가 떠올랐다. 발버둥 쳤던 시간이 아직 열매를 맺지 못했다는 사실을 깨닫고 어금니를 꽉 깨물었다. 너무 분해서 견딜 수 없었다.

지금까지 분하다고 생각하지 않았던 자기 자신 때문에 분했다.

"죄송합니다."

무너지듯이 모토키가 고개를 숙였다. 당황한 부원들의 소리를 들으면서 말을 이었다.

"전 지금 굉장히 분해요. 솔로를 불지 못해서. 너무너무 분합니다."

고개를 들자 시야가 가장자리부터 점점 흐려졌다. 이게 도대체 무슨 눈물일까. 스스로도 알 수 없었다.

"오디션에 합격한 주제에 '연주가 납득이 안 간다'고 말하고, 현 대회 당일에 〈바닷바람 행진곡〉을 불면서 울고, 또 공연이 끝나서 모두들 후련함을 느끼고 있는데도 '솔로를 불지 못해서 분하다'고 말하고. 이런 형편없는 인간이 부장이라 죄송합니다."

　스스로 말하면서 생각했다. 정말 이 녀석은 형편없는 인간이라고.

　"그래도 저는 부장으로 있을 겁니다. 여러분을 짜증나게 만들고, 왜 저런 녀석이 부장인지 모르겠다, 저 녀석한테 솔로를 연주하게 하고 싶지 않다, 그런 식으로 생각되더라도 저는 불 겁니다. 〈바람을 바라보는 자〉의 솔로도 불고 싶고, 전국대회에 가고 싶어요. 그리고 제일 중요한 것은, 이렇게 분한 상태로 공연을 끝마치고 싶진 않아요. 더는 진짜로 싫어요!"

　목구멍 안쪽이 떨리는 것을 참으려고 어금니를 악물었다. 몸속의 열을 토해낼 만큼 토해내자, 부글부글 끓던 머리가 차갑게 식었다. 내가 지금 부원들에게 무엇을 전하고 싶었던 거지? 하는 의문이 모토키를 덮쳤다.

　"어, 그러니까…… 아, 앞으로도 잘 부탁드리겠습니다."

　그러자 눈앞에 있는 취주악부 사람들이 어처구니없다는 표정으로 "뭐야" 하고 입을 열었다.

"그게 뭐냐? '통곡의 〈바닷바람 행진곡〉 사건'의 진상을 이야기해줄 줄 알았는데."

나직이 웃으면서 그렇게 말한 사람은 고시가야 선배님이었다.

폭소가 터지는 가운데 "아~ 그래, 알았어!" 하고 손을 든 사람은 트럼펫의 사쿠라이 선배님이었다.

"1학년생 부장님이 리더십을 발휘하면 그건 그것대로 짜증나는걸. 네가 원래 그런 녀석이라는 사실은 자알 알았으니까, 그냥 지금 그대로오 있으셔도 됩니다."

그러더니 사쿠라이 선배님은 옆에 있는 클라리넷의 오타니 선배님을 쿡 찌르면서 "응, 그렇지?"라고 말했다. 오타니 선배님은 입꼬리를 쑥 내리면서도 고개를 끄덕였다.

툭 하고 발끝에 뭔가가 닿았다. 밑을 보니, 가까이 앉아 있는 레오나가 다리를 뻗어서 모토키의 발끝을 발로 차고 있었다. 레오나가 이쪽을 쳐다보고 빙긋 웃었다.

덩달아 웃으면서 모토키는 머리를 긁적거렸다. 땀에 젖은 두피를 거칠게 긁고서 "어, 고맙습니다"라고 중얼거렸다.

"그러면…… 저, 챠엔 모토키는 앞으로도 열심히 하겠습니다."

다시 한번 고개를 숙이자, "뭐야, 결국 자기소개만 실컷 한 거야?"란 소리가 튀어나왔다.

3 || 그 머나먼 날의 ||

"역시 사이타마는 어디든 다 잘하는구나."

마지막 학교의 연주가 끝났을 때 에이타로의 입에서 튀어
나온 것은 감탄사였다. 무대와 가까운 자리를 차지하고 다른
학교의 연주를 듣고 있었는데, 모든 고등학교가 다 잘했다.
에이타로가 현역이었던 7년 전보다도 훨씬 수준이 높아
졌다.

"잘하네요."

옆에 앉아 있는 레오나가 천천히 고개를 끄덕이면서 에이
타로의 혼잣말에 대답했다.

"이러니까 사이타마 대표가 니시칸토 대표 자리를 독차지
할 수밖에."

"선생님, 아까 '니시칸토 진출은 100퍼센트 확정'이라고 하
셨잖아요. 지금은 어떻게 생각하세요?"

"솔직히 말해도 돼?"

좌석 팔걸이에 의지해 턱을 괴고 레오나를 힐끔 보면서 조
그맣게 말했다.

"점점 자신이 없어진다."

"역시 그렇죠?"

등받이에 몸을 기댄 레오나가 "저도 그래요"라고 말했다.

"연주가 끝났을 때에는 틀림없이 금상을 탈 수 있을 거라고 생각했는데요. 이렇게 여러 학교의 연주를 들어보니까 다들 너무 잘해서 확신이 안 서네요."

니시칸토에 진출할 수 있을지도 모른다. 진출할 수 없을지도 모른다. 이제는 뚜껑을 열어봐야 알 것이다.

"모토키는 아까 그런 식으로 말했지만, 저는 모토키를 부장으로 임명한 것이 현명한 선택이었다고 생각해요."

돌연 레오나가 그런 이야기를 시작했다.

"그 녀석이 오늘 아침에 혼자 〈바닷바람 행진곡〉을 불면서 울었거든요."

"그게 좀 전에 말했던 '통곡의 〈바닷바람 행진곡〉 사건'이야?"

레오나는 무대막으로 가려진 무대를 똑바로 노려보면서 말을 이었다.

"오늘 아침에 모토키가 울면서 '취주악을 계속해서 다행이야'라고 말했을 때. 그리고 좀 전에 울면서 '분하다'고 말하는 모토키의 모습을 봤을 때. 이대로 있으면 솔로를 빼앗길 거라고 생각했어요."

모토키가 진심으로 레오나와 경쟁해 솔로를 빼앗으려고 한다는 것. 레오나가 그것을 반드시 사수하기로 마음먹었다는 것. 그것이 에이타로에게도 괴로울 정도로 잘 전해졌다.

"저는 솔로를 불고 싶어요. 전국대회가 저의 마지막 무대니까, 솔로를 불고 끝내고 싶어요."

레오나는 대학교에 입학하면 약제사가 되기 위해 공부에 전념하려는 것 같았다. 아마 대학교에서도 취주악을 계속하진 않을 것이다.

"나루카미, 네 마음은 잘 알아. 마지막이란 이유로 너를 주인공으로 만들어줄 생각은 없고, 네가 그런 것을 원하지 않는다는 것도 알아. 니시칸토 대회에서도, 정말로 잘한다고 생각되는 사람에게 솔로를 맡길 거야."

레오나는 무대에서 시선을 떼고 이쪽을 응시했다. 아몬드처럼 예쁘게 생긴 눈이 에이타로를 뚫어져라 보았다.

그 순간 대회장에 안내 방송이 나왔다. 무대막이 올라갔다. 무대 위에 설치된 단상에는 참가 학교 대표들이 두 명씩 짝지어 서 있었다. 센가쿠의 부장인 모토키와 차장인 도바야시도 당연히 거기 있었다.

사이타마현 취주악 연맹의 임원이 인사를 하고, 참가 학교 표창이 시작됐다.

"이나키타가 1번인가."

강호 이나키타 고교가 당연하게도 금상을 탔다. 어차피 여기서 멈출 생각도 없을 텐데, 홀 뒤편에서는 날카로운 환호성이 한동안 사그라지지 않았다.

그 후에도 여러 학교가 금상을 수상했다. 자기들 차례가 점점 다가오자 부원들의 말수도 적어졌다. 에이타로 옆에서 레오나가 손바닥을 치마에 문대어 땀을 닦았다.

센가쿠 바로 앞 학교가 상장을 받았다. 동상이었다. 근처에서 낙담하는 소리가 들렸다.

모토키와 도바야시가 무대 중앙으로 향했다. 둘 다 입을 한일자로 꾹 다물고 딱딱한 표정을 짓고 있었다.

7년 전에 나는 저기서 무슨 생각을 했을까.

"――8번, 센겐가쿠인 고등학교."

에이타로는 눈을 감았다.

"골드 금상!"

말이 끝나기도 전에 옆자리에서 레오나가 펄쩍 뛰었다. 눈을 떠봤더니, 주위에 있는 센가쿠 부원들이 콩쿠르 멤버나 세팅 멤버나 가릴 것 없이 일제히 소리를 지르고 있었다. 남학생이 많은 센가쿠의 환호성은 마치 야생동물의 포효 같았다.

그래. 금상을 수상했을 때에는 항상 이랬다. 원래 자신이 있었든지 금상을 확신했든지 간에, '골드'란 단어를 듣는 순간에 뭐라 말로 표현하지 못할 감정이 배 속에서 솟구쳐 소리로 튀어나오는 것이다. 그러지 못하는 자신은 나이를 먹었구나 하고 생각했다. 어른이 된 것이 아니라 나이를 먹은 것이다.

"성공했구나. 나루카미."

벌떡 일어나 무대를 쳐다보고 있던 레오나는 천천히 에이타로를 돌아보더니 힘차게 고개를 끄덕였다.

그 오른쪽 눈에서 한 줄기 눈물이 주룩 흐르자, 에이타로는 당황했다. 레오나가 허둥지둥 손등으로 눈물을 닦고 "에헤헤" 하면서 웃었다.

"저, 니시칸토 대회에 나가는 거. 처음이에요."

갈라진 목소리로 그렇게 말하더니, 무대 위에서 기쁨을 애써 참고 있는 모토키를 바라보면서 다정하게 웃었다.

"이제 한 번만 더 이기면 전국대회야."

"──에이타로!"

누군가가 친근하게 이름을 불렀다. 표창식이 끝나고 주차장으로 이동하기 시작했을 때였다. 그 순간 녹슨 깡통 뚜껑이 뻥! 하고 열리는 것처럼 그 사람의 얼굴이 기억났다.

"모리사키 아저씨?!"

놀라서 무심코 큰 소리로 외쳤다. 근처에 있던 부원들이 멈춰 서서 이쪽을 봤다.

모리사키 아저씨는 7년 전보다 얼굴이 좀 둥글어지고 머리카락이 짧아졌다. 그는 석양 속에서 파닥파닥 헤엄치듯이 이쪽으로 다가왔다. 달리는 폼이 그 시절과 똑같았다.

"아, 역시! 센가쿠의 에이타로였어!"

7년 전 다큐멘터리 프로그램 PD로서 에이타로와 친구들을 줄곧 밀착 취재했던 모리사키 아저씨는 신기할 정도로 그때와 똑같은 모습으로 "오랜만이네, 7년 만인가?"라고 하면서 에이타로에게 말을 걸었다. 마치 자기도 모르는 사이에 밀착 취재가 다시 시작되기라도 한 것처럼.

"모리사키 아저씨, 웬일로 콩쿠르에 온 거예요? 아니, 저기, 아직도 다큐멘터리 프로그램을 만들고 있어요?"

"응, 만들고 있지. 그때 이후로 7년 동안 쭉 뭔가를 밀착 취재하고 있었어. 그런데 문득 그리워져서, 오늘은 이거 들으러 온 거야. 여전히 사이타마현 대회는 티켓 쟁탈전이 장난 아니더라? 다들 너무 잘해."

모리사키 아저씨의 이야기를 들으면서 미요시 선생님을 찾았다. 선생님은 먼저 버스로 가버리셨는지 어디서도 눈에 띄지 않았다. 부원들이 멈춰 서서 이쪽을 보고 쑥덕거렸지만, 모리사키 아저씨는 개의치 않았다. 오히려 그들을 보고 "앗, 설마?!" 하고 에이타로의 어깨를 툭툭 두드렸다.

"에이타로, 모교 취주악부의 지도 교사가 된 거야?! 그러고 보니 네가 말했었잖아. 취주악부 지도 교사가 되어서 또다시 전국대회에서 금상을 타고 싶다고. 이렇게 빨리 지도 교사가 되다니, 역시 에이타로는 굉장해."

"모리사키 아저씨."

어떻게 설명하면 좋을까. 에이타로는 쓴웃음을 지었다. 그럴 수밖에 없었다. 자기 마음속의 모리사키 아저씨가 7년 전 상태로 고정되어 있듯이, 그의 마음속의 후와 에이타로도 7년 전 상태에 머물러 있는 것이다.

"난 교사가 아니에요."

뭐? 모리사키 아저씨가 고개를 갸웃거렸다. 에이타로는 쐐기를 박듯이 이어서 말했다.

"지금 나는 지도 교사가 아니라 취주악부의 코치입니다. 반 백수나 마찬가지예요."

모리사키 아저씨를 만나자 비로소 알게 된 것 같았다. 취주악의 세계에서 자신은 항상 콩쿠르를 목표로 하고 싶었던 걸지도 모른다. 언제까지나 쭉, 이 아저씨가 밀착 취재를 했던 그 시절의 자신이고 싶었던 걸지도 모른다.

영원히.

"살다보니 이런 일도 있네요."

이야기를 어떻게 끝내야 할지 알 수 없어서 그렇게 자조를 해봤다. 모리사키 아저씨는 묘한 얼굴로 "그렇구나"란 말을 되풀이했다. 표정은 부드러운데 그 눈이 빛나는 것이 보였다. 마치 깊은 동굴 속에서 광석 조각이라도 발견한 것처럼 그 시선이 에이타로를 꽉 붙잡고 놔주지 않았다.

"뭐, 살다보면 별일이 다 있지. 나도 이혼하기도 했는걸."

밀착 취재 도중에도 종종 모리사키 아저씨와 그런 이야기를 했었다. 일이 바쁘다는 이유로 가족을 돌보지 않았기 때문에, 이제는 집에 돌아가도 설 자리가 없다고. 그러고 보면 잘도 그렇게 사적인 이야기까지 했었구나.

"에이타로. 너 벌써 스물다섯 살이지? 그때와는 다르게 술도 같이 마실 수 있겠구나."

모리사키 아저씨는 기뻐 보였다. 그런데 그 기쁨 속에서 뭔가 다른 것이 언뜻언뜻 보이는 것 같았다.

"나 술은 잘 못 마시는데. 그래도 괜찮아요?"

"아, 그런데 여전히 취주악부는 쉬지 않고 연습하고 있지? 너도, 미요시 선생님도 많이 힘들겠다. 그렇지?"

미요시 선생님이 작년에 심근경색에 걸리셔서 지금은 거의 에이타로가 연습을 주도하고 있다는 것. 3학년생의 입시 공부라든가 학교의 제약 때문에 좀처럼 원하는 만큼 연습할 수 없다는 것.

같이 주차장 쪽으로 걸어가면서 모리사키 아저씨의 질문에 그렇게 솔직히 대답했다.

"다들 고생이 많네. 부활동을 하는 사람도, 지도하는 사람도, 뒷바라지하는 부모님도, 모두 다 힘들겠어."

싱글싱글 웃는 모리사키 아저씨. 그런데 그 눈빛만은 시종

일관 진지해서 에이타로의 입이 점점 무거워졌다. 마치 차가운 손이 자꾸만 목덜미를 어루만지는 것 같았다. 상대가 7년 전 자신과, 현재의 자신을 나란히 놓고 비교하는 듯한 기분이 들었다.

헤어질 때 모리사키 아저씨와 연락처를 주고받았다. 조만간 한번 술자리를 가지자는 약속까지 어느새 해버렸다.

모리사키 아저씨의 모습이 역 방향으로 완전히 사라진 뒤, 에이타로는 숨을 깊이 쉬었다. 현실을 받아들였다고 생각했는데도 알고 보니 완벽하게 받아들이진 못했었나 보다. 그 시절이 너무 환하게 빛나기 때문에 필사적으로 거기서 도망치려고 애쓰고 있었다. 언제부터 그렇게 되어버렸을까. 언제부터 고교생 시절의 자신을 직시하지 못하게 되었을까.

"에이타로."

버스 안에서 미요시 선생님이 그를 불렀다.

"벌써 다 탔어."

정신 차려 보니 버스 바깥에 있는 사람은 에이타로 하나밖에 없었다.

"닛토TV의 모리사키 아저씨를 만났어요."

버스에 올라타서 맨 앞자리에 있는 미요시 선생님에게 그렇게 보고했다. 선생님은 금방 7년 전 일을 기억해낸 것 같았다.

"왠지 그리워져서 구경하러 오셨대요. 진짜인지 아닌지는 몰라도."

어쩌면 새로운 방송 기획에 관한 사전조사를 하러 온 걸지도 모른다. 미요시 선생님 옆에 앉아 그런 생각을 해봤다.

"그 사람 말이야. 〈열정의 연주! 취주악부 이야기〉 이후에도, 재해지 고교생을 밀착 취재한 다큐멘터리로도 꽤 큰 상을 받았는데. 너도 알고 있었니?"

"그랬어요? 고등학교 졸업하고 나서는 거의 연락도 안 해서요. 몰랐어요."

모리사키 아저씨가 제작한 〈열정의 연주! 취주악부 이야기〉는 상을 받았다. 그해 방송된 모든 방송 프로그램들을 대상으로 했던 큰 상을 받았다. "멋진 다큐멘터리가 될 거야"라는 그의 말을 증명하듯이.

그 소식을 들었을 때의 상황은 똑똑히 기억하고 있었다. 그때 에이타로는 이미 대학생이었다. 동일본 대지진 직후. 그래서 음악을 연주하는 것은 '무신경한 짓'이라고 항상 남에게 비난받는 듯한 기분까지 들었던 시기였다.

『네 덕분이야. 고마워.』

문자로 온 그 한 문장을 보고 마치 자기 일처럼 기뻐했던 것이 선명하게 떠올랐다. 진흙탕 속을 걷는 듯한 하루하루에 조금이나마 빛이 비쳤던 것도.

"좀 더 기뻐하지 그러냐?"

버스가 출발한 직후에 선생님이 그렇게 말씀하셨다. 뒤에
서는 니시칸토 대회 출전을 기뻐하는 부원들의 목소리가 들
려왔다.

"7년 전에 너는 니시칸토 대회든 뭐든 간에 금상을 받으면
펄쩍 뛰면서 기뻐했었는데."

"흥분하지 말고 정신 차리라고 말해주고 싶네요."

밖이 은근히 어두워졌다. 유리창에 자신과 미요시 선생님
의 얼굴이 또렷하게 비쳤다.

"미안하다."

미요시 선생님의 중얼거림이 버스 엔진 소리에 섞여들
었다.

"선생님은 잘못하신 거 없어요. 자기 책임이죠."

멀리서 현관문 열리는 소리가 났다. 눈을 뜨자, "어? 에이
타로는 집에 안 왔나?" 하고 도쿠무라가 중얼거리면서 거실
불을 켰다.

"아, 깜짝이야!"

캐리백을 손에 든 도쿠무라는 거실 바닥에 쓰러져 있는 에
이타로를 보고 놀라서 펄쩍 뛰었다.

"너 뭐 해? 니시칸토에 진출한 거 아니었어?"

현 대회 결과는 이미 도쿠무라에게 가르쳐줬다. 그래서 도쿠무라는 자기가 출장을 마치고 집에 오면 에이타로가 기분 좋게 저녁밥이라도 만들고 있을 거라고 생각했던 모양이다.

"집에 와서 지금까지 쭉 거기 쓰러져 있었던 거야?"

자기 방에 짐을 놔두고 돌아온 도쿠무라가 에이타로 옆에 쪼그려 앉았다.

"아니, 실은 집에 온 지 15분밖에 안 됐어."

"그러다 양복 다 구겨진다. 너 얼굴에 바닥 자국도 났어."

어쩐지 뺨이 좀 아프더라. 진짜로 얼굴에 얇은 선 하나가 생겨나 있었다.

"뭐, 이해는 해. 콩쿠르는 진이 빠지지. 항상 끝나면 녹초가 된다니까."

하하하 웃으면서 도쿠무라가 냉장고 문을 열었다. "먹을게 없으니 그냥 컵라면 먹을래?"라고 말하는 그 뒷모습을 향해, 에이타로가 한마디 던졌다.

"모리사키 아저씨를 만났어."

"모리사키 아저씨?"

어, 설마 그 아저씨? 도쿠무라가 눈을 깜빡이며 물어봤다.

"모리사키 아저씨가 뭐 하러 콩쿠르에 왔대?"

"글쎄. 뭘 꾸미는지 모르겠어."

간신히 몸을 일으켰더니 머리가 무겁게 느껴졌다.

"그래, 일단 네가 쓰러졌던 이유는 알겠다."

"용케 알았네?"

"난 도쿠무라 차장이니까."

주전자에 물을 넣고 끓이기 시작한 도쿠무라. 그 목소리는 웃는 건지 기막혀하는 건지 알 수 없었다. 동정하는 것처럼 들리는 것은, 아마도 그걸 받아들이는 내 마음가짐의 문제일 것이다.

"어른이 된다는 것은 피곤한 일이지. 에이타로, 너를 보면 그런 생각이 들어."

찬장에서 컵라면을 두 개 꺼낸 도쿠무라가 뚜껑을 뜯으면서 그런 말을 했다.

"자기가 아무리 예전과 똑같은 어린애여도, 고등학생 앞에서는 꼴사나운 모습을 보여줄 수 없으니까. 안 그래?"

자기 모습을 내려다봤다. 새까만 정장을 입고 필사적으로 어른인 척하는 자기 자신을.

"솔직히 말해서. 오늘 공연이 끝났을 때부터 내내 벌벌 떨고 있었어."

"니시칸토에 못 가면 어쩌나 하고?"

"응. 하지만 부원들 앞에서는 그런 말은 할 수 없잖아? 이번에 만약 현 대회에서 패퇴하면, 내 방식이 전부 잘못되었다는 뜻이니까. 표창식에서 금상을 타기 전까지는 진짜 죽는 줄 알았어."

여유로운 어른 흉내를 내는 것도, 집에 돌아오기 전까지만 겨우 가능했을 뿐이다. 현관문을 닫자마자 아, 다행이다, 하고 바닥에 무릎 꿇고 그대로 쓰러져버렸다. 자신이 결과 발표에 겁먹었다는 사실을 그제야 눈치챘다.

"우리 부장님이 말이지, 공연 직후 미팅에서 그런 말을 했어. 솔로를 불지 못해서 분하다고. 게다가 또 학지휘는 전국 대회에서 솔로를 불고 은퇴하고 싶다고 말했고. 나보다 훨씬 더 배짱이 좋다니까. 그 녀석들."

"그 녀석들을 부장과 학지휘로 임명한 자기 자신을 칭찬해 줄 수는 없는 거야?"

"열여덟 살 때였으면 그랬을까?"

"그렇게 부정적인 말을 하다니. 에이타로 부장님답지 않으신데요?"

주전자 내용물이 끓어오르자 주둥이에서 소리가 나기 시작했다. 그 소리에 맞춰 에이타로가 웃었다. 바싹 마른 모래의 바다를 끊임없이 헤엄치는 듯한 기분이었다.

"라면이 간장 맛이랑 소금 맛이 있는데. 뭐 먹을래?"

컵라면 용기에 끓는 물을 부으면서 도쿠무라가 질문을 던졌다. "간장 맛"이라고 조그맣게 대답하자, 희미하게 닭 육수 냄새가 나기 시작했다.

* * *

지구 대회와 현 대회 사이에는 시간이 일주일밖에 없는 데 비해, 현 대회와 니시칸토 대회 사이에는 시간이 한 달이나 있었다. 기간이 짧아도 초조하고 길어도 초조하다. 에이타로가 지도자가 되어보니 그걸 확실히 알 수 있었다.

"방금 그 알토 색소폰 악센트. 탁! 터지게 하지 말고 곧바로 음을 이어줘."

들려오는 대답은 2인분. 모토키와 이케베였다. 고시가야는 자신이 원하는 대학교의 오픈캠퍼스에 참가하느라 오늘은 연습에 빠졌다. 요새 추석 연휴가 시작돼서 그런지, 요 며칠 사이에 많은 대학교들이 오픈캠퍼스를 실시하는 중이었다. 그래서 결석하는 학생도 많았다.

"이런 말은 너희들도 지금까지 실컷 들었을 테지만. 전원이 다시 한번 확인해줬으면 좋겠다. 악센트도 부는 방법은 다양하니까, 악보에 적히지 않은 부분을 생각하면서 불어야 해."

말이 끝나기도 전에 돌연 음악실 문이 열렸다. "실례합니다!" 하고 허둥지둥 들어온 사람은 고시가야였다. 그 길쭉한 몸을 흔들면서 숨을 헉헉 몰아쉬더니, 땀으로 축축해진 짧은 머리카락을 쓸어 올렸다.

"고시가야. 너 오픈캠퍼스는 어쩌고?"

하복이 땀에 젖어버린 고시가야가 자기 자리에 앉아 악기 케이스를 열었다.

"중간에 빠져나왔어요."

색소폰을 조립하면서 "아, 그래도 입시설명회는 제대로 참가했어요"라고 한마디 덧붙인 고시가야는 여전히 심각한 얼굴로 리드를 입에 물었다. 평소의 파트장다운 여유는 찾아볼 수 없었다.

"소리 내기도 하고 개인 연습도 할 테니까, 괜찮겠다 싶으면 합주에 참가시켜 주세요."

속사포처럼 그렇게 말하고 음악실 밖으로 나갔다. 너무 순식간에 일어난 일이라, 에이타로는 자기가 "그래"라고 했는지 "안 돼"라고 했는지 한순간 헷갈릴 정도였다.

오픈캠퍼스 중간에 그는 무슨 생각을 하다가 "부활동을 하러 가자"는 결론을 내린 걸까. 그건 알 수 없었지만 그 열의는 높이 평가하고 싶기도 했고, 또 브레이크를 걸어주고 싶기도 했다.

"에이타로 선생님. 저는 빠지는 편이 나을까요?"

알토 색소폰의 세컨드로 합주에 참가하고 있던 이케베가 에이타로에게 말을 걸었다.

"아니, 고시가야도 금방 합주가 가능해지지는 않을 테니까. 그냥 있어."

그러자 이케베는 '불쑥 돌아온 선배님 때문에 쫓겨난다는 게 말이나 돼?' 하고 놀랍게도 호전적인 표정을 지었다. 지구 대회와 현 대회에 출전하지 못한 이케베는 이제는 실력이 눈에 띄게 좋아졌다. 고시가야가 자기 자리를 빼앗길까 봐 무서워하는 것도 이해가 갔다.

에이타로의 예상대로 고시가야는 착실하게 소리 내기를 마치고 음악실로 돌아왔지만, 오전부터 쭉 연습한 이케베가 그보다 더 컨디션이 좋았다. "그럼 부활동이 끝날 때까지 개인 연습을 할게요"라는 말을 남기고 또다시 음악실 밖으로 나가는 고시가야. 그 뒷모습은 보기만 해도 안타까웠다.

내부 경쟁을 하면서 연습하는 것은 현 대회에서는 효과를 발휘했다. 그러나 니시칸토 대회까지 남은 기간은 한 달이나 된다. 그동안 오히려 부원들의 초조함만 더 커지는 게 아닐까. 그런 불안감을 느끼면서 그날의 연습을 마쳤다.

고시가야가 집에 가기 전에 대화를 좀 해야겠다고 생각했다. 그런데 제1음악실에서 나오자마자 복도에서 고시가야와, 오늘도 연습을 도와주러 온 유키무라가 서로 이야기하고 있는 장면을 목격했다. 마침 잘됐다면 잘된 건가. 에이타로는 속으로 결심을 하고, 그 둘을 음악 준비실로 데려갔다.

"음, 있잖아. 너희 둘에게 할 말이 있어."

긴 책상을 사이에 두고 에이타로의 맞은편에 앉은 고시가야와 유키무라. 두 사람은 에이타로가 무슨 말을 하려는지 아는 것 같았다. 내심 찔리면서도 왠지 납득하지는 못한 듯한 표정이었다.

두 사람의 마음이 어떻게 흔들리고 있는지는 훤히 알 수 있었다. 그래서 에이타로는 책상에 양쪽 팔꿈치를 붙이고 머리를 감싸 쥐었다.

"우선 고시가야. 너 말인데."

힘겹게 짜낸 목소리로 이름을 부르자, 고시가야는 묘한 표정으로 허리를 꼿꼿이 세웠다.

"오픈캠퍼스 날인데 일부러 연습에까지 참가해줘서 고맙다."

고맙다는 말을 들을 줄은 몰랐나 보다. 그의 입이 희미하게 '네?' 하고 움직였다.

"입시 준비로도 바쁠 텐데 연습을 우선시하려고 애쓰고 있잖아. 개인적으로는 기뻐. 그리고 또 그만큼 불안하기도 해. 그건 유키무라에 대해서도 마찬가지야."

어색하게 고개를 든 유키무라가 "죄송합니다" 하고 조그맣게 사과했다.

"네가 탈퇴했으면서도 취주악부에 신경 써주는 것은 기쁘고, 잠깐 숨이나 돌리려고 음악실에 들르는 것쯤은 전혀 문제 될 게 없다고 생각해. 그렇게 생각하지만, 유키무라. 넌

너무 자주 와. 너는 무엇을 위해 탈퇴했지? 어중간하게 굴면
안 돼."

"죄송합니다."

유키무라는 다시 한번 고개를 숙이더니 어물어물 사정을
설명했다. 공부에 집중이 안 될 때 문득문득 '친구들은 지금
쯤 연습하고 있으려나?'라는 생각이 든다고. 그래서 음악실
에 가고 싶어진다고.

"넌 내일부터는 음악실에 오지 마."

유키무라도 모르지는 않을 것이다. "네" 하고 낮게 대답하
면서 고개를 끄덕이더니, 몇 번이나 "죄송합니다"란 말을 반
복했다.

"무리하진 않아도 되니까, 콩쿠르에는 세팅 멤버로 참가해
주면 기쁠 것 같아. 3학년생들도 좋아할 거야."

수긍하는 유키무라. 에이타로는 한숨을 속으로 삼켰다. 어
떻게 말하는 것이 정답일까. 전혀 알 수가 없었다. 관자놀이
를 엄지로 꾹꾹 누르면서 생각해봤지만, 지도자다운――그
들의 모범이 될 만한 어른으로서 적당한 말을 찾아낼 수 없
었다.

"솔직히 말할게."

에이타로는 고시가야와 유키무라를 보고 눈썹을 양옆으로
축 늘어뜨렸다.

"너희들이 센가쿠를 졸업할 때, 대학교에 가고 사회인이 되었을 때…… 그리고 그 후에도, 앞으로 언제든 너희가 '그때 그 부활동을 안 했으면 좋았을 텐데'라고 생각하게 되는 것은 원치 않아. 그리고 취주악을 싫어하게 되는 것도 원하지 않고."

막판에는 거의 애원하는 듯한 말투가 되어버렸다.

"그러니까. 너무 폭주하지는 마."

에이타로의 말에 고시가야와 유키무라는 가만히 이쪽을 바라봤다. 마치 에이타로의 진의를 파악하려는 것처럼 눈동자를 진지하게 빛내면서.

한참 후 두 사람은 조용히, 그래도 확실하게 고개를 끄덕거렸다.

고시가야와 유키무라를 내보낸 뒤 음악 준비실에서 한숨 돌리고 있는데, 누군가가 복도를 뛰어와서 음악실 문을 열고 후다닥 안으로 들어갔다.

그리고 그 직후. 뒷정리를 하고 집에 가려는 부원들의 목소리에 섞여서, 오늘 고시가야와 마찬가지로 오픈캠퍼스에 참가했던 레오나의 목소리가 들려왔다.

"……오늘은 뭔가 사건이 많네."

에이타로는 그렇게 투덜거리고 파이프 의자에서 몸을 일

으켰다. 음악 준비실 문을 열었더니, 때마침 레오나가 모토키를 음악실에서 끌고 나오는 중이었다. 신기하게도 아까 고시가야와 유키무라가 있었던 그 장소였다.

"너 진짜 머리 좀 써라, 머리! 너도 이렇게 될 줄 알았잖아?!"

레오나가 모토키의 어깨를 붙잡고 거칠게 외쳤다. 마치 동생을 혼내는 누나 같았다. 모토키도 또 그답지 않게 부루퉁한 얼굴로 "알았어, 알았다니까" 하면서 고개를 끄덕이고 있었다. 뒷정리를 마치고 음악실에서 나온 부원들은 그 두 사람을 안 보려고 하면서도 안 볼 수 없다는 듯한 표정으로 그곳을 떠나 집으로 갔다.

"이봐, 너희 둘."

목소리를 좀 낮게 깔고 끼어들었다. "무슨 문제가 있다면 음악 준비실에서 해결하자"라고 하면서 다시 문을 열고 두 사람을 안으로 들여보냈다.

"싸울 거면 집에 가서도 실컷 싸울 수 있잖아? 너희들은."

"싸우는 게 아니에요."

레오나가 딱 잘라 말했다.

"싸우는 게 아니라고? 그럼 이 다툼은 내가 개입해도 될 만한 내용이야?"

"개입이요? 아니, 애초에 에이타로 선생님과도 상관있는 일이에요."

그렇지? 하고 레오나가 모토키를 봤다. 모토키는 얼굴을 반대편으로 돌린 채 불만스럽게 입을 꾹 다물고 있었다.

"모토키가 말이죠. 지난주부터 내내 학원 여름 특강을 빠졌어요. 꾀병 부려서."

에이타로는 의자에 앉으려다가 그대로 미끄러져 떨어질 뻔했다.

"챠엔――그게 정말이야?"

모토키는 곧바로 대답하진 않았다. "모토키. 대답해봐"라고 레오나가 팔꿈치로 툭 치자, 그는 한참 뜸을 들이다가 어쩔 수 없다는 듯이 고개를 끄덕였다.

"모토키는 오전과 밤 수업을 듣기로 했는데, 둘 다 몸이 안 좋아서 결석하겠다고 스스로 학원에 연락해서 빠지고 있었던 거예요. 첫날부터 쭉!"

그렇게 계속 빠지니까 결국 학원 측이 모토키의 어머니에게 전화를 했다. 그래서 어머니는 모토키에게 연락했는데 아무런 답이 없어서, 아마도 같이 부활동을 하고 있을 레오나에게 연락했다. 오픈캠퍼스를 마치고 집에 돌아가는 도중에 그 연락을 받은 레오나는 당장 학교로 뛰어왔다. 대충 그런 상황인 듯했다.

"야, 모토키. 네가 연습을 하고 싶은 건 알겠는데, 그런 짓을 해봤자 어차피 들킬 테고, 그러면 부모님이 더더욱 너의 부활동에 반대하게 될 거 아냐. 그걸 왜 몰라?!"

"알아. 안다고."

하지만 어쩔 수 없잖아. 그렇게 목구멍 속에서 소리를 쥐 어 짜내듯이 모토키가 말했다. 입을 벌린 채, 말을 할까 말 까 순간적으로 망설이는 것 같았다. 그러나 결국 포기한 것 처럼 우르르 말을 쏟아냈다.

"나는 니시칸토 대회에서 자유곡 솔로를 불고 싶어. 솔로 이외의 부분도, 과제곡도 지금보다 훨씬 더 연습하고 노력해 서 잘하게 되지 않으면…… 잘하게 되지 않으면, 전국대회에 는 갈 수 없단 말이야."

레오나, 너도 알잖아? 그런 얼굴로 모토키는 레오나를 쳐다봤다.

"현 대회에서 우리는 5등이었어. 금상은 받았어도, 우리들 위에 더 잘하는 학교가 네 개나 있어. 그런데 니시칸토 대회 에서 전국대회로 진출할 수 있는 학교는 세 개잖아?"

입술을 깨무는 모토키. 에이타로는 그만 웃음을 터뜨렸다. 웃지 않을 수 없었다.

"그래, 무슨 상황인지 알았다."

파이프 의자 등받이에 몸을 기댔다. 휴 하고 심호흡을 했다.

"초조해하는 것은 이해해. 나도 솔직히 말해서 초조하지 않다면 거짓말이고. 니시칸토 대회까지 쓸데없이 시간 여유가 있어서 문제라니까. 연습을 좀 빠졌다고 실력이 퇴화되면 어쩌나, 콩쿠르 멤버에서 탈락되면 어쩌나 하고 걱정하는 것도 당연하지."

음악 준비실에서 나가던 고시가야와 유키무라의 뒷모습을 떠올리면서 에이타로는 그런 말을 했다.

"전 지금 취주악 말고는 아무것도 하고 싶지 않아요."

모토키가 몸을 앞으로 쑥 내밀고 말했다. 아니, 소리쳤다. 레오나가 무슨 말을 하려는 것을 거칠게 튕겨내듯이.

"잠자는 시간도 밥 먹는 시간도 아까워. 난 항상 연습만 하고 싶어."

그에게 지금 해야 할 말이 내 머릿속에는 분명히 있었다. 있는데, 그걸 입 밖에 내지 못했다.

잘 알았다. 취주악 말고는 아무것도 하고 싶지 않다고 생각하는 순간도, 수면도 식사도 안 해도 된다면 차라리 그 시간에 연습을 하고 싶다고 생각하는 순간도.

"그래, 알았어."

음악 이외의 모든 것이 성가시고 불필요하게 여겨지는 것도.

"좀 늦은 감은 있지만, 이번 주말을 추석 연휴로 해보자."

오늘 땀을 뻘뻘 흘리면서 음악실로 뛰어온 고시가야가 떠올랐다. 모든 사람들이 필사적이었다. '하고 싶은 일'과 '해야할 일'이 복잡하게 얽혀서, 그들의 열의가 그것에 의해 억압되어 폭주하는 것이다. 알지, 알아. 나도 그랬으니까. 당연히 잘 알지.

"아니, 선생님, 하지만……."

쉴 수는 없다는 표정으로 모토키가 입을 삥긋거렸다. 심지어 레오나도 '지금 이 상황에서 쉬는 것은 좀……' 하고 표정이 흐려졌다.

"왜? 하루 쉬면, 그걸 만회하는 데 사흘이 걸려서 그래?"

귀에 못이 박히도록 들었던 말이다. 연습을 하루 쉬면, 쉬기 전 상태로 되돌아가는 데 사흘이 걸린다. 그러니까 하루도 쉴 수 없다. 쉬면 안 된다.

"쉬자, 쉬어. 일본인은 일을 너무 많이 해. 노력하는 것은 훌륭한 행위일지도 모르지만, 그러다가 몸이 망가지거나 정신적으로 병들면 안 되는 거잖아. 여름방학 숙제를 하고, 수박이라도 먹고, 시원하게 에어컨 틀어놓은 방 안에서 편히 쉬어."

고교생 시절의 나라면 아마 이러지 못했을 것이다. 쉬는 것은 농땡이 치는 것이나 마찬가지라고 생각했다. 필사적으로 노력하는 것이 내가 해야 하는 유일한 일이라고 믿었고, 아무튼 그게 정말 즐거웠다.

"얘들아. 나한테 실망했니?"

모토키도 레오나도 아무 말도 하지 않았다.

"나는 고교 시절에 취주악 이외의 다른 것에는 전혀 최선을 다하지 못했던 것이, 지금은 좀 후회가 돼."

학원에는 다녔지만, 콩쿠르 연습 때문에 바빠지자 그만뒀다. 부모님이 시키셔서 콩쿠르가 끝난 다음부터는 다시 다녔다. 에이타로에게 제일 중요한 것은 취주악이었다. 그 외의 모든 것은 '어쩔 수 없이 하는 일'이었다.

좀 후회가 된다. 그것은 많이 절제한 표현처럼 느껴졌다.

"매일매일 음악을 지도하고 있지만, 내가 너희에게 가장 가르쳐주고 싶은 것은 자기 장래를 진지하게 생각해봐야 한다는 거야. 그 장래를 위해서 해야 할 일이 무엇인지 잘 알아야 해. 선택을 잘못하면 안 돼."

아, 위험하다. 이러다간 온갖 이야기를 줄줄 늘어놓게 될 것 같았다. 이제 와서 어쩌지도 못할 꼴사나운 과거의 이야기를, 구질구질하게.

"자, 그럼 챠엔의 집에 가볼까?"

목에 힘을 주고 그렇게 말했다. 그 순간 모토키가 "네?!" 하고 괴상한 소리를 내면서 벌떡 일어났다.

"대, 대체 왜요?!"

"너 꾀병 부려서 학원 빠지고 부활동 하러 왔잖아? 그러니까 나도 너희 부모님께 사과드리러 가야지."

"저, 그러시면 곤란한데요! 아니, 안 돼요! 진짜 안 돼요!"

몹시 당황한 모토키. 레오나가 한숨을 쉬었다.

"이거 봐. 거짓말하면 이렇게 주변 사람들한테 폐 끼치게 된다니까?"

재빨리 짐을 챙기고, 두 사람을 데리고 학교에서 나왔다. 모토키는 열심히 저항했지만, 레오나가 "자업자득이다! 이 바보야!" 하고 머리를 한 대 때리자 그도 얌전해졌다.

"너 정식으로 사과해야 해. 안 그러면 내일부터는 부활동을 금지당할 수도 있어."

역에서 전철을 타고 나서도 레오나는 계속해서 모토키에게 설교를 했다. 지금은 추석 연휴라 평일에 비하면 전철 승객도 적은 편이었다. 세 사람은 의자에 나란히 앉았다. 한가운데에 앉은 모토키가 "정말 죄송합니다" 하고 에이타로에게 고개 숙여 사과했다.

"이따 부모님한테도 이렇게 솔직하게 사과해야 해, 알았지?"

"……자신은 없는데요."

"자신이 없어도 해야 돼."

고개를 푹 숙이는 모토키. 그 머리를 손바닥으로 쓱쓱 쓰다듬어줬다. 그는 어깨를 축 늘어뜨리고 "노력해볼게요"

라고 대답했다.

약 10분 후에 모토키와 레오나의 집 근처 역에 도착했다. 플랫폼에 내려선 사람은 그리 많진 않았다.

그래서일까. 모토키가 저 앞에 걸어가는 사람의 뒷모습을 발견하고 소리를 냈다.

"――어? 누나다."

출입구로 향하는 날씬한 그 여성을 보고 모토키는 "오늘도 출근했었구나" 하고 미간을 찡그리며 말했다.

"어, 진짜네? 리오 언니잖아. 어쩔래? 부를까?"

"윽. 나 지금 어머니한테 혼나러 가는 중인데?"

옥신각신하는 모토키와 레오나. 그때 에이타로는 모토키의 누나의 뒷모습을 보고 문득 위화감을 느꼈다. 왠지 걸음걸이가 위태로웠다. 하이힐 발끝이 당장이라도 점자 블록에 걸려 넘어질 것 같았다. 혹시 술에 취했나? 가방을 무겁게 어깨에 메고 천천히 계단으로 향하고 있었다.

"이봐, 챠엔――."

너희 누나 괜찮은 거냐? 그렇게 물어보려는 순간, 그 여성의 몸이 좌우로 흔들리더니 플랫폼에 털썩 무릎을 꿇고 앉았다. 그러고도 몸을 가누지 못하고, 그 가느다란 몸이 뭔가에 당겨지듯이 옆으로 쓰러져갔다.

선로 쪽으로. 쓰러져갔다.

에이타로는 모토키와 레오나를 밀치고 그쪽으로 달려 갔다.

멀리서 전철 들어오는 소리가 났다.

◆

"괜찮을 거야."

긴 침묵 끝에 에이타로가 말했다. 대합실 소파에서 완전히 가라앉아 있는 모토키를 끌어올려주는 것처럼.

"머리를 부딪쳤으니 이것저것 검사는 해봐야겠지만, 생명 에 지장은 없는 것 같으니까."

학원 빠졌다가 어머니에게 들키는 바람에 에이타로와 함 께 사과하러 가려고 했다. 그런데 왜 나는 구급차를 타고 병 원에 와 있는 걸까.

역에서 리오 누나가 선로에 떨어졌다. 전철 들어오는 소리 가 나서 심장이 멈추는 줄 알았는데, 다행히 반대편 노선의 전철이었다. 에이타로가 선로에 뛰어 내려가 리오를 안아 들 었다. 레오나가 비상 정지 버튼을 눌렀다. 그동안 모토키는 그저 제자리에 우두커니 서 있었다. 그러다가 겨우 기절한 리오 곁으로 뛰어갔을 때에는 이미 역무원이 구급차를 부르 고 있었다. 이마에서 피를 흘리는 리오를 본 순간, 목구멍이 확 조여들면서 숨이 막혔다. 자신이 할 수 있었던 일은 기껏해야 "누나" 하고 리오를 부르는 것밖에 없었다.

그런 모토키를 보고 안 되겠다 싶었던 걸까. 에이타로는 레오나에게 "챠엔의 부모님께 연락해줘"라고 말했다. "나루카미, 넌 택시 타고 집에 가" 하고 레오나에게 5천 엔인지 1만 엔인지 모를 지폐를 쥐어주는 것도 언뜻 보였다.

"너희 누나, 진짜로 무슨 지병이 있는 건 아니지?"

구급차 안에서 구급대원도 같은 질문을 했었는데. 어떻게 대답했는지 기억이 안 났다.

"누나는, 올해 3월에 대학 졸업하고 광고회사에 취직했어요. 매일 밤늦게 집에 오고, 아침에도 일찍 출근하고. 토요일에도 일요일에도 일했어요. 언제나 피곤한 얼굴이었고. 졸려 보였어요."

아버지도 어머니도, 모토키도, 그런 리오를 걱정하면서도 어쩔 수 없다고 생각했었다. 단순히 자기들이 안심하고 싶었던 것이다. 내 가족이 블랙 기업에서 혹사당하고 있을 리 없다. 유명한 대기업이고, 광고업계고, 신입이고, 다들 그렇게 하니까. 세 달쯤 지나면 괜찮아지겠지. 반년쯤 지나면. 1년쯤 지나면. 그렇게 생각했었다.

"현 대회 전날에, 리오 누나랑 이야기를 했어요. 그때 아쿠아 알타가 어떤 느낌이냐고 물어봤어요."

누나가 졸업여행으로 베네치아에 갔었거든요. 그렇게 한 마디 덧붙이자, 에이타로는 "그랬구나" 하고 짧게 대답하더니 뒤통수를 거칠게 긁적였다.

"'내 미래가 밝은 것 같은 느낌이 들었어'라고…… 그때 누나가 그렇게 말했어요."

눈치챘었다. 리오 누나가 지쳤다는 것을. 거의 몸도 마음도 한계에 다다랐다는 것을. 그런데 그러려니 하고 넘어갔다. 그날 밤, 모토키에게 제일 중요했던 것은 〈바닷바람 행진곡〉이었으므로.

"저는 너무 이기적이에요."

그날 밤, 리오 누나에게 물어볼걸 그랬다. "괜찮아?" 하고. 누나는 "괜찮아"라고 대답했을 것이다. 하지만, 그래도 물어봐야 했다. 일하느라 힘들지 않아? 어디 아프진 않아? ……뭐든 좋으니까 물어봤어야 했다.

"나 뭐지. 도대체 뭐 하는 거야."

조각난 말들을 조금씩 주워 모으듯 중얼거리자, 에이타로가 무슨 말을 하려고 입을 벌렸다. 그런데 그때 멀리서 자동문 열리는 소리가 나더니 후다닥 정신없이 뛰어오는 발소리가 이쪽으로 다가왔으므로 즉시 입을 다물었다.

"모토키! 리오는, 리오는 괜찮니?!"

어머니. 그리고 한발 늦게 아버지가 뛰어왔다. 대체 어디서부터 말하면 좋을지 망설이는 사이에 에이타로가 선수 쳐서 간결하게 리오가 쓰러질 때의 상황을 설명해버렸다.

"인사가 늦었습니다. 저는 센가쿠에서 취주악부 코치로 일하고 있는 후와라고 합니다."

끝으로 에이타로가 그렇게 자기소개를 하자, 아버지와 어머니는 "아, 그분……" 하고 중얼거렸다. 그리고 "평소에 신세 많이 지고 있습니다", "폐를 끼쳐서……"란 말을 하면서 여러 번 고개를 숙였다.

잠시 후 리오를 담당한 의사가 등장해서 환자의 상태를 설명했다. 의식은 또렷하다고 한다. 아까는 잠깐 현기증이 난 거였단다. MRI도 찍었고, 뇌경색의 위험성도 없다고 한다.

굳이 따지자면 원인은 스트레스, 과로, 수면부족 같은 것이리라. 의사의 말에 그 누구보다도 먼저 모토키가 "역시 그랬구나" 하고 중얼거렸다. 아버지도 어머니도, 의사도, 에이타로도 일제히 이쪽을 돌아봤다. 모토키는 더 이상은 아무 말도 하지 못하고 고개를 옆으로 흔들었다.

큰 사고가 나지 않아서 다행이다. 그곳에 있는 모든 사람들이 그때는 그렇게 생각했다.

이대로 집에 가도 되지만, 움직이기 불편하다면 하룻밤 입원해도 된다. 치료실 침대에 누워 링거를 맞고 있는 리오에게 그런 의사의 말을 전했더니, 거기서부터 문제가 발생했다.

"집에 갈래. 내일도 출근해야 하니까."

리오가 눈가의 다크서클을 일그러뜨리면서 그렇게 말한 것이다. '어휴, 엄마는 직장인의 사정을 하나도 모른다니까' 라는 표정으로.

"무슨 말 하는 거니? 내일은 회사 쉬어. 아니, 사실 지금은 추석 연휴잖아?"

"추석 연휴? 그건 다른 사람들이 마음대로 정한 거잖아. 이쪽은 일하느라 바빠."

팔뚝에 링거 바늘이 꽂혀 있는데도 리오는 분명하게 가시 돋친 목소리로 말했다. 그 가시가 멋지게 부모님에게 푹 박혔다.

"리오, 너 적당히 해라."

아버지가 신음하듯이 말했다.

"적당히? 그게 뭔데"라면서 리오는 아버지를 노려봤다.

"젊을 때에는 무슨 일이든지 죽을힘을 다해서 해라. 분명히 아빠가 그렇게 말했잖아? 하고 싶은 일을 하고 싶으면, 우선 하기 싫은 일들을 잔뜩 해야 한다고. 아빠가 독립하는 것도 그런 거잖아? 하기 싫은 일들을 잔뜩 하면서 경험도 쌓고 실적도 올리고 해서, 이제는 하고 싶은 일을 하려고 회사를 그만두려고 하는 거잖아? 나도 지금 내 미래를 위해서 죽을힘을 다하고 있는 것뿐이야!"

그거랑 이거는 전혀 다른 이야기잖아! 하고 아버지가 말했다. 뭐가 다르냐고 리오가 반박했다. 사실 난 당신이 독립한다는 게 마음에 안 들었어! 하고 어머니가 소리를 질렀다. 이야기가 골치 아픈 방향으로 흘러갔다.

"모토키는 지금 사립학교에 다니고 있고, 앞으로 대학교 학비도 대줘야 하는데. 학원 다니고 동아리 활동을 하는 데에도 돈이 드는데…… 당신은 어떻게 회사를 그만두려고 할 수가 있어?!"

자기한테까지 불똥이 튀자 모토키는 뒤로 물러났다. 아버지가 "그건 지금 이 상황과는 상관없는 이야기잖아?" 하고 어깨를 으쓱하자, 어머니는 "아니, 이것도 상관있어!"라면서 눈을 흡떴다. 리오가 "상관없는 이야기 좀 하지 마!" 하고 소리를 질렀다.

"저, 저기, 환자 하나를 둘이서 닦달하면, 안 될 것……."

"넌 좀 가만히 있어!"

그 환자한테 따끔하게 한 소리 들었다. 어머니가 이쪽을 돌아보더니 눈을 가늘게 뜨고 말했다.

"모토키! 너 거짓말하고 학원 빠졌지? 학원에서 전화 왔어. 그래서 엄마가 얼마나 부끄러웠는지 알아?! 우리가 무슨 심정으로 너를 학교에 보내주고 있는지 알기나 해? 악기나

불라고 하는 게 아니라, 널 좋은 대학에 보내서 좋은 어른이 되게 해주려고 하는 거야!"

알아요 하고 대답했더니, "알긴 뭘 알아!"란 말로 일축 당했다. 리오가 또 무슨 말을 했다. 아버지가 이야기했다. 세 사람의 목소리가 합쳐져 기묘한 화음을 이루며 머릿속에서 윙윙 울려 퍼졌다.

내 안에 있는 소리가. 날마다 손질하면서 더없이 소중하게 갈고닦아온 소리가 점점 뒤틀려간다.

"──그만해!"

음악을 하고 싶다. 단지 그뿐인데, 왜 그것이 이토록 힘든 걸까.

"다들 제멋대로 자기 할 말만 하고! 아, 그래, 그럼 나도 내 멋대로 말할게! 난 그냥 음악을 하고 싶어! 공부가 중요하다느니 장래가 중요하다느니 부모님 마음도 생각해야 한다느니, 그런 거 나도 다 알아! 알지만, 그래도 음악을 하고 싶다고! 올해 콩쿠르는 올해밖에 없단 말이야! 나도 아니까, 이것저것 다 생각하고 있으니까, 공부할 거니까, 부모님을 싫어하는 것도 아니고 감사하는 마음이 없는 것도 아니니까! 제발 부탁이야, 나 음악 좀 하게 해줘!"

충동적으로 소리를 질렀더니 목구멍 안쪽이 찢어질 듯이 아팠다. 숨을 가라앉히고 고개를 들자, 세 사람이 멍하니 모토키의 얼굴을 쳐다보고 있었다.

"……나도 안다고."

음악을 하고 싶다. 그것은 결코 사소한 소망은 아니다. 사치스럽고 이기적인 소망이다. 그런데 어쩌다 보니 운 좋게 그동안 모토키에게는 그게 '당연한 것'이었을 뿐이다.

"내가 내 생각만 하고, 이기적이고 현실을 모른다는 거. 나도 알아!"

아버지와 어머니와 리오 누나를 향해, 그리고 자기 자신을 향해 소리쳤다. 쥐 죽은 듯 고요해진 치료실을 뛰쳐나갔다. 어두운 복도에서 벽에 이마를 대고 천천히 무너지듯이 그 자리에 주저앉았다. 발버둥을 치고, 소리를 지르고, 엉엉 울고 싶은 것을 꾹 참았다.

그러다 보니 조용한 발소리가 다가오는 것을 눈치채지 못했다.

"챠엔."

고개를 들자, 에이타로가 옆에 웅크리고 앉아 있었다. "집에 갈 타이밍을 놓쳤거든" 하고 쓴웃음을 짓는 그에게 모토키는 "죄송합니다"라고 하면서 고개를 푹 숙였다.

"너희 누나가 건강해 보여서 다행이야. 가족회의가 끝날 때까지 우리끼리 가볍게 산책이나 하고 올까?"

조용해진 줄 알았던 치료실에서 또다시 부모님과 리오 누나의 목소리가 들려오기 시작했다. 모토키는 에이타로의 배려에 감사하면서 고개를 크게 끄덕였다. 그리고 그 뒤를 따라갔다.

출입구에 있는 자판기에서 음료수를 사 들고 밖으로 나갔다. 올해 8월에는 장마철에 안 내렸던 비가 이제 한꺼번에 내리는지 비가 자주 왔는데, 기온은 또 높아서 후텁지근한 날이 이어지고 있었다. 오늘도 마찬가지였고. 밤이 되어 기온은 내려갔지만, 밖에서는 뜨뜻한 바람이 불고 있었다.

벤치에 둘이 나란히 앉았다. 그리고 아까 눈에 띄어서 반사적으로 버튼을 눌러 뽑은 콜라 캔을 땄다.

콜라를 한 모금 마셨더니 목구멍에서 탄산 거품이 터지면서 따끔한 느낌이 났다.

"소리 지르고 나서 탄산음료 마시면 목이 따갑지 않아?"

"죄송해요. 시끄러웠죠?"

"말려야 하나, 말아야 하나…… 하고 복도에서 고민했었어."

콜라 캔을 입에 댄 에이타로가 뭔가를 떠올렸는지 피식 웃었다.

"그냥 음악을 하고 싶을 뿐이란 말이지……."

좀 전에 자신이 했던 말을 에이타로가 반추하자, 모토키의 얼굴은 순식간에 빨개졌다.

"하고 싶은 일을 한다는 것은 쉽지 않아. 주변 사람들이 이해해주지 않는 경우도 있고, 한 가지 일에 집중할 수 있을 만한 능력이나 여유가 본인에게 없는 경우도 있고."

치료실에서의 대화가 아마 바깥까지도 들렸을 테지만, 모토키는 에이타로에게 정식으로 아버지의 독립에 관한 이야기를 했다. 그것이 자기 생활에는 영향을 주지 않을 줄 알았는데 그것은 모토키 혼자만의 착각이었다. 어머니는 앞으로 가계를 꾸려나가고 모토키의 학비를 마련해야 한다는 생각에 몹시 예민해지셨고, 리오는 아버지를 본보기 삼아 죽어라 일하고 있는 것이었다.

"그래, 아버님의 사무소가 잘되지 않으면 네가 부활동을 하기 어려워질 수도 있겠구나."

"전 그런 거 싫어요."

"나도 싫어."

캐치볼 공을 돌려주듯이 가볍게 날아온 한마디. 모토키는 깜짝 놀랐다.

"그런데 진짜로 이런저런 사정 때문에 어느 날 갑자기 하고 싶은 일을 하지 못하게 될 수도 있어. 나도 마찬가지야. 내년에도 센가쿠에서 취주악을 지도하고 있으리란 보장은 없고, 어쩌면 아예 음악을 할 수 없는 처지가 될지도 몰라. 하지만 어쨌든 할 수밖에 없어. 해야만 하는 일이라든가 생각해야만 하는 것을 짊어진 채, 그래도 자기 마음이 가는 대로 끝까지 밀고 나갈 수밖에 없어."

벤치 등받이에 기대어 앉아 에이타로가 어두워진 하늘을 우러러봤다. 마치 모토키뿐만이 아니라 자기 자신에게도 이야기를 들려주는 것처럼.

"선생님도 그런 거 있으세요? 하고 싶은데 마음같이 잘 안 되는 거."

"나는 좀 특수한 경우인데, 우리 부모님도 취주악부 코치로 일하는 것을 이해해주지 않으셔."

콜라를 마시면서 에이타로가 이쪽을 힐끗 봤다.

"선생님. 아까 학교에서 말씀하셨잖아요? '취주악 이외의 다른 것에는 전혀 최선을 다하지 못했던 것이 좀 후회가 된다'고. 선생님, 그 다큐멘터리 방송 이후에 무슨 일이 있었던 건가요?"

선택을 잘못하면 안 돼. 에이타로는 그렇게 말했었다. 그럼 에이타로는 대체 무슨 선택을 잘못한 걸까?

"현 대회가 끝나고 나랑 대화했던 아저씨 있잖아. 그 사람은 그 다큐멘터리의 PD였어."

모토키는 두 사람이 대화하는 장면을 똑똑히 봤다. 에이타로가 괴로운 얼굴로 웃으면서 자기를 「반 백수」라고 부르던 모습도. 그 말을 듣고 자기 마음까지 아팠던 것도 정확히 기억했다.

"그 사람이 센가쿠를 취재하던 시절에는 나는 마치 지금의 너처럼 취주악 이외에는 아무것도 하고 싶은 게 없었어. 전국대회가 인생의 골이었지. 막연하게 나중에는 취주악부 지도 교사가 되고 싶다고 생각해서, 콩쿠르가 끝난 다음부터는 교사를 목표로 했어."

그것이 실수였다. 괴로운 듯이 미간을 찌푸린 그 옆얼굴에서 그런 목소리가 들려왔다.

"대학교에서도 취주악을 계속했고, 콩쿠르에 나갔고, 센가쿠에서 교육 실습을 하고…… 정식 교직 과정을 이수해서 교원자격증을 취득했어. 선생님이 되려면 말이지, 대학교 4학년 때 현이나 시 같은 지자체 임용시험에 합격해야 해. 처음 응시한 현의 시험에서 나는 1차 필기에 합격하고 2차 면접에 진출했어. 거기서 '지원 동기는 뭡니까?'라든가 '어떤 선생님이 되고 싶습니까?'라는 질문을 받았는데. 거기서 나는 당연히 취주악부를 지도하고 싶다, 이번에는 지도 교사로서 전국대회 무대에 서고 싶다고 대답했지."

물론 부활동 지도 이외의 질문, 이를테면 학급 운영이나 교과 지도에 관한 질문에도 제대로 대답했어. 그렇게 담담하게 말하는 에이타로의 눈동자가 어둡게 빛나는 것을 모토키는 놓치지 않고 봤다.

"그런데 면접이 거의 끝나갈 무렵에 면접관이 그런 말을 했어. '당신은 취주악은 열심히 신나게 이야기하는데, 그 외의 것들에 대해서는 틀에 박힌 대답밖에 안 하네요'라고."

에이타로의 입은 웃고 있었다. 다정한 웃음. 그렇기 때문에 오히려 그 눈동자 속에 진실한 감정이 숨겨져 있다는 것을 저절로 알 수밖에 없었다.

"적당히 얼버무리고 넘어갈 수도 있었을 거야. 하지만 면접관의 그 말을 듣고 나는 왠지 모르게 진심으로 납득하고 말았어. 난 그저 취주악부 지도 교사가 되고 싶었던 거지, 담임이라든가 교과 지도라든가 뭐 그런 것들은 전부 다 '부속물'에 불과했던 게 아닐까? 하고."

결국 그 면접관은 '당신은 부활동 이외의 분야에서는 교사로서 일해 나갈 각오가 안 되어 있군요'라고 말했고, 난 전혀 반박하지 못했어. 그 말이 옳다고 생각했어. 맞아, 정말로 그랬어. 그리고 떨어졌지.

다른 현 교육위원회의 임용시험에도 응시했어. 사립학교 시험도 봤고. 하지만 항상 눈앞이 안개 낀 것처럼 흐릿했어. 어차피 여기까지 왔으니 꼭 교사가 되어야 한다고 생각하면서도, 또 한편으로는 이런 상태인 내가 '선생님' 소리를 들으면 안 된다고 분개하기도 했지. 두 개의 자아가 충돌한 거야. 점점 보이는 것도 들리는 것도, 세상의 모든 것이 빛깔을 잃어버리다가 마침내 흑백이 되었어.

그래서 나는 어디에도 합격하지 못했어. 시간강사 제안도 있었지만 결국 거절했지.

　하고 싶지 않은 이야기를 하고 있는 걸 텐데도 에이타로는 모토키에게서 시선을 떼지 않았다. 지금 자신은 취주악부의 코치인 '에이타로 선생님'의, 과거에 동경했었던 '후와 에이타로'의, 보면 안 되는 부분을 보고 있다. 그걸 알면서도 모토키는 고개를 위아래로 흔들면서 계속 이야기해 달라고 부탁하고 말았다.

　"뭐, 그래서 아르바이트를 하던 학원에 계약직으로 들어가게 된 거야. 한 2년쯤 학원 선생님 노릇을 했는데, 그것도 아르바이트의 연장선 위에 있는 느낌이었지. 학생들한테는 미안한 짓을 했어."

　"저, 그럼 왜 센가쿠의 코치가 되기로 결심하신 거예요?"

　"미요시 선생님이 '취주악부를 구해 달라'고 말씀하셔서, 나는 그 학교 졸업생으로서 가능한 한 도와드리고 싶다고 생각했으니까……라는 것은 나와 미요시 선생님의 표면적인 이야기이고, 사실 선생님은 아마도 나한테 과제를 주신 걸 거야. 취주악부 코치 노릇을 하면서 이제 슬슬 장래를 결정할 각오를 하라는 거지. 교사가 될 거면 다시 죽을힘을 다해 교원임용시험에 도전해라. 아예 다른 길을 갈 거면 제대로 결심하고 행동해라."

에이타로의 말투는 마치 자기 자신에게 이야기하는 것 같았다. 거기까지 말하고 입을 다물어버린 에이타로. 한순간 그의 시간이 멈춰버린 줄 알았다.

"결국 나도 나 자신을 위해서 코치 제안을 받아들인 거지."

기나긴 침묵 끝에 에이타로는 단호하게 말했다.

"나는 아직도 내가 무엇을 하고 싶은 건지 모르겠어. 여전히 교사가 되어서 취주악부 지도 교사가 되고 싶은 건지, 아니면 다른 일을 하고 싶은 건지. 그 다른 일이라는 것은 도대체 뭔지."

"그래서 선생님은 자주 저희들에게 부활동 이외의 일에도 신경 쓰라고 말씀하신 거군요."

에이타로가 지난 반년 동안에 제일 많이 했던 말이 "생각해라"였다. 어떻게 연주하고 싶은지 생각해봐라, 생각해봐라, 다 함께 상의해봐라. 주문을 외우듯이 에이타로는 취주악부 전원에게 그렇게 말했다. 생각하는 것을 멈추지 마라. 마치 그렇게 말하고 싶은 것처럼.

"현재의 나에게서 취주악을 빼버리면 아무것도 안 남거든."

밤바람 속에 녹아들듯이 그런 말을 하는 에이타로. 그 직후 그가 웃으려고 하는 것을 알았다. 하하하 하고 자조하려고 했다. 그것을 알아버렸다. 웃지 못하고 입을 다물어버린 것도, 알았다.

"나 같은 놈과는 달리 너희들은 잘 생각하고 있어. 착실하게 장래를 생각해서 공부하고, 착실하게 연습하고, 내가 말한 것을 충실하게 지키려고 애쓰고 있어. 조금만 더 스스로 머리를 써서 자신의 음악에 관해 생각해줬으면 좋겠다는 바람도 있지만, 이제 그런 것은 사소한 문제라고 생각하게 되었지."

에이타로의 손가락이 텅 빈 콜라 캔을 꾹 눌렀다. 긴 손가락의 움직임에 맞춰 깡통이 딱, 딱, 소리를 낸다. 딱, 딱. 소리는 벽돌 바닥에 부딪쳐 쓸쓸하게 메아리쳤다.

"뭐 하나에만 열중하다 보면, 그 외의 것을 생각하는 행위가 마치 한눈파는 짓처럼 느껴지게 돼. 도망치는 것처럼 느껴지는 거지. 그럼에도 불구하고 모두들 자신이 하고 싶은 일과 해야 할 일을 절충해서 병행하려고 노력하고 있어. 너희 누나도, 아버지도 어머니도."

역시 나는 나만 생각하는 철없는 어린애구나. 모토키는 주먹을 꽉 쥐었다. 꼭 해야 하는 일이라는 것은 이해하고 있는데도, 음악 이외의 모든 것이 귀찮게 느껴졌다. 겨우 반년 전까지만 해도 '취주악에 3년을 바친다고? 그건 너무 피곤해'라고 생각했던 주제에. 이제는 '내 삶을 통째로 바치지 않으면 내가 가고 싶은 곳에는 못 갈 것 같다'는 초조감이 마구 솟구치면서 앙금처럼 켜켜이 쌓여가고 있었다.

아아, 그렇구나. 나는 또 나 자신을 피곤한 세계 속에 던져 넣으려고 했던 건가. 고3이 되었을 때, 대학 입시를 치를 때, 대학생이 되었을 때, 사회인이 되었을 때. 그때마다 자기 멋대로 그것을 한탄할 것인가. 어쩌자고 또 이 피곤한 세계에 발을 들여놓았을까? 하고. 후와 에이타로와 함께 지낸 이 반년의 시간을 마치 성가신 방해물처럼 여기는 날이 온단 말인가.

"싫어요."

그렇게 말한 순간, 눈앞의 풍경이 흐려졌다. 시야 한가운데에 있는 에이타로는 아무 말 없이 이쪽을 보고 있었다.

"난 지금, 선생님과 음악을 하고 있는 이 시간을, 후회하고 싶지 않아요."

나 자신의 말을 곱씹어봤다. 자기 자신에게 들려주고 있는 거야. 그렇게 가슴속에서 희미하게 따뜻한 소리가 들려왔다.

"나만 그런 게 아니에요. 레오나도, 도바야시도, 선배님들도, 모두 다 후회하지 않으면 좋겠어요. 언젠가 과거를 되돌아봤을 때 '그때 다른 선택을 했으면 어땠을까?'라고 생각할 만한 장소에서 연주한 음악은, 전혀 아름답지 않은걸요."

계속 눈을 깜빡거리다 보니 간신히 눈물은 안 흘릴 수 있었다. 그래서 에이타로의 얼굴이 이제는 잘 보였다. 난처한 듯한, 당황한 듯한 얼굴. 그러나 그 표정 안쪽에는 곪아버린 아픔이 있는 것이 보였다.

"챠엔. 네가 왜 울어?"

힘없이 웃는 에이타로를 보고 모토키는 어금니를 꽉 깨물었다.

* * *

합주 후, 모토키가 이번 주말에 3일 정도 쉬자는 이야기를 전달했을 때 부원들이 보여준 반응은 제각각이었다. 니시칸토 대회를 앞두고 그런 태평한 소리를 해도 되는 거냐. 3일이나 쉬는 것은 너무하니까, 하다못해 자율적인 연습 기간으로 하면 안 되겠느냐. 그렇게 말하는 부원도 있는가 하면, 긴장의 연속이었던 나날에서 조금이라도 해방되어 안도감을 느끼는 부원도 있었다.

많은 이들의 시선을 받으면서 모토키는 지휘대 앞에서 음악실 전체를 둘러봤다. 부원들 한 명 한 명의 표정이 잘 보였다. 무슨 생각을 하는지 신기하게도 알 수 있었다. 에이타로는 평소에 이런 식으로 자기들을 보고 있었구나. 그렇게 생각하니까 어쩐지 등이 근질근질해지는 느낌이 들었다.

"저, 오늘은 오전에 학원에 가서 여름 특강을 듣고 왔습니다."

어젯밤에 "아무튼 입원은 절대로 하기 싫다"는 리오를 데리고 집으로 돌아온 뒤, 학원 빠졌다는 이유로 어머니한테 다시 제대로 혼났다. 밤늦게까지 어머니의 설교를 듣고, 오늘부터는 착실하게 여름 특강을 들으러 가기로 했다. 수업을 따라가기는 힘들 것 같았지만 그것도 자업자득이라 어쩔 수 없었다. 열심히 하는 수밖에.

"오늘은 평소보다 악기를 만지는 시간이 짧아서요. 그만큼 실력이 떨어졌으면 어쩌나 하고 걱정했습니다. 아마 선배님들은 훨씬 더 힘드실 테죠. 그런데 악기를 만지지 못하는 시간이 있기 때문에 오히려 악기를 만지는 시간이 더 행복해지고, 연습이 더 소중하게 여겨지는 것 같아요."

단순히 장시간 연습만 해서 실력이 좋아진다면, 우리에게 승산은 없을 것이다. 하루 종일 음악실에서 살면서 모든 것을 희생시키고 오로지 연습만 해야 실력이 향상된다? 그런 것이 과연 음악일까. 우리는 음악이 그렇게 비정한 것이기 때문에 취주악을 좋아하게 된 걸까.

그런 이야기를 하면서 리오의 얼굴을 떠올렸다. 결국 리오는 오늘 아침에 침대에서 일어나지 못하고 처음으로 회사를 쉬었다.

"음악의 신은 그렇게 악독한 블랙 기업 같은 소리는 안 할 거라고 생각해요. 만약에 취주악의 세계가 원래 그런 거라면, 콩쿠르에서 좋은 성적을 내봤자 아무 의미가 없어요."

블랙 기업에 비유한 것이 문제였을까. 음악실에서 작은 웃음소리가 흘러나와 부드럽게, 느릿하게 실내 전체로 퍼져 나갔다.

"콩쿠르가 끝난 다음에 후회하고 싶지 않으니까 열심히 연습하는 것은 당연한 건데요. 하지만 인생에서 중요한 것은 콩쿠르 하나만이 아니잖아요. 3학년생들의 입시 준비도 당연히 그렇지만, 우리의 가족이나 친구와 같이 보내는 시간이라든가 자신의 건강처럼 이것저것 중요한 것들이 있을 거예요. 그런 것들을 희생시키고 전국대회에서 금상을 타봤자 나중에는 아마 후회하게 될 거예요."

앗, 방금 이 말은 왠지 에이타로를 공격하는 것처럼 되어 버렸는데.

"저, 그리고 실은 매일매일 필사적으로 〈바람을 바라보는 자〉의 솔로를 연습했는데도 좀처럼 내가 원하는 높은 수준에는 도달하지 못해서요. 아, 이러면 무작정 연습 횟수를 늘려봤자 소용없겠구나……라는 생각이 들기 시작했거든요."

아하하하, 아하하하. 어떻게든 말을 이어 붙이려고 필사적으로 그렇게 이야기를 계속했지만, 안개 긴 듯한 가슴속이 시원해지지는 않았다.

"응, 그러니까."

혹시 내 심정을 이해해준 걸까. 지금까지 창가에 있던 에이타로가 이야기를 끝내려는 것처럼 지휘대 쪽으로 다가왔다.

"추석 연휴치고는 조금 늦었지만. 일단 주말에는 편안하게 쉬고, 숙제도 좀 하고, 수박이라도 먹으면서 여름방학답게 시간을 보내자."

보면대에 손을 댄 에이타로. 그 옆얼굴을 힐끔 봤지만 그의 진의는 파악할 수 없었다.

부활동을 마치고 집에 오는 길에 구입한 케이크 상자를 들고 리오의 방에 가서 문을 두드렸다. 대답은 없었지만, "나 들어갈게"라고 하면서 문을 열었다.

"케이크 사 왔는데. 먹을래?"

나가라는 소리를 듣기 전에 얼른 그렇게 말하고 테이블 위에 재빨리 케이크를 올려놨다. 접시도 포크도 가져왔다. 준비는 완벽했다.

리오는 대형 쿠션을 깔고 앉아 휴대폰을 만지작거리고 있었다. 혹시 일하는 중이면 어쩌나 하고 걱정했는데, 모토키가 케이크 상자를 열고 안을 보여줬더니 리오는 "많이도 사왔네?" 하고 웃어줬다. 이마에는 커다란 반창고를 붙인 채.

"리오 누나. 누나한테 제일 화려한 걸 줄게."

"응. 사양 않고 받을게."

큼직한 과일 타르트를 접시에 담은 리오는 당장 포크를 쥐고 우걱우걱 먹기 시작했다.

"와. 맛있어."

짧게 그런 말을 중얼거렸다.

모토키도 치즈 케이크를 접시에 옮겨놓고 포크로 작게 잘라 입안에 집어넣었다. 시간을 들여 천천히 먹으면, 그만큼 리오와 오래 이야기할 수 있을 것 같았다.

"누나. 내일은 회사 가?"

시럽 때문에 반짝반짝 빛나는 딸기를 씹으면서 리오가 묵묵히 고개를 끄덕였다.

"그런데 그 후에 여름휴가 가라고. 상사가 그랬어."

"잘됐네."

반사적으로 그런 말이 튀어나왔다. 리오는 화내지 않았다. "응"이란 말만 하고 입을 다물어버렸다. 우리는 한동안 그대로 케이크만 계속 먹었다.

"우리 회사에서는, 신입은 포인트 레이스를 해."

과일 타르트가 반쯤 사라졌을 때 리오가 불쑥 그런 말을 꺼냈다.

"포인트 레이스?"

"신입사원은 1년에 걸쳐 포인트 레이스를 해. 그래서 이듬

해 3월까지 포인트를 많이 모은 신입은 4월부터는 대형 프로 젝트에 참가할 수 있어. 출세 코스를 밟는 거지."

"그 포인트란 것은 어떻게 모으는 건데?"

"방법은 많아. 다달이 정해진 업무량을 소화하면 10포인 트. 새로운 일을 따내면 20포인트. 야근이나 휴일 출근을 하 면 그 시간만큼 포인트를 얻을 수 있어."

"아, 얻는 거야?"

야근이란 것은 결국 정해진 시간 내에 일을 끝내지 못하고 남아서 일하는 거니까 그만큼 포인트가 깎일 줄 알았는데. 그렇게 중얼거리자 리오가 째려봤다. 그래서 모토키는 입 다 물고 있기로 했다.

"1분이든 1초든 더 오래 일하는 녀석이 훌륭하다. 그런 사 고방식이거든."

"난 누나가 일하기 싫은데 억지로 휴일에도 회사로 끌려가 는 줄 알았어."

"회사는 원래 그렇게 단순한 짓은 안 해. 오히려 아무것도 모르는 신입을 그런 식으로 자발적으로 더 열심히 일하도록 세뇌하는 거지. 노력하지 않는 것은 죄악이다! 하고."

세뇌. 죄악. 모토키는 포크를 놀리던 손을 멈췄다. 왠지 등 골이 오싹해졌다.

노력하는 것은 정의가 아니다. 그것을 강요하거나, 자신과 다른 사람을 배척할 필요 따위는 전혀 없다. 분명히 없을 텐데.

"나는. 포인트를 모으는 데 혈안이 돼서, 일거리를 잔뜩 맡아 가지고 쭉 노력했어. 직속 상사도 나보고 열심히 한다고 칭찬해줬고. '젊을 때에는 집에 못 들어갈 정도로 열심히 일하는 게 기본이야'라면서. 그런데 오늘 아침에 전화해서 몸이 안 좋아서 쉬겠다고 말했더니, 상대가 뭐라고 했는지 알아? '자네는 너무 열심히 일했어.' '안 그래도 불안해 보이더라.' '건강을 지키면서 일하는 것도 사회인의 의무야.' 그런 말을 하는데…….'"

리오는 유난히 커다란 딸기를 통째로 입에 넣더니 코로 크게 숨을 쉬었다. 흐읍 하고 공기를 빨아들여 코로 뱉어냈다. 제 마음속의 분노와 짜증을 몰아내려는 것처럼.

누구에 대한 분노일까. 과로로 쓰러지자마자 손바닥 뒤집듯 태도를 바꿔버린 상사? 아니면 쓰러져버린 자신의 육체? 그것도 아니면, 포인트를 모으는 데 혈안이 된 자기 자신?

"아아, 바보 같아. 그런 생각이 들더라."

덮밥이라도 먹는 것처럼 과일 타르트를 싹싹 긁어 먹은 리오는 갑자기 벌떡 일어나 가방을 낚아채더니, 반팔 티셔츠 위에 7부 카디건을 걸쳐 입었다.

"누나 편의점 가? 오늘 하루는 나한테 심부름 시켜도 되는데."

"그래? 그럼 심부름 말고, 그냥 나 따라와."

"어디 가는데?"

"노래방. 색소폰 들고 와도 돼."

자, 가자. 리오는 이제야 겨우 웃는 얼굴을 보여주면서 계단 아래로 내려갔다. 접시와 케이크 상자를 들고, 내 방에서 색소폰까지 꺼내 와서 그 뒤를 따라갔다.

거실에서 아버지가 TV를 보고 있었다.

"아버지. 이 케이크, 어머니랑 같이 드셔도 돼요. 나랑 누나는 이미 먹었으니까."

테이블 위에 케이크 상자를 놔두고 접시는 부엌 싱크대에 갖다 놨다. 상자 속을 확인한 아버지는 짧게 "그래, 고맙다"라면서 슈크림을 집어 들었다.

"모토키."

거실에서 나가려고 할 때 아버지가 모토키를 불러 세웠다. 아버지는 슈크림을 먹으면서 조금 곤란한 듯이 쓴웃음을 지었다.

"내가 개인 사무소를 차리는 거 말인데. 네 어머니는 무척 걱정하고 있지만, 나도 전망이 있어서 하는 거니까. 넌 걱정하지 말고 학교 다녀도 된다."

뭐라고 대답하면 좋을지 모르겠다. 그래서 모토키는 거실 문에 손을 댄 채 가만히 입 다물고 있었다.

"……나, 잘할게."

공부도 할 거고, 장래에 대해서도 진지하게 생각할 거야. 부활동도 열심히 할 거야. 조각난 말들을 나열하다시피 해서 어떻게든 그런 뜻을 전달했다. 그러자 아버지는 입가에 묻은 크림을 핥아 먹더니 미소 지었다.

"리오랑 어디 가는 거냐?"

"누나가 노래방 가자고 해서, 같이 갔다 오려고."

어머니가 걱정하실 테니까 일찍 들어와라. 아버지의 그 말에 모토키도 고개를 끄덕이고 현관에 가서 신발을 신었다. 밖에서 기다리던 리오와 함께 역 앞 노래방으로 갔다.

리오가 한 곡 부르고, 노래가 끝나면 모토키가 알토 색소폰을 불었다. 그것은 〈스케르찬도〉이기도 하고, 〈바람을 바라보는 자〉이기도 했다. 다 불면 또다시 리오가 노래를 불렀다. 리오는 처음에는 20대 여성에게 어울리는 요새 유행하는 노래를 선곡했는데, 모토키가 세 번째 〈스케르찬도〉를 연주할 무렵에는 순전히 BUMP OF CHICKEN만 부르게 되었다. 그러고 보니 리오 누나가 착실하게 CD를 모아놓은 가수는 BUMP OF CHICKEN밖에 없었지?라는 생각이 들었다.

"야, 그거 이제 질렸어."

모토키가 〈바람을 바라보는 자〉 솔로를 불기 시작하자, 리오가 지겹다는 얼굴로 제지했다.

"진정한 연주자라면 청중을 즐겁게 해줘야지. 지루하게 만들면 어떡해?"

그렇게 말한다면 나도 본격적으로 해볼 수밖에. 리드를 문 채 "끙" 하고 신음한 뒤, 모토키는 색소폰에 숨을 불어넣었다. 지금 리오 누나를 즐겁게 만들어줄 곡은 하나밖에 몰랐다.

알토 색소폰의 왠지 구슬픈 음색으로 연주되는 BUMP OF CHICKEN의 〈천체관측〉. 리오는 흠칫! 하고 반응하더니 마이크를 쥐고 노래 부르기 시작했다. 그래서 결국 세 번이나 그 곡을 불어야 했다.

"야, 이번에는 그거 불어봐. 아쿠아 알타 노래."

내가 엽서 빌려줬잖아. 괜찮지? 누나가 그렇게 재촉하는 바람에 모토키는 다시 색소폰을 붙잡았다.

"아쿠아 알타가 아니라 〈바닷바람 행진곡〉이야."

어두운 방 안에서 불기 시작한 〈바닷바람 행진곡〉이었는데, 어느새 뺨에 닿는 에어컨 바람에서 점점 바다 냄새가 나는 것 같았다. 이 냄새는 리오 누나에게도 전해지고 있을까? 졸업여행으로 간 베네치아에서 느꼈던 '밝은 미래'를 다시 떠올릴 수 있을까.

누가 뭐래도 행진곡은 행진을 위한 곡이니까. 앞으로 나아가기 위한 곡이니까.

"모토키. 너 열심히 해라."

3분 남짓한 〈바닷바람 행진곡〉의 연주가 끝나자, 리오는
그렇게 중얼거리듯 말했다.

"좋아하는 일을 할 수 있는 시간은 의외로 짧거든. 아버지
는 괜찮다고 하시지만, 독립해서 정말로 사업이 잘될지는 실
제로 해봐야 아는 거니까. 잔소리를 듣더라도 이렇게 악기를
불 수 있는 시기에 마음껏 불어둬."

자, 이제 뭐 부를까? 묘하게 들뜬 목소리로 리모컨을 집어
드는 리오. 모토키는 리오를 외면하고 색소폰을 내려다봤다.
손바닥으로 천천히 쓸어봤다. 자기 손 안에 색소폰이 있다는
것이 얼마나 커다란 행운인지, 사치인지, 얼마나 행복한 일
인지. 그것을 자기 마음속에 새겨 넣었다.

4 || 결의의 통로 ||

이것 참, 엄청난 오디션이 되어버렸네.

머리를 싸쥐면서도 저도 모르게 실실 웃었다. 지휘대 위에
서 에이타로는 신기한 기분에 사로잡혀 있었다.

니가타에서 개최되는 니시칸토 대회까지 남은 시간은 보

름 정도. 콩쿠르 멤버를 결정하기 위한 두 번째 오디션이 실시됐다. 이날에 대한 부원들의 열의는 지난 며칠 동안 피부로 느낄 수 있었다. 하지만 그것도 오디션 당일과는 비교가 안 되었다.

쉰다섯밖에 안 되는 자리를 차지하기 위한 싸움은 치열했다. 인원이 많은 클라리넷 파트가 한 명씩 연주하는 것을 들으면서 에이타로는 천천히 눈을 감았다. 오디션 형식은 저번과 동일했다. 부원들이 연주자를 등지고 앉아서, 자기 마음에 드는 연주자에 대해 손을 든다. 저번에 멤버에서 탈락한 부원들이 눈에 띄게 성장했으므로 이제는 모든 연주가 동등하게 느껴졌다.

그 결과, 클라리넷 파트에서는 전에 탈락했던 1학년생 한 명이 콩쿠르 멤버 자격을 획득했고 2학년생이 한 명 떨어졌다.

다음 심사는 색소폰 파트였다. 음악실 뒤로 이동하는 그들도 긴장한 얼굴이었다. 저번보다 더 살벌한 긴장감이 느껴지는 것 같기도 했다.

1번 주자인 모토키부터 연주를 시작했다. 〈스케르찬도〉의 도입부와 〈바람을 바라보는 자〉의 도입부. 과제도 저번과 동일했다. 이어서 이케베가 연주했다. 알토 색소폰의 마지막 주자는 파트장인 고시가야였다.

고시가야의 첫 번째 음을 들었을 때 하마터면 소리를 낼 뻔했다. 반사적으로 입을 손으로 막았다. 고시가야의 연주 스타트는 완벽했다. 부드러운 음, 강약이 더해진 선율. 듣기만 해도 기분이 좋았다. 그렇기 때문에 누가 멤버에서 탈락할지 저절로 알 수밖에 없었다.

고시가야가 연주를 마치자 부원들이 손을 들었다. 첫 번째 주자, 두 번째 주자, 세 번째 주자. 알토 색소폰을 분 연주자 전원의 심사를 마치고, 테너 색소폰과 바리톤 색소폰 심사로 넘어갔다.

"다들 고생했다. 눈 떠."

부원들이 눈을 떴다. 에이타로는 지금까지와 다름없는 음색과 말투로 합격자의 이름을 불렀다.

"알토 색소폰은 챠엔과 이케베. 두 사람이다."

에이타로의 피부를 타고 기어오르듯이 술렁거림이 생겨난다. 그 소리가 음악실 전체로 퍼져 나갔다. 당연하다. 3학년생, 그것도 파트장이 콩쿠르 멤버에서 탈락했으니까.

고시가야의 연주는 좋았다. 좋았는데, 그 직전에 연주한 이케베와 비교한다면 이케베의 소리가 좀 더 앞으로 넓게 퍼져 나왔다. 이케베의 소리가 더 강했던 것이다.

놀란 것은 연주자들도 마찬가지였다. 멤버로 발탁된 이케베조차도 대놓고 기뻐하진 않았다. 또 마찬가지로 고시가야도 속상한 표정을 노골적으로 보여주지는 않았다.

다른 파트의 오디션도 착착 진행됐다. 콩쿠르 멤버가 몇명 바뀌었다. 그러나 파트장이 탈락한다는 파란이 일어난 것은 색소폰 파트밖에 없었다.

"오디션 결과를 바탕으로 각 파트끼리 회의하고 싶은 것도 이것저것 많을 거라고 생각한다. 하교 시간까지는 회의를 끝내고 집에 가, 알았지?"

자, 오늘은 여기까지. 목구멍에 힘을 주고 그렇게 말했다. 모토키가 구령을 붙여 오늘 연습을 끝냈지만, 그래도 음악실을 채운 열기는 한동안 식지 않을 것 같았다.

음악 준비실로 돌아갔더니, 한발 먼저 갔던 미요시 선생님이 보리차 2인분을 준비해놓고 기다리고 계셨다.

"고시가야가 떨어질 줄은 몰랐는데……."

선생님은 의외라는 표정을 지으며 보리차를 마셨다. 에이타로는 유리컵을 꽉 쥔 채 신음했다.

"이케베가 실력이 많이 좋아졌거든요."

"맞아. 하지만 고시가야도 대입을 준비하면서도 그토록 열심히 했으니까. 좀 가혹하구나. 3학년은 9월이 되면 더욱 힘들어질 텐데."

9월이 되면 3학년에게는 '대입'이란 것이 좀 더 구체적으로 선명하게 다가오는 것이다.

"그렇죠. 본인도 고민할 테고, 부모님과 담임선생님도 압박을 가할 테고."

"물론 그 부모님이나 담임선생님도 그 애를 괴롭히려고 그러는 것은 아니지만."

그렇다. 그래서 골치가 아픈 거다.

"부모님은 이래저래 생각이 많을 수밖에 없죠. 자식이 최선을 다하는 모습은 보기 좋고, 열심히 했으면 좋겠는데. 그러다 얘가 대입에 실패하면 어쩌나, 그것 때문에 장래에 내 자식이 행복해지지 못하면 어쩌나 걱정하게 되고."

"에이타로, 너도 부모님 마음을 잘 이해하게 되었구나?"

어깨를 들썩이며 웃는 미요시 선생님. 그게 무슨 뜻인지 이해하는 데 시간이 좀 걸렸다. 순간적으로 아무런 대꾸도 하지 못했다. 목구멍 속에서 "윽" 하는 신음소리만 새어나왔다.

"에이타로. 너에게는 말하지 말라고 하셨는데, 실은 얼마 전에 너희 부모님이 나한테 전화를 하셨다. '선생님, 우리 애는 지금 이대로 괜찮은 걸까요?'라고 말씀하시더라."

"……그랬군요."

어째서일까. 취주악부 학생들의 부모님이나 담임의 심정은 이해가 가는데, 왜 자기 부모님의 그런 언동은 은근히 짜증나게 느껴지는 걸까.

"고집 부리지 말고, 콩쿠르 끝나면 집에 가봐. 응?"

"네, 알았어요."

알았다고요. 그렇게 되풀이하면서 에이타로는 텅 빈 선생님의 컵에 보리차를 더 부어드리려고 했다. 선생님은 실실 웃으며 "아냐, 난 됐어" 하고 한발 먼저 집에 가셨다.

대화하고 싶은 사람이 있어서 에이타로는 한동안 거기서 기다렸다. 끝까지 남아 회의하던 색소폰 파트가 단체로 떠나는 모습을 지켜보고 나서 에이타로는 준비실 문을 열었다.

"이제 아무도 안 남았지?"

음악실 문을 잠그고 있는 고시가야에게 그렇게 말 한마디를 던졌다. 그가 3학년생인데도 혼자 문단속을 하겠다고 나선 이유도, 가슴 아플 정도로 잘 알았다. 그래도 그와 대화를 하고 싶었다.

"아쉽게 됐어."

어두운 복도에 기묘하게 울려 퍼지는 자기 목소리가 귀속까지 스며들었다.

"고시가야. 네 연주도 매우 좋았어. 이케베하고도 근소한 차이였어. 오늘 말고 다른 날 오디션을 봤더라면 네가 붙었을 거야."

무의미한 위로라는 것은 알았다. 무슨 말을 해도 떨어진 것은 떨어진 거니까.

"전국대회에 가기 전에 다시 한번 오디션을 실시할 건데. 볼 거야?"

고시가야의 뺨이 씰룩거렸다. 어쩐지 멍한 그 눈동자가 에이타로를 쳐다봤다.

"오디션을 안 보고 유키무라처럼 은퇴하는 것도 하나의 방법이다. 그런 말씀이세요?"

"너희 부모님과 담임선생님이 틀림없이 그런 말씀을 하실 테니까. 차라리 내가 말하는 게 낫다고 생각했어. 불쾌하다면 사과할게."

"아뇨. 부모님이 그러셨으면 싸움 났을 테지만, 선생님이 말씀하시면 그것도 좀 납득이 가니까요. 실은 아까 회의할 때 저도 그런 생각 했었어요."

오디션에 떨어졌어도 그는 파트장이다. 자기는 떨어졌어도 다른 친구들은 열심히 잘해줬으면 좋겠다. 그런 식으로 말할 수밖에 없었을 것이다.

"그래도 저는 그만두지 않을 거예요. 그만두더라도 아마 유키무라처럼 자꾸만 연습을 보러 올 것 같거든요."

유키무라는 저번의 그 대화 이후로는 한 번도 부활동을 보러 오지 않았다. 같은 학원에 다니는 3학년생의 말로는, 학원 자습실에 틀어박혀 공부하고 있다고 한다. "도저히 못 참겠으면 음악실로 와"라고 말해뒀는데도 음악실에 안 오는 것을 보면, 공부에 집중하고 있는 모양이다.

"입시 공부를 하느라 오디션에 떨어졌다고는 생각하지 않아요."

정말이에요. 가느다란 목소리로 그렇게 덧붙이더니, 고시가야는 이어서 말했다.

"다만 내가 왜 좀 더 빨리 필사적으로 연습하지 않았을까. 탈락한 다음부터 그런 생각은 하고 있어요."

"고시가야. 네가 필사적으로 연습했다는 것은 내가 잘 알아."

그러자 고시가야는 고개를 좌우로 설레설레 흔들더니 "아니에요"라고 중얼거렸다.

"챠엔이 부장이 된 이후로 저는 쭉 초조했습니다. 3학년생인데 한심하다고 생각했고, 솔직히 말해서 그 녀석한테 화도 났어요. 챠엔은 나보다 훨씬 잘하고, 또 연습에 대한 집중력도 굉장한걸요. 내가 지금까지 습관적으로 대충 연습했다는 사실을 깨닫고 필사적이 되었던 것뿐이죠. 만약 2학년 때 그걸 깨달았더라면, 1학년 때부터 지금처럼 필사적으로 연습했더라면——저의 3년이 완전히 달라졌을 텐데요."

고시가야의 음성이 희미하게 떨렸다. 찬바람에 덜덜 떨듯이 고통스럽고 슬픈 음성이었다.

"이제 와서 후회해봤자 너무 늦었지만요."

"그렇지. 이제 와서 고1로 돌아가는 것은, 너뿐만 아니라 어느 누구도 할 수 없어."

나도 그럴 수 없고. 이어서 튀어나오려는 그 말을 애써 삼키고, 에이타로는 어깨를 축 늘어뜨렸다.

고시가야의 손에 들린 색소폰 케이스를 손가락으로 가리켰다.

"악기를 가져간다는 것은 연습을 하겠다는 뜻이잖아? 고시가야. 넌 지금 필사적으로 다음 기회를 노리고 있어. 자기를 탈락시키고 콩쿠르 멤버가 된 동료가 니시칸토 대회를 돌파할 거라고 믿고. 마지막 1년이니까 이렇게 필사적으로 매달릴 수 있는 거야."

코를 훌쩍이는 소리가 났다. 한참 후 고시가야는 "네"라고 쉰 소리로 대답했다.

"아직 콩쿠르는 끝나지 않았어. 전국대회 때 돌아와라."

여름방학이 끝나고 같은 반 친구들이 본격적으로 공부하기 시작하면 무거운 초조감이 그를 덮칠 것이다. 그러나 에이타로는 진심으로 고시가야에게 그렇게 말했다.

"네. 죄송하고, 감사합니다."

고시가야는 손등으로 잽싸게 자기 눈을 문지르고 다시 한번 에이타로를 향해 고개를 숙이더니 집으로 돌아갔다. 그 뒷모습이 계단에서 사라지고 발소리가 들리지 않게 되자, 에이타로는 복도 모퉁이를 향해 소리쳤다.

"챠엔. 너 언제까지 거기 있을 거냐?"

자기 목소리가 복도에 울려 퍼졌다. 잠시 후 모토키가 모퉁이에서 얼굴을 쏙 내밀었다.

"……선생님. 알고 계셨어요?"

"네가 자꾸 이쪽을 훔쳐봤잖아. 아마 고시가야는 눈치채지 못했을 테지만."

이쪽으로 타박타박 걸어오면서 모토키가 "죄송합니다"라고 말했다.

"부장님답게 고시가야를 위로해주려고 한 거야?"

"아마 오히려 고시가야 선배님이 저를 격려해주셨을 테지만, 그래도 한번 시도는 해보려고 했죠."

나란히 계단을 내려가서 건물 밖으로 나갔다. 8월도 이제 일주일 정도밖에 안 남았는데도 밤의 더위는 여전했다. 바람은 언제나 미지근했다. 해가 져도 푹푹 찌는 날씨였다.

"누나는 괜찮아?"

"회사에는 가는데, 예전처럼 날마다 막차 타고 집에 오거나 주말에도 출근하거나 하지는 않아요. 그렇다고 날마다 일찍 오는 것도 아니지만요."

"잘된 건가? 그거."

"아마 잘된 것 같아요."

그렇게 말하는 모토키의 옆얼굴은 평온해 보였다. 그렇다면 그런 거겠지.

"아 참, 저기요."

아! 하고 소리를 내면서 모토키가 이쪽을 쳐다봤다.

"선생님은 어떻게 아쿠아 알타를 알고 계셨던 거예요?"

"〈바닷바람 행진곡〉 말이야?"

"베네치아에 가본 적 있으세요?"

"없어."

그러고 보니 '아쿠아 알타'란 단어만 가르쳐줬지 더 이상 자세한 이야기는 안 했구나.

"우리 부모님이 신혼여행으로 거기 가셨었어."

부모님 댁 거실에는 그때의 사진이 있었다. 만조로 거울같이 변한 광장에서 젊은 시절의 아버지가 젊은 시절의 어머니를 안아 들고 있는 낯 뜨거운 사진이. 게다가 젊었던 아버지의 얼굴은 자신과 똑같았고, 또 자기 눈매는 아버지의 목을 팔로 끌어안고 웃고 있는 어머니와 똑같아서. 눈 뜨고 못 봐 줄 정도였다.

그러나 〈바닷바람 행진곡〉을 처음 들었을 때에는 그 사진이 머릿속에 떠올랐다.

그런 이야기를 차근차근 해줬더니, 모토키는 "하하, 그게 뭐예요?" 하고 가볍게 웃었다.

"웃지 마. 이 이야기는 아무한테도 안 했단 말이야."

그렇다. 그 당시 취주악부 친구들에게도, 도쿠무라에게도, 미요시 선생님에게도, 당연히 모리사키 아저씨에게도 안 했다.

"죄송해요. 그런데 왠지 훈훈한 이야기라서."

그 부모님 댁에 안 간 지도 꽤 오래됐다.

"부모님은 내가 대학을 졸업하면 교원이 될 거라고 생각하셨거든. 그런데 내가 센가쿠에서 코치 일을 해서 화가 나셨어."

콩쿠르가 끝나면 결말을 지을 것이다. 지어야 한다. 해야만 한다.

"뭐, 결국 내가 잘못한 거지."

너는 나처럼 되지 마. 그렇게 한탄하려다가 입을 다물었다. 그는 틀림없이 슬픈 표정을 지을 것이다. 별똥별이 밤의 어둠 속으로 사라져가는 듯한 표정으로 에이타로를 쳐다볼 것이다. 도저히 못 견딜 것 같았다.

가로수길을 지나 정문을 통과했더니 갑자기 후지타 상점의 간판이 눈에 띄었다. 천막의 파란색이 어둠 속에서도 신기하리만치 선명하고 아름다워서 시야 밖으로 쫓아낼 수 없었다.

"선생님."

그런 에이타로를 현실로 끌어온 것은 역시나 모토키의 음성이었다. 좁은 보도에 멈춰 선 모토키는 마치 적당한 단어를 찾으려는 것처럼 허공 어딘가를 보면서 천천히 입을 열었다.

"선생님은, 선생님이시라고 생각해요."

무슨 소리야? 하고 말할 뻔했다. 에이타로는 입을 꾹 다물었다. 농담이나 지나가는 말이 아니란 것은 모토키의 표정을 보면 알 수 있었다.

"선생님, 전에 우리 누나가 쓰러졌을 때 말씀하셨잖아요. 자기가 뭘 하고 싶은 건지 모르겠다고."

"응, 말했지."

"고1인 제가 이런 말을 해봤자 설득력이 없을 테지만요. 선생님은 진짜 선생님이에요. 굉장히 좋은 선생님이에요. 저뿐만이 아니라 레오나도 고시가야 선배님도 틀림없이 그렇게 생각할 거예요. 아까 고시가야 선배님한테 '전국대회 때 돌아와라'라고 말씀하시는 선생님을 보고, 저는 그런 생각을 했어요. 이 사람은 취주악이 없으면 아무것도 아닌 사람이 아니라고. 취주악이 있으니까 선생님은 선생님인 거예요."

반년 전까지는 중학생이었던 이 안경 쓴 소년이 도대체 뭘 알겠는가. 자기 진로조차 명확하게 정하지 못한 꼬맹이가 뭘 판단할 수 있겠는가.

하지만. 그렇기 때문에 파괴력은 발군이었다. 에이타로는 웃음을 터뜨릴 뻔했다. 부자연스럽게 눈을 자꾸 깜빡거렸다. 그러다가 가슴속 깊은 곳에서 웃음이 점점 치밀었다.

"고마워. 챠엔."

그의 머리를 손바닥으로 빙글빙글 돌리며 쓰다듬었다. 그리고 후지타 상점으로 그를 끌고 갔다. 마치 그 언젠가와 같이. 에이타로는 계산대에 있는 후지타 할머니에게 동전을 주고 콜라를 두 병 샀다.

그리고 그 언젠가와 같이, 계산대 옆 기둥에 매달려 있는 노트를 발견했다.

"뭔가 적고 갈 거냐?"

에이타로의 시선을 눈치챈 후지타 할머니가 슬그머니 노트로 손을 뻗었다. 페이지를 넘기더니, 끈으로 노트에 달아둔 연필을 이쪽으로 내밀었다. '졸업생 방문 기념'이라고 적힌 노트는 센가쿠 졸업생들의 이름으로 가득 차 있었다.

"10월에 취주악 전국 대회가 있어요. 그게 끝나면 한마디 적으러 오겠습니다."

그런 약속을 해도 되는 걸까. 스스로 말해놓고 혼란에 빠졌다. 그러나 이 혼란이 아마도 후와 에이타로의 지난 반년에 걸친 변화일 것이다.

"난 아직 아무것도 해내지 못했거든요."

그러자 후지타 할머니는 노트는 다시 돌려놓고 에이타로

에게 잔돈을 거슬러주면서 빙긋이 웃었다.

"뭐 어떠냐. 이 가게에는 성공한 졸업생들만 와야 하는 것도 아니고. 실패한 녀석도, 아무것도 가진 게 없는 녀석도 다 괜찮아. 하지만 사정은 알았으니까. 기다려주마."

다음에 또 콜라 마시러 오려무나. 그러면서 손을 흔드는 후지타 할머니. 할머니에게 인사하고 가게 밖으로 나왔다.

가게 앞에서 건배를 했다. 콜라를 한 모금 마신 모토키는 에이타로를 관찰하듯이 쳐다봤다.

"전국대회가 끝나면 노트에 뭐라고 적으실 거예요?"

"글쎄, 뭐라고 적을까?"

나도 잘 모르겠다고 중얼거리고, 두꺼운 병 속에서 흔들리는 탄산음료를 들여다봤다. 라벨 때문인지 병 입구를 향해 뽀글뽀글 올라오는 기포는 전부 다 불그스름해 보였다.

"잘 모르겠지만, '학교 선생님이 되는 것이 목표입니다'라고 적을 수 있으면 좋겠다는 생각이 들어. 지금은."

병에 입을 대려던 모토키가 그대로 멈췄다. 그의 눈동자가 천천히 움직여 에이타로를 쳐다봤다.

휘둥그레진 두 눈동자에는 가로등 불빛에도, 탄산 거품의 반짝임에도 지지 않을 정도로 환한 빛이 깃들었다. 내 두 눈이 이렇게 빛나는 날도 앞으로 과연 올까.

콜라 병을 꽉 쥐고 모토키가 이쪽으로 슬금슬금 다가왔다.

거친 콧김을 뿜으며 에이타로를 압박했다.

"선생님, 저희가 전국대회에서 금상을 타면, 센가쿠의 선생님이 되어주세요."

아, 그래. 맞아, 그랬지. 고교생은 원래 이런 존재다. 뭔가를 추구하는 고교생은 최강이다. 열량도, 반짝임도, 속도도, 모든 것이 최강이다. 그것이 이토록 눈부셔 보일 줄이야.

부럽다고 생각하게 될 줄이야.

"저와 함께, 음악을 해주세요."

자기보다 머리 하나 정도는 작은 챠엔 모토키라는 고교생. 그 안에 꽉 채워진 열정에 취하다시피 하여 에이타로는 웃었다. 웃을 수밖에 없었다. 안 그러면 눈물이 나올 것 같았으므로.

눈을 자꾸 깜빡거렸더니 몸이 부르르 떨렸다. 오한이 아니었다. 긴장도 공포도 아니었다.

그것은 흥분의 전율이었다.

제4장
〈바람을 바라보는 자〉는 사랑을 노래한다

1 || 암흑 속에서 너에게 ||

"어떻게 개학식 날에 수업이 있을까."

그것도 6교시까지 꽉꽉 채워서. 모토키는 오후 네 시가 지난 시계를 노려보더니 책상 위에 푹 엎드렸다.

"선생님은 빨리 안 오시나? 나 부활동 하고 싶은데. 부활동."

"야, 넌 오전부터 내내 그 얘기만 하냐?"

옆자리에서는 도바야시가 모토키와 완전히 똑같은 포즈를 취하고 있었다. 9월 1일이 되었지만 오늘도 여전히 기온은 30도를 훌쩍 넘었고, 창밖에서는 매미 울음소리가 들려왔다.

"아니, 옆자리에 도바야시가 있으니까. 저절로 부활동 생각이 나는걸 어떡해."

"야, 챠엔. 나도 네 옆에 앉고 싶어서 앉은 게 아니거든?"

여름방학도 끝나서 자리 바꾸기를 했더니 참 우연하게도 모토키와 도바야시가 나란히 앉게 되었다.

"도바야시가 눈에 띄면, 수업에 집중하고 싶어도 자꾸 솔로 생각이 난단 말이야."

"아니, 네가 솔로 때문에 경쟁하는 상대는 내가 아니라 나루카미 선배님이잖아? 내 라이벌은 사쿠라이 선배님이야."

니시칸토 대회까지는 이제 9일 남았다. 레오나는 방심하지 않았고. 〈바람을 바라보는 자〉 오보에 솔로는 모든 부원들의 귀에 잘 박혀 있었다. 모토키는 물론이고 에이타로의 귀에도.

"늦어서 미안하다" 하고 교실로 뛰어 들어온 담임선생님이 드디어 종례를 시작했다. 전달 사항을 듣고, 인사 구령이 떨어지고. 모토키는 얼른 교실 밖으로 뛰쳐나왔다.

음악실에서 악기를 준비하고, 평소 파트 연습을 하는 교실로 갔다. 그랬더니 벌써 연습을 하고 있는 사람이 있었다. 두 명이나 있었다.

교실 이쪽 끝과 저쪽 끝에서 고시가야 선배와 이케베 선배가 과제곡 〈스케르찬도〉를 불고 있었다. 둘 다 알토 색소폰 세컨드를. 서로 눈을 마주치지도 않고 묵묵히.

"느, 늦어서, 죄송합니다……."

사실 지각한 것도 아닌데 그렇게 말하면서 모토키는 교실 안으로 들어갔다. 고시가야 선배와 이케베 선배가 동시에 이쪽을 봤다. 다른 멤버도 도착했는데, 모두들 교실에 들어가기 전에 한순간 머뭇거렸다.

결코 험악한 분위기는 아니었다. 고시가야 선배의 표정도 평소와 똑같았다. 그러나 교실의 공기가 너무 팽팽해서 왠지 우리 뺨에 통증이 느껴질 정도였다.

"자, 그럼 롱톤을 해볼까."

고시가야 선배가 그렇게 말하자, 모토키는 일단 평소보다 더 큰 목소리로 대답했다.

긴장감으로 가득 찬 교실은 사실 불편하진 않았다.

그것은 합주가 시작된 다음에도 마찬가지였다. 악기 소리는 편안하게 쭉 뻗어나가는데, 마치 음악실 전체가 깊은 바다 속에 가라앉은 것 같았다.

"다들 잘 집중하고 있구나."

지휘봉을 내려놓은 에이타로가 지휘대 위에서 생각에 잠긴 것처럼 턱을 만지작거렸다.

"3학년생들은 특히 시험이 코앞이란 것을 체감해서 마음이 초조할 텐데도 말이지. 또 1, 2학년생들도 여름 연습의 피로가 느껴지지 않아."

그는 감탄한 듯이 웃었다. 이어서 "슬슬 해볼까?" 하고──지휘대 위에 올려둔 파이프 의자에 털썩 앉아버렸다.

"이제 너희들끼리 지휘 없이 〈바람을 바라보는 자〉를 연주해봐."

그는 밴드를 향해 양팔을 벌리고 "자, 해봐"라고 했다.

망설임이 없었던 것은 아니다. 실제로 모두들 가까이 앉아 있는 부원과 얼굴을 마주 보고 "어? 뭐지?" 하고 서로에게 물어봤다. 그러나 대놓고 "못해요"라고 말하는 사람은 없었다.

아마 다들 직감적으로 느꼈을 것이다. 할 수 있다고.

학지휘인 레오나가 곡의 첫머리의 첫 번째 음을 내는 글로 켄슈필과 비브라폰 담당 부원에게 "너희 둘이 적당한 때 시작해"라고 지시했다. 두 사람은 저마다 말렛(*타악기를 두드리는 스틱)을 들어 올렸다. 그 단순한 동작 하나에 음악실 전체의 공기가 파르르 떨렸다. 전원이 자신의 귀에 신경을 집중시켰다.

철금 소리에 차임 소리가 겹쳐졌다. 진짜로 이곳에 바람이 살랑살랑 부는 것처럼.

에이타로의 지휘에 따라 만들어냈던 템포, 소리의 강약, 누가 어디서 앞으로 나가고 뒤로 물러나느냐 하는 약속. 지휘자를 잃어버린 연주는 어쩐지 어림짐작으로 하게 되는 것이었다. 모두들 서로의 소리에 귀를 기울였다.

모토키와 친구들이 배운 것을 얼마나 잘 실천할 수 있는지, 에이타로는 그걸 시험해보고 있는 걸까.

연주가 끝난 순간 전원이 에이타로를 쳐다봤다. 그가 무슨 말을 할지, 어떤 표정을 짓고 있을지. 두렵지만 확인해보고 싶었다.

그런데 에이타로는 연주에 대한 감상 따윈 한마디도 말해주지 않았다.

"자, 이제 자리를 옮겨보자. 같은 파트 친구와는 멀리 떨어져 앉아서 연주하는 거야. 이번 곡은 〈스케르찬도〉다."

네에? 하고 저도 모르게 소리를 내고 말았다. 모토키뿐만 아니라 모두가 그랬다. "뭐야? 뭔데? 뭐 하는 거야?" 하고 트럼펫의 사쿠라이 선배가 주변 사람들에게 물어봤지만 아무도 대답하지 않았다. 그런데 에이타로는 신경 쓰는 기색도 없었다.

"마스다. 튜바는 주역이 될 수 없다고 말했었지? 자, 이번 기회에 맨 앞줄로 나와서 불어봐. 플루트는 항상 앞줄에 있었으니까 가끔은 뒤에 가서 그쪽 풍경도 구경하고 와. 악보는 외웠지? 악보 놔두고 가. 퍼커션은 움직일 수 없으니까 미안하지만 그냥 제자리에 있어줘."

그렇게 부원들을 억지로 이동시켰다. 파트를 찢어서 이리저리 흩어놓고 멀리 떨어진 자리에 앉혔다. 모토키도 어쩔 수 없이 이동해 의자에 앉았다. 평소에 튜바 퍼스트인 마스다 선배가 앉는 의자에. 오른쪽에는 트롬본, 왼쪽에는 피콜로. 앞에는 클라리넷 부원이 있었다.

와, 이게 뭐야? 하고 누군가가 말했다. 모두가 '맞아, 이게 뭐야?'라고 생각했을 것이다. 에이타로는 태연한 얼굴로 "자, 이제 시작해볼까?" 하고 오른손을 들어 올렸다. 맨 처음에만 박자를 잡아주려나 보다.

"원, 투, 쓰리."

처음에는 어떻게든 다 함께 시작했다. 그러긴 했는데, 같은 파트의 소리가 너무 멀었다. 이케베 선배의 소리가 들리지 않았다. 같은 부분을 불고 있는 다른 파트의 소리도 마찬가지였다. 바로 옆에서 음정도 멜로디도 다른 트롬본 소리가 들려왔다. 악기를 연주하느라 급급한데, 그러면 안 된다는 에이타로의 지시 사항이 떠올라서 필사적으로 자신이 지금 들어야 할 악기의 소리를 찾아봤다. 지금까지 얼마나 지휘자에게 전적으로 의존하면서 연주해왔는지 똑똑히 알게 되었을 무렵에 〈스케르찬도〉가 끝나버렸다.

"오, 좋아. 너희들 제법 그럴싸한데?"

훨씬 더 엉망일 줄 알았어. 그런 표정으로 에이타로가 한마디 했다. 뭐라고 반박하고 싶어졌다. 반박하고 싶은데, 말이 안 나왔다. 숨이 찼다. 유난히 팔이 무거웠다.

"자, 그럼 한 번 더 자리를 옮겨보자."

한숨을 꾹 참고 모두들 일어났다. 시키는 대로 다른 자리로 갔다. 결국 모토키가 다다른 곳은 트럼펫 자리였다. 마침 도바야시의 자리가 비어 있었으므로 거기 앉았다. 밴드 맨 뒷줄. 주위를 잘 둘러볼 수 있는 장소. 아까보다는 연주하기 편할 것 같았다.

안심하자마자 뒤에서 좌악 하는 소리가 났다. 모토키는 "어?" 하고 뒤를 돌아봤다.

에이타로가 온 방 안의 커튼을 닫고 다니는 것이었다. 새까맣고 두꺼운 커튼이 저녁 햇빛을 가로막자, 형광등의 노르스름한 불빛만 모토키와 친구들을 감싸게 되었다.

"……불길한 예감이 드는데."

혼잣말이 예상보다 더 컸나 보다. 에이타로 본인에게도 들릴 정도였다.

지휘대로 돌아간 에이타로는 이쪽을 보면서 씩 웃었다. 마치 교회에서 〈스케르찬도〉를 불었던 그날 밤처럼.

"도바야시. 불 좀 꺼주렴."

출입구 근처의 의자에 앉아 있던 도바야시에게 에이타로가 그렇게 말했다. "네?" 하고 당황한 소리를 내면서도 도바야시는 스위치로 손을 뻗었다. 아, 이젠 될 대로 되라! 하는 표정으로.

불이 꺼지고 커튼으로 외부의 빛이 차단된 실내는 아주 캄캄해졌다. 아무것도 보이지 않았다.

"저기요! 이러면 퍼커션은 어떻게 해요?!"

그렇게 소리친 사람은 퍼커션의 아이다 선배였다. 그 직후 "아야!" 하는 비명 소리가 들렸다. 타악기 다리에 발이라도 부딪쳤나 보다.

"좀 있으면 눈이 어둠에 적응할 테니까. 그때까지 집중해서 열심히 해봐."

그 무성의한 대답에 아이다 선배가 "아니, 그게 무슨 말씀이세요?!" 하고 항의했다. 에이타로는 당연히 상대도 안 해줬다. 보이지 않는데도 그가 무척 신난 표정을 짓고 있으리란 것은 충분히 상상이 갔다.

뭐야, 장난하나?!

그 언젠가와 같이 모토키는 생각했다.

"지휘자가 없으면 연주하기 어렵지? 어쩌면 너희들 중 누군가는 지금 '우리는 아직 전원이 하나가 되지 못했어!'라는 생각을 하고 있을지도 모르지만, 사실 그건 원래 그런 거야."

아마도 모두의 마음속에 은근히 자리 잡고 있었을 그 생각. 에이타로는 그것을 손가락으로 툭툭 가지고 놀듯이 찔러댔다.

"인간은 본디 태어나서 죽을 때까지 혼자야. 쉰다섯 명이나 예순세 명이 모여서 하나가 된다는 것은 불가능해. 걷는 속도가 다르고, 각자의 사정이 달라. 그래서 같은 곳을 바라보는 거야. 개별적인 인간들이 같은 곳을 향해 나아가려고 하는 것에 의미가 있는 거야."

암흑 속에 울려 퍼지는 에이타로의 목소리는 의젓하고도 가벼웠다. 그가 어디 있는지 알 수 없었다. 평소에는 에이타로의 말 한마디 한마디에 "네!" 하고 대답했으면서, 오늘은 아무도 말 한마디 하지 않았다. 오로지 듣는 데에만 온몸의 에너지를 집중시키고 있었다.

"니시칸토 대회는 어려울 거야. 현 대회에서 센가쿠보다 상위였던 학교를 능가하는 연주를 보여주지 않으면, 전국대회에는 갈 수 없어. 그러니까 너희들은 무대에서 골수까지 모조리 우려낸 상태로 공연을 해줘야겠어. 자신의 내용물을 다 토해내서 텅 비어버렸을 때부터가 진짜 싸움이야. 그러지 않으면 이길 수 없는 싸움을 하러 가는 거라고."

눈이 어둠에 익숙해지자 내 손가락이나 주변 부원들의 윤곽이 어렴풋이 보이기 시작했다.

"7년 전에 나는 전국대회에 진출했는데, 그때의 나에게는 있었고 지금의 너희들에게는 없는 것 따위는 없어. 이제는 무대 위에서 최선을 다해 노래하기만 하면 돼. 멋진 연주회를 가지고, 맛있는 게라도 먹고 오자. 알았지?"

'멋진 콩쿠르'가 아니라 '멋진 연주회'. 입속에서 그렇게 되풀이하자, 불안한 시야가 갑자기 일그러졌다. 왜 눈물이 나오는 걸까. 손등으로 눈을 문지르려다가 관뒀다. 어차피 잘 보이지도 않고, 주변 사람들한테도 안 보일 테니까. 뭐 어때.

7년 전 후와 에이타로에게는 있었고 지금의 챠엔 모토키에게는 없는 것 따위는 없다. 이 암흑 속에서, 그동안 쭉 원했던 것에 마침내 다다른 것 같았다.

"〈스케르찬도〉와 〈바람을 바라보는 자〉. 전부 다 한다. 처음에만 지휘해줄 거야. 그다음부터는 너희들이 알아서 해. 자기 귀로 잘 듣고, 자기 머리로 생각해서, 자신이 느끼는 대로 노래해봐."

자, 한다. 원, 투, 쓰리——암흑과 정적을 가르는 것처럼 에이타로가 말했다. 망설임이나 동요의 목소리는 어느새 들리지 않게 되었다.

첫머리의 소리가 경쾌하게 튀어나왔다. 트럼펫도 트롬본도 호른도 색소폰도 클라리넷도 플루트도 타악기도, 전부 다 튀어나왔다. 족쇄에서 벗어난 것처럼 소리와 소리가 부딪쳐 또 팍팍 튀었다.

중간부 주선율에서는, 좀 전에 필사적으로 찾으려고 했던 이케베 선배의 소리가 아주 쉽게 발견됐다. 저쪽에서 부드럽게 이쪽으로 다가와준 것처럼. 평소에는 들리지 않는 소리가 귀로 날아들었다. 트롬본의 슬라이드 소리, 심벌즈를 내려놓는 소리, 멀리 있는 사람의 숨소리, 악기를 붙잡는 소리. 필사적으로 서로 가까이 다가가려는 소리가 넘쳐흐르고 있었다.

베이스 드럼의 아주 묵직한 한 방과 더불어 〈스케르찬도〉가 끝났다. 한 박자 쉬고, 누가 신호하지도 않았는데 철금과 차임이 울려 퍼지면서 소리가 점차 풍성해진다. 멜로디가 점점 화려해진다. 모든 소리가 자기주장을 하면서 서로 부딪쳐 기분 좋은 화음을 이룬다.

소리만 들어도 알 수 있었다. 모두가 웃으면서 각자의 악기를 연주하고 있다는 것을. 소리에서 그런 것이 배어났다. 소리에서 한 사람 한 사람의 얼굴이 보였다.

그것은 모토키가 동경했던 센가쿠의 소리였다.

그래. 이런 것이 재미있고 즐거워서 취주악이 재미있는 거야. 그렇게 생각했더니 에이타로의 얼굴이 떠올랐다. 이 세상 끝에서 날아온 것처럼 모토키의 눈앞에 날아 내려왔다.

전국대회에서 금상을 타면 센가쿠의 선생님이 되어주세요. 저와 함께 음악을 해주세요. 일방적인 모토키의 소원을 에이타로는 거절하지 않았다. 받아주지도 않았다. 웃었다. 우는 것 같기도 했던 그 웃음소리는 그날 밤 잠자리에 들었을 때에도 여전히 귓가에 맴돌았다.

그의 웃음소리가 귓속에서 되살아나고, 오보에 솔로 차례가 점점 다가온다. 현 대회에서 느꼈던 속상함이 또다시 모토키를 덮쳤다. 그와 동시에, 그것을 모조리 감싸버릴 정도로 커다란 또 다른 감정이 밀려왔다. 이 감정에 모토키는 이름을 붙일 수 없었다. 붙일 방법을 몰랐다.

그저 아는 것은 단 하나.

〈바람을 바라보는 자〉는, 소원이다. 한 소년이 자신의 인생에 음악이 계속 머물기를, 그 반짝임이 흐려지지 않기를 기원하는 노래다. 취주악을 만난 자신의 인생에 대한 찬가다.

소리가 끊겼다. 어디 있는지 모를 레오나가 솔로를 불기 위해 숨을 들이마셨다.

좀 더 취주악의 세계에 머물고 싶다. 몸속 깊숙한 곳까지 스며드는 레오나의 소원. 그것을 모토키는 자신의 호흡으로 밀어냈다.

그녀의 소원보다 앞서 나갔다.

최초의 소리를 낸 순간, 자기 몸속에서 딱! 하고 부품이 맞춰지는 느낌이 들었다. 항상 눈앞에 버티고 있던 무겁고 커다란 문이 서서히 열리기 시작했다. 그 너머에서 강한 빛이 비쳐들고, 강풍이 모토키의 앞머리를 쓸어 올렸다. 꽃향기가 났다.

아무도 말을 하지 않았다. 솔로가 끝나자 평소와 다름없이 후반부가 이어졌다. 지휘자가 없는 12분이란 시간은 폭풍처럼 지나갔다.

연주가 끝남과 동시에 음악실에 저녁 햇살이 비쳐 들었다. 지휘대에서 손을 뻗은 에이타로가 등 뒤의 커튼을 연 것이다. 오렌지색과 금색이 섞인 눈부신 빛이 악기에 반사되어 사방으로 퍼져 나간다. 역광 때문에 에이타로가 어떤 표정을 짓고 있는지는 알 수 없었다.

다만 그가 "챠엔" 하고 이름을 불렀다. 모토키는 자리에서 일어났다.

"니시칸토에서는, 네가 불어라."

타오르는 저녁 해를 배경으로 그는 분명히 그렇게 말했다. 음악실을 둘러보더니 "알았지? 나루카미"라고 레오나에게도 질문을 던졌다. 저녁 햇빛이 닿지 않는 장소에서 누군가가 움직이는 것 같더니 모토키 쪽으로 뛰어왔다.

오보에를 손에 쥔 레오나가 나머지 한 손으로 모토키의 뺨을 때렸다. 철썩! 하는 소리에 사람들의 비명이 터져 나왔지만, 소리만 요란하고 그다지 아프진 않았다. 레오나에게 이보다 훨씬 더 심하게 맞은 적은 몇 번이나 있었다. 어릴 때에는 특히 그랬고. 이를테면…… 레오나가 아끼던 인형의 팔을 꺾어버렸을 때. 그때도 레오나에게 뺨을 맞았다. 너무 아파서 신음했는데, 레오나의 두 눈에 눈물이 잔뜩 고여 있어서 나는 울고 싶어도 울 수가 없었다.

──바로 지금처럼.

"전국대회에서는……."

눈꼬리에 눈물이 맺힌 레오나. 그 얼굴은 이미 두 살 많은 소꿉친구가 아니었다. 흘러넘치는 눈물이, 뺨에 자국을 내면서 저녁 햇빛을 받아 금색으로 빛났다.

"전국대회에서는, 꼭, 내가 불 거야."

2 || 바람의 춤 ||

돌연 휴대폰 벨소리가 울리자 에이타로는 벌떡 일어났다. 방 안은 어두웠고, 커튼 틈새로 빛 한 줄기 들어오지 않았다.

"뭐야, 누구야?!"

더듬더듬 헤드 보드 위에 놔둔 휴대폰을 확 잡아채고, 스탠드 불을 켰다. 오렌지색 불빛 아래에서 발신자를 확인한 에이타로는 신음 소리를 냈다.

하지만 무시할 수도 없었다. 통화 버튼을 누르고 퉁명스럽게 "여보세요" 하고 대답했더니, 전화기 너머에서 무서울 정도로 그리운 목소리가 들려왔다.

『에이타로, 너 자고 있었어?』

미즈시마 카에데의 목소리가 들려왔다. 거리가 멀어서 그런지 그 목소리는 멀고 탁하게 들렸지만, 그래도 그녀의 목소리였다.

"지금이 몇 시인지 알아?"

『여기가 밤 아홉 시니까…….』

"새벽 네 시야, 네 시."

창문 커튼을 열어젖혔다. 아침 해가 떠오를 기미도 안 보였다. 이 호텔 5층에서는 침묵에 잠긴 니가타 시내가 보였다.

"니시칸토 대회 당일 새벽 네 시에, 독일에서 무슨 볼일로 전화한 거야?"

카에데와 마지막으로 대화를 나눈 것이 언제였더라. 독일 유학을 떠나기 직전에 만났으니까 거의 2년 전이었다. 메일을 주고받긴 했지만 전화는 오랫동안 하지 않았다.

『아, 그거야 내가 열심히 자유곡을 만들어줬는데, 에이타로, 네가 콩쿠르 결과 보고조차 안 해줘서 그런 거잖아. 그래서 '좀 작작 해라' 하고 알아봤더니, 벌써 니시칸토까지 진출했더라고?』

"아, 그래서 심술부리려고 전화했구나."

『반쯤은 심술이지만, 또 반쯤은 응원하려고 전화한 건데요?』

2년이나 얼굴을 못 봤는데도 상대의 표정이 어떤지는 알 수 있었다. 중학교 시절에 날마다 마주쳤던 그때와 똑같이, 고교 시절에 학원에서 옆에 나란히 앉았던 그때와 똑같이.

『나 전국대회는 보러 갈 거야. 나중에 우리 집 주소 가르쳐줄 테니까 그쪽으로 티켓 한 장 보내줘.』

"야, 그게 무슨 소리야."

시시한 농담 하지 마. 그렇게 말하려는 에이타로에게 카에데가 웃으며 대꾸했다. "농담 아니야"라고. 그 웃음은 정말로 농담이 아니란 것을 가르쳐주었다.

『요새는 나고야에서 전국대회를 하지? 나고야에는 가본 적이 없는데. 음식이 맛있을 것 같은 이미지잖아? 아, 맞다. 너 시간 있으면 나고야에서 만나자. 닭날개 튀김 먹으러 가자, 닭날개 튀김!』

OKOK? 좋아, 그럼 안녕~. 폭풍처럼 난리를 쳐놓고 전화를 뚝 끊어버렸다. 에이타로는 유리창에 이마를 대고 다시 한번 신음했다.

"너 하고 싶은 말만 하고 끊어버리냐……?"

나도 하고 싶은 말이 산더미같이 많은데. 유리창에 비친 자기 얼굴을 노려보면서 에이타로는 "두고 보자" 하고 중얼거렸다. 본인에게 들릴 리도 없지만. 아무리 오랜만이어도 그 녀석은 여전히 '장롱 모서리에 발가락이나 찧었으면 좋겠는 녀석'이었다.

오늘의 기상 시간은 다섯 시였다. 센가쿠 취주악부 멤버들은 모두 같은 비즈니스호텔에 묵고 있는데, 여섯 시에는 다 함께 니가타 시내에 있는 중학교 체육관으로 이동할 예정이었다. 그곳은 어제오늘 연습장으로 빌린 장소였다. 어제 오후에 니가타에 도착해 연습을 했고, 오늘도 거기서 최종 점검을 한 다음에 니시칸토 대회장인 니가타 시민예술문화회관으로 이동하기로 했다.

아직 기상 시간까지는 한 시간 남았으므로 다시 침대에 누워봤다. 그러나 잠이 올 리가 없었다. 하는 수 없이 옷을 갈아입고 방을 떠났다. 1층으로 내려가 호텔 밖으로 나왔다. 좀 걸어가 봤더니, 시나노 강을 따라 이어지는 둑과 하천 부지가 나타났다. 가로등이 군데군데 세워져 있었다.

동해로 흘러가는 거대한 강을 바라보면서 에이타로는 한동안 그곳에 머물러 있었다. 해 뜨기 전이라 기온은 낮았고, 기분 좋은 바람이 바다에서 불어오고 있었다.

눈을 감고 숨을 크게 들이마셨다. 그 순간 귓속에서 쉰다섯 명이 각자의 악기를 준비하는 소리가 났다. 무대 옆에서 세팅 멤버가 기도하는 것처럼 손을 모으는 소리가 났다.

양손을 들었다. 오른손은 지휘봉을 잡은 것처럼 오므리고, 왼손은 손가락 끝까지 의식을 집중시켰다.

쉰다섯 명이 이쪽을 보고 있었다. 지휘봉을 휘두르며 눈을 뜬 순간, 강물 표면을 날카로운 바람이 스치고 지나갔다. 에이타로의 앞머리를 휘날리면서 상류를 향해 새벽바람이 빠르게 달려갔다.

그 끝에는 니가타 시민예술문화회관이 있었다. 시나노 강 건너편에 자리 잡고 있는 거대한 홀이 새벽 어스름 속에서 뚜렷이 눈에 보이게 되었다.

부원들의 자리를 마구 뒤섞어놓고 음악실을 캄캄하게 만

든 다음에 합주를 했을 때, 에이타로도 암흑을 향해 지휘봉을 휘둘렀었다. 물론 에이타로의 지휘에 따르는 사람은 없었다. 연주에 지휘를 맞춰나가듯이 지휘봉을 휘둘렀다. 연주는 들쑥날쑥했다. 그러나 암흑을 향해 지휘봉을 휘두르면서 '그래, 그러면 돼'라고 생각했다. 좀 억지스럽긴 했지만, 그들은 자기 내부에서 음악을 짜내서 소리에 실어내는 데 성공한 거니까.

지휘자가 할 수 있는 일은, 그것을 이끌어내는 것밖에 없었다.

"어, 선생님?"

좀 떨어진 곳에서 돌연 그런 소리가 들렸다. 화들짝 놀라 그쪽을 돌아봤다.

"아, 역시. 선생님이셨네요."

한 손에 오보에를 들고 있는 레오나가 학교 체육복 차림으로 서 있었다. 레오나는 당황한 것처럼 반대쪽 손을 가슴까지 들어 올려 좌우로 흔들었다.

"아, 아녜요! 소리를 내려는 건 아니에요! 이미지트레이닝만 하려고 했던 거예요."

연습장으로 빌린 중학교 체육관 이외의 장소에서는 당연히 연습을 할 수 없었다. 호텔은 물론이고 그 주변에서도 연습은 금지되어 있었다.

"나루카미. 네가 규칙을 어길 사람이 아니란 것은 아는데, 그래도 새벽에 혼자 밖에서 돌아다니지는 마. 무슨 일이 있을지 모르잖아."

"아, 그건. 죄송합니다."

"조금이라도 연습하고 싶은 그 심정은 이해하지만."

레오나는 니시칸토 대회에서의 자유곡 솔로를 모토키에게 양보——아니, 빼앗기게 되었다. 암흑 속에서 합주하는 도중에 모토키가 바람같이 불쑥 나타나 솔로를 노래한 것이다. 그 순간은 선명하게 기억하고 있었다. 팔뚝에 소름이 돋은 것도, 그것이 온몸으로 퍼져나가던 그 감각도, 똑똑하게.

그런 연주를 들은 이상, 그에게 불게 할 수밖에 없었다.

"솔로 문제는 됐어요. 제 실력이 부족했던 거니까요. 그런 모토키를 제쳐놓고 제가 솔로를 불었다면 아무도 납득하지 못했을 거예요."

레오나가 모토키를 때렸을 때에는 깜짝 놀랐지만, 그렇게라도 하지 않으면 그 상황을 수습하지 못했을 레오나의 속마음도 충분히 이해가 갔다.

"솔로 연습을 하러 온 거지?"

둑으로 이어지는 계단에 걸터앉아 레오나를 쳐다봤다.

"여자를 이런 시간에 혼자 놔둘 수는 없지. 내가 보는 데에서는 연습해도 돼."

"해도 돼요?"

"너는 전국대회에 진출할 마음이 넘치는 것 같으니까. 마음껏 연습해봐."

감사합니다! 하고 기쁘게 웃더니 레오나는 좀 떨어진 곳에서 연습을 시작했다. 소리는 내지 않고, 눈을 감고, 머릿속에서 악기를 연주했다. 하늘이 점점 밝아지고 가로등 불빛이 아침 햇살에 녹아들어 갔다. 그런 풍경 속에서 오보에를 부는 레오나의 모습에서는 기쁨이 느껴졌다. 악기를 만지는 기쁨.

둑 건너편에서 무슨 소리가 났다. 두 소년의 목소리였다. 금세 그것이 모토키와 도바야시란 것을 눈치채고 어깨를 들썩거렸다. 이어서 세 번째 소년——이케베의 목소리가 들렸고, 고시가야의 목소리까지 들려왔다. 에이타로는 벌떡 일어나서, 둑에 나타난 네 명을 향해 손을 흔들었다.

센가쿠의 차례는 오후 세 시 이후였다. 후반부가 시작된 직후. 얼마 전에 공사가 끝난 니가타 시민예술문화회관은 최근에 오픈했는지, 홀 주위나 옥상에 있는 잔디밭이 눈부시게 싱싱했다.

주차장에서 버스를 내려 대기실로 갔다. 예순 명 이상이 세 줄로 나란히 섰고, 미요시 선생님이 지도를 한 손에 들고 앞장서서 갔다. 에이타로는 맨 뒤에서 따라갔고. 태양이 머리 위에 떠올라 있었다. 동해에 가까운 지방이어도 이 시기에는 아무래도 더웠고, 까만 양복은 열을 흡수해 뜨끈해졌다. 동복을 입은 학생들도 아마 같은 상황일 텐데, 지금은 그런 것보다도 공연을 앞둔 긴장감이 더 크게 느껴지는 듯했다. 출발하기 전에 한번 이야기하긴 했지만, 공연을 하기 전에 한 번 더 긴장을 풀어줘야 할 것 같았다.

그런 생각을 하고 있었는데.

"에이타로."

이제 막 발을 들여놓으려던 로비에서 갑자기 아는 사람이 튀어나왔다. 다양한 교복이나 유니폼을 입은 학생들이 돌아다니는 가운데 그 사람은 에이타로를 향해 똑바로 걸어왔다.

"모리사키 아저씨……?"

왜 여기 있어요? 순간적으로 내뱉지 못한 질문에 대해 모리사키 아저씨가 시원하게 웃으며 대답했다.

"어제 이 지역으로 출장 왔거든. 마침 니시칸토 대회도 열리니까, 내 돈 내고 하룻밤 자고서 대회를 구경해보고 갈까 했지."

멈춰 선 에이타로를 놔두고 다른 부원들은 먼저 로비로 들어갔다. 에어컨 덕분에 시원해진 공기가 에이타로의 근처까지도 조금이나마 밀려왔다.

"힘내. 에이타로."

자기 어깨에 모리사키 아저씨가 오른손을 올렸다. 툭, 툭. 두 번 두드렸다.

"내가 취재하던 무렵의 너는 엄청나게 반짝반짝 빛났었어. 분명히 지금의 너도 그때의 너처럼 엄청난 일을 해낼 수 있을 거야. 응원할게."

힘내. 모리사키 아저씨는 다시 한번 말했다. 에이타로는 기쁨을 느꼈다. 7년 전의 자신을 잘 아는 인물이 그렇게 말해주자 왠지 용기가 났다.

……아마도 그럴 텐데. 뭔가 다른 감정이 그것을 방해했다.

"모리사키 아저씨. 진짜 뭐 하러 니가타에 오신 거예요?"

니시칸토 대회뿐만이 아니다. 현 대회도 틀림없이 그럴 것이다.

"현 대회도 니시칸토 대회도 티켓 쟁탈전이 치열했어요. 니가타로 출장 온 김에 가볍게 들러서 구경할 만한 게 아니라고요. 아저씨. 뭔가 목적이 있어서 콩쿠르를 보러 온 거잖아요?"

에이타로의 질문에 모리사키 아저씨는 대답하지 않았다. 그러나 허둥지둥 변명하려는 기색도 없었다. '하긴, 눈치채는 게 당연한가'란 표정으로 이쪽을 보고 있었다.

"취주악으로 또 다큐멘터리를 찍는 건가요?"

"응."

상대는 예상외로 순순히 인정했다. 이 사람들에게 기획 내용이란 것은 목숨만큼이나 중요한 것일 텐데. 너무 쉽게 긍정했다.

"어떤 내용인데요?"

그래서일까. 그의 목적이 자신에게는 슬픈 일일 거라는 확신이 들었다.

"블랙 부활동 문제."

모리사키 아저씨의 말투는 평온했지만, 그 말이 가슴을 푹 찔렀다. 날카로운 칼이 에이타로의 몸을 찌르고, 찌르고, 또 찌르면서 깊숙이 파고들었다.

"처음에는 운동부를 주인공으로 삼으려고 했는데, 이것저것 조사하고 생각해본 끝에 결국 취주악부를 선택하게 되었어. 에이타로, 네 생각이 나서 사이타마 지구 대회를 살펴봤는데 거기서 센가쿠의 지휘자인 네 이름을 발견한 거야."

"그래서 현 대회에 왔던 거예요?"

그날 저녁 햇빛을 받으면서 급하게 뛰어오던 모리사키 아저씨의 모습이 생각났다. 그때 대화하다가 자연스럽게 현재 센가쿠의 연습 환경이나 미요시 선생님의 심근경색에 관한 이야기를 했던 자기 자신의 모습도.

그것은 틀림없이 모리사키 아저씨에게는 그리운 이야기나 추억담 같은 게 아니었을 것이다. 기획과 관련된 취재였던 것이다.

"부활동은 가치 있는 거라고 생각해. 동료들과 끈끈한 유대감을 가지고, 교실에서는 배울 수 없는 것을 배우는 거지. 너희들을 취재하면서 나는 그것을 실감 나게 느꼈어. 하지만 그 화려한 빛의 그늘에 존재하는 문제를 이 사회는 직시해야 해. 그게 여러모로 화젯거리가 되고 있다는 것은 너도 알잖아?"

여름방학인데도 하루도 쉬지 않고 아침부터 밤까지 연습하고. 학생에게 폭언을 퍼붓는 지도자의 음성이 인터넷에 올라와서 비난이 쏟아지기도 하잖아. 어른이 되고 나서도 취주악을 계속하는 부원은 겨우 한 줌밖에 안 되는데도 공부보다 부활동을 우선시하다니, 그런 것은 비정상적이지 않아? 학생뿐만 아니라, 취주악부 지도 교사가 되는 바람에 쉬지도 못하다가 결국 교원이 과로사한 사건도 있었고.

"7년 전에는 너희가 너무나 반짝반짝 빛나서 저절로 감춰져버렸던 취주악부의 또 다른 면을 사람들에게 보여주고 싶어. 다큐멘터리를 제작하는 사람으로서 지금 꼭 찍어야만 하는 소재라고도 생각해."

어느새 모리사키 아저씨의 얼굴에서는 웃음기가 사라져버

렸다. 이 사람은 언제나 싱글싱글 웃으며 자기 이야기를 들어줬었다. 아무리 시시한 이야기여도, 아무리 현실과는 동떨어진 꿈 같은 이야기여도.

장래에 뭐가 되고 싶으냐는 질문에 자신이 "지금은 머릿속에 콩쿠르 생각밖에 없어요"라고 대답했을 때, 이 사람은 자기를 보고 '눈부시다'고 말했었다.

그렇게 말해줬으면서.

땀이 턱을 타고 흘러내렸다.

"모리사키 아저씨. 당신이 보기에 나는, 블랙 부활동에 세뇌된 어리석은 고교생의 말로 같은 겁니까?"

"그렇게 생각하지는 않아."

모리사키 아저씨는 다소 강한 어조로 대답하면서 고개를 옆으로 흔들었다.

"다만, 혹시 네가 허락해준다면. 네 이야기도 꼭 들어보고 싶어."

현 대회 날에 이 사람은 나를 보고 불쌍하다고 생각했을지도 모른다. 어쩌면 그날 자신이 모리사키 아저씨의 등을 밀어줬을지도 모른다. 자, 이번에 사회에 가르쳐줘야 할 것은, 이 불쌍한 남자를 탄생시켜버린 블랙 부활동 문제다! 하고.

"……내 탓인가요?"

이 사람은 앞으로 다시 한번 취주악부로 다큐멘터리 프로

그램을 제작할 것이다. 그것도 분명히 훌륭한 다큐멘터리가
될 것이다. 〈열정의 연주! 취주악부 이야기〉처럼, 또 그 후
에 모리사키 아저씨가 만들었던 재해지 고교생의 다큐멘터
리처럼 큰 상을 받게 될지도 모른다. 그리하여 이 사회는 변
할지도 모른다. 고통 받는 사람들이 구제될지도 모른다.

'경고 신호'란 이름의 정의의 불똥이 사방으로 퍼진다. 모
든 취주악부, 취주악과 관련된 모든 사람들의 존재가 나
쁘다는 식으로 두들겨 패지는 말아줘. 그런 목소리가 세상
사람들의 귀에 들리지 않으리란 것도 머릿속에 확실하게 떠
올랐다.

감정 없는 정의 때문에 제일 심하게 감정을 다치는 것은,
가장 순수하게 필사적으로 노력하는 사람들이라는 것도.

"에이타로. 네가 잘못한 게 아니야. 다만 네가 계기였던 거
야."

뭐가 문제였던 걸까. 모리사키 아저씨가 하는 말 중 무언
가가 내 마음속에 있었던 약간의 냉정함을, 어른스러운 나
자신을, 부숴버렸다. 쩍 갈라지면서 두 동강이 나버렸다.

정신 차려 보니 나는 상대의 리넨 재킷 옷깃을 콱 붙잡고
소리를 지르고 있었다. 자신의 땀이 모리사키 아저씨의 뺨에
튀는 것이 보였다.

헛소리하지 마. 그렇게 소리쳤다.

"아무 생각도 없이 하고 있는 줄 알아? 그 녀석들이 고민하거나 괴로워하지도 않고 연습하는 줄 알아? 그래, 실제로 고등학교를 졸업한 후에도 음악을 계속하는 녀석들은 한 줌밖에 안 돼. 그만두는 놈들이 태반이야. 맞아, 정말로 그래. 그런데도 필사적으로 연습하고 있다고. 공부도 입시도 장래도 콩쿠르도, 아직 20년도 살지 못한 어린애들이 필사적으로 고민하면서 최선을 다해서 하고 있단 말이야. 부모나 담임한테서 '부활동에만 매달리면 안 돼'라는 말을 듣고, 또 자기도 그 말이 옳다고 생각하면서도. 그럼에도 불구하고 음악을 하려고 하는 거야. 고작 몇 초밖에 안 되는 소절을 연주하려고 며칠씩이나 고뇌하면서 연습한단 말이야. 하루 24시간밖에 없는 상황에서 필사적으로 악기를 만지고 있다고. 그러니까 제발, 제발 그걸 '블랙 부활동'이란 한마디로 쉽게 깔아뭉개지 말아줘. 모리사키 아저씨."

눈도 깜빡이지 않고 모리사키 아저씨를 노려보면서 손가락으로 가리켰다. 홀 안을. 센가쿠 취주악부가 걸어간 방향을.

자기 제자들이 있는 곳을.

"저 녀석들은 내가 전국대회에 출전했을 때보다도 훨씬 더 노력하고 있어. 오직 콩쿠르만 생각했던 나 같은 놈과는 달리, 이것저것 많은 것을 짊어진 채 애쓰고 있어. 그건 잘못된 게 아니야. 결코 잘못되지 않았어. 저 녀석들의 인생은,

반드시 나 같은 놈보다 훨씬 행복하고 유의미한 것이 될 거야. 내가 꼭 그렇게 만들 거야. 꼭, 반드시."

학교생활을 통째로 취주악에 바쳐서 모든 것을 희생시키고 콩쿠르에 나간다. 그런 것 때문에 괴로워하는 사람은 분명히 있었다. 그것은 부원이기도 하고, 지도 교사이기도 하고, 보호자이기도 하다. 모리사키 아저씨의 말처럼 우리는 그런 현실을 직시해야 한다.

하지만. 그래도.

"난 정말로 바보였어. 아저씨가 '눈부시다'고 해줘서 진짜로 그런 줄 알았어. 하지만 저 녀석들은 달라."

에이타로. 그렇게 이름이 불렸다. 그 목소리가 이상하리만치 멀리서 들렸다. 마치 자신이 물속에 있는 것처럼. 모리사키 아저씨는 눈 한 번 깜빡이지 않고 에이타로를 쳐다보고 있었다. 불쌍한 어린애라고 생각하는 걸까. 어른이 되는 계단을 올라가려다 실패해버린 후와 에이타로라는 남자를, 과연 어떻게 생각하는 걸까.

"에이타로."

이번에는 귓가에서 낮은 소리가 들렸다. 누가 몸을 잡아당겼다. 모리사키 아저씨의 재킷 옷깃을 꾸깃꾸깃하게 만들어놓고 에이타로의 몸은 그에게서 떨어졌다.

"에이타로. 그만해."

미요시 선생님의 목소리에 에이타로는 퍼뜩 정신을 차렸다. 승색 교복을 입은 남자 부원들 세 명이 에이타로를 붙잡고 있었다. 알토 색소폰의 고시가야, 튜바의 마스다, 퍼커션의 아이다. 미요시 선생님이 따라오라고 한 걸까, 아니면 미요시 선생님을 혼자 보낼 수 없어서 그들이 따라온 걸까.

거기까지 생각했을 때 에이타로는 헉 하고 숨을 들이켰다. 이미 대기실에 들어간 줄 알았던 취주악부 부원들이 입구를 통해 눈사태처럼 밖으로 쏟아져 나와서 에이타로를 보고 있는 것이었다. 놀란 얼굴. 겁먹은 얼굴. 당황한 얼굴. 에이타로는 차마 견디지 못하고 그들을 외면했다.

언제부터? 언제부터, 어디서부터, 저 아이들이 듣고 있었을까.

미요시 선생님이 모리사키 아저씨에게 다가갔다.

"모리사키 씨, 미안하게 됐어. 이 녀석은 이제 곧 지휘봉을 휘둘러야 하거든."

지휘봉을 휘두르는 흉내를 내면서 "오래간만에 만났는데 미안해"라고 하더니, 선생님은 에이타로의 어깨를 붙잡았다.

"딱 15분이다."

오랜만에 들어보는 무서운 목소리. 7년 전에 자주 들었던 목소리다.

"15분 내에 머리 식히고 대기실로 와. 알았지?"

합주에서 만족스럽게 연주하지 못해서 짜증이 난 부원에게 선생님은 자주 이런 말씀을 하셨다.

"아니, 괜찮아요."

어깨에 있는 미요시 선생님의 손을 치우려고 했다. 그러자 선생님이 위협적인 눈으로 쏘아봤다. 안광이 날카로워지고, 눈동자 색이 짙어진 것 같았다.

"괜찮으냐고 물어본 적 없다. 머리 식히고 오라고 했어."

"아니, 그럴 필요 없다니까요."

저 충분히 진정했어요. 그렇게 말하려는 에이타로의 눈앞에서, 미요시 선생님이 삿대질을 했다.

"공연 직전에 연주자들 앞에서 우는 지휘자가 어디 있냐?!"

그 호통을 듣고 비로소 깨달았다.

자신의 턱을 타고 흐르는 것은 땀이 아니라 눈물이란 것을.

◆

"선생님 말이야. 돌아오시겠지?"

대기실에서 악기를 준비하면서 누군가가 그런 심란한 말

을 했다. 다들 "뭔 쓸데없는 소리를 해?"라고 말하면서도 시계를 확인했다. '15분 내에 머리 식히고 대기실로 오라'고 했는데, 그 15분은 이미 훌쩍 지났다. 악기 반입도 일단 끝났고, 케이스에서 악기를 꺼내 묵묵히 준비를 하면서도 모토키의 머릿속은 '에이타로 선생님이 언제 돌아오실까?'란 생각으로 가득 차 있었다.

"에이타로 선생님은 아마도 돌아오면 우리에게 사과하실 거야."

색소폰을 목에 걸고, 가까이 있는 도바야시에게 말을 걸었다. 그는 트럼펫을 들고 묘한 표정으로 고개를 끄덕였다.

"응, 아마도."

"그럼 우리는 어떻게 반응하면 좋을까?"

트럼펫 나팔 부분에 비친 자기 얼굴을 쏘아보다시피 하면서 도바야시가 고개를 갸웃거렸다. 몇 번이나 계속해서. 미간에 주름까지 잡으면서.

"신경 쓰지 마세요……라고 할 수도 없잖아."

과거에 센가쿠를 밀착 취재했던 방송국의 PD와 에이타로가 왜 싸웠을까. 무엇 때문에 에이타로가 그토록 격분했던 걸까. 모토키와 친구들은 알 수 없었다. 그러나 에이타로의 고함 소리는 로비에 있었던 모토키에게도 똑똑히 들렸다. 피를 토하는 듯한 절규였다.

"왠지 사과하시게 하면 안 될 것 같아."

에이타로가 누구를 위해 분노했는지. 그곳에 있었던 모든 사람들이 알고 있으므로.

저 녀석들의 인생은, 반드시 나 같은 놈보다 훨씬 행복하고 유의미한 것이 될 거야.

내가 꼭 그렇게 만들 거야.

그는 그렇게 소리치면서 눈물을 흘리고 있었다.

이윽고 시간이 흘러, 이 대기실을 공유하던 학교가 튜닝룸으로 이동했다. 대기실에는 센가쿠만 남았다. 이제 곧 센가쿠보다 늦게 연주하는 학교가 올 것이다.

악기 준비도 거의 다 끝나버렸다. 하지만 여기서 소리를 낼 수는 없었다. 모토키와 친구들은 그저 대기실 문만 바라볼 수밖에 없었다.

"얘들아. 너무 초조해하지 마."

쓸쓸한 표정으로 미요시 선생님이 학생들을 둘러봤다.

"그 녀석은 무슨 일이 있어도 무대에 오를 거다. 40도나 되는 고열이 나도, 팔이 부러져도 무조건."

그러니까…… 하고 선생님이 말을 이으려는데, 대기실에 바람이 불어 들어왔다. 모토키는 숨 쉬는 것도 잊어버리고 출입구를 바라봤다.

수많은 시선들의 일제사격을 당해서 굳어버린 에이타로.

그 등 뒤에서 커다란 대기실 문이 탁 소리를 내며 닫혔다.

"늦어서 죄송합니다."

에이타로의 얼굴에는 더 이상 눈물은 없었다. 그래서 오히려 불안해졌다.

"너무 늦었어! 15분이라고 했잖아."

미요시 선생님이 소리를 버럭 질렀다. 에이타로는 쓴웃음을 지으며 한 발 한 발 이쪽으로 다가왔다.

"현역이었을 때 그런 말을 듣고 시간 맞춰서 돌아온 적은 없었잖아요."

"아, 그래, 그랬지!"

더 이상 아무 말도 하지 않았다. 미요시 선생님은 조용히 벽 쪽으로 물러났다. 에이타로를 부원들 한가운데로 밀어주면서.

어색하게 관자놀이 근처를 긁적거리면서 에이타로가 모토키와 친구들을 둘러봤다. 한 사람 한 사람의 얼굴과, 그 손에 들린 악기를 확인하려는 것처럼 시선을 이리저리 움직였다.

그리고 겸연쩍은지 한숨을 쉬더니, 두 손바닥을 무릎에 대고 이쪽을 향해 고개를 숙였다.

"미안하다. 걱정하게 해서."

예상대로 그는 사과했다. 이어서 나오는 말은 무엇일까.

상상했더니 가슴이 답답해졌다. 괴로워졌다.

에이타로의 정수리를 보면서 모토키는 한 발 앞으로 나섰다. 뒤에서 누가 등을 떠민 것 같았다.

"저는."

자신의 구두가 바닥을 박차는 소리가 신기하리만치 크게 울려 퍼졌다. 에이타로가 고개를 들었다.

"저는, 누군가를 위해서 그렇게까지 화내본 적이 없어요. 아마 울어본 적도 없고요."

계속해서 말을 이어나가고 싶었는데 말이 안 나왔다. 에이타로가 본 적도 없는 표정을 지었다. 기쁨과 울분과 슬픔이 뒤섞여서 우는 건지 웃는 건지 알 수 없는 표정이었다.

"너희들을 위해서가 아닐 거야."

천천히. 에이타로는 고개를 옆으로 흔들었다. 그리고 모토키에게 센가쿠 코치 제안을 수락한 이유를 설명해줬을 때와 같은 대사를, 같은 표정으로 입에 담았다.

"나 자신을 위해서야."

그러니까 너희들은 신경 쓸 필요 없고, 너무 심각하게 받아들일 필요도 없어. 내가 내 멋대로 화내고, 내 멋대로 울분을 느끼고, 내 멋대로 슬퍼한 것뿐이니까. 그는 부끄러운 것처럼 얼굴 반쪽을 움직여 웃으면서 "그래도 이것 하나만은 기억해줘"라고 덧붙여 말했다.

"인생에서 제일 소중했던 시간이 그 반짝임을 잃고 사라져가는 듯한 감각. 그런 감각을 느끼는 순간이, 나에게는 있었어. 지난 몇 년 사이에."

그의 '인생에서 제일 소중했던 시간'이 무엇이었을까. 그걸 모르는 부원은 없었다.

"나한테는 취주악 말고는 아무것도 없다…… 그런 생각을 하면서, 4월에 센가쿠에 왔던 거야."

"너희들은 나처럼 되지 마라. 또 그렇게 말씀하시려는 거예요?"

순간적으로 말이 튀어나왔다. 그에게 그런 말을 들었을 때 느꼈던 가슴의 아픔이 되살아났다.

"저는 선생님을 보고 취주악을 시작했어요. 우리 동네에 있는 평범한 학교의 취주악부가 전국대회 콩쿠르에 출전해서 TV에 나오고, 전국에 팬이 생겼다고요. 그런 일이 일어날 수 있다는 것을 선생님과 친구분들이 직접 보여주신 거잖아요. 저도 그쪽 세계로 가보고 싶다고 생각했어요. 선생님이 그렇게 생각하게 해주신 거예요."

아픔의 정체가 무엇인지는 일찌감치 파악했다. 색소폰을 들고 있는 팔에 힘을 주면서 모토키는 어깨를 들썩거렸다.

"제발 부탁입니다. 제가 동경하던 선생님을 부정하지 말아주세요."

소리를 지르지도 않았고, 당연히 고함을 치지도 않았다. 그런데도 숨이 가빠졌다.

참지 못한 눈물이 뺨을 타고 흘러내렸다. 모토키는 그것을 닦지 못했다. 에이타로를 계속 쏘아보는 상태로 눈 한 번 깜빡이지 못했다.

"응. 이제는 부정하지 않아."

성큼성큼 다가온 에이타로의 손이 모토키의 머리를 턱 잡았다. 빙글빙글, 거칠고도 힘차게 쓰다듬었다.

"고3 시절의 나 자신에게 부끄럽지 않도록, 나도 지금부터 열심히 할 거야."

에이타로의 구두 끝을 응시하면서, 정수리에 있는 그의 손바닥을 느끼면서, 모토키는 그 목소리를 들었다.

"너희들도 잘 기억해둬. 오늘이란 시간이 얼마나 좋은 것이었는지를 결정짓는 것은, 내일 이후의 나 자신이다. 그러니까 오늘 하루만을 위해서 살아가지 마. 내일의 나 자신을 위해서 살아가라. 알았지?"

에이타로의 손바닥이 멀어져 갔다. 자기 뺨에서 바닥으로 물방울이 똑, 하고 떨어졌다. 에이타로가 숨을 들이마시는 소리가 들렸다. 새파란 잔디밭 같은 냄새가 모토키의 코끝을 스쳤다.

"너희들 모두에게 부탁이 있어. 오늘 무대에서는 즐겁게 연주해줘. 나는 너희들의 음악에 맞춰 지휘봉을 휘두를게."

멋진 연주를 들려다오.

고개를 들자, 에이타로가 부원들을 둘러보며 미소 짓고 있었다. 그는 마지막으로 모토키를 보면서 이렇게 말했다.

믿고 맡길게.

에이타로가 지휘대에 선 순간, 등골이 오싹해졌다. 객석의 박수 소리가 그치자 에이타로가 지휘봉을 스탠바이 한다. 평소의 강력함은 사라지고, 마치 봄바람에 흔들리는 벚꽃과도 같이.

〈스케르찬도〉의 첫 번째 음은 지금까지 느껴본 적이 없을 정도로 깊은 소리였다. 땅속 깊은 곳에서 소리가 울려 나왔다.

그 음에 에이타로가 눈을 크게 뜨면서 웃었다. 레몬이 팡 터지듯이.

"와, 끝내준다!"란 소리가 들리는 것 같았다. 조명 아래에서 그의 치아가 빛났다. 그 몸이 신나게 들썩거린 것처럼 보였다.

그다음부터는 멈추지 않았다.

우리는 그저 '멋진 연주를 들려 달라'는 이 사람의 소원을 이뤄주기만 하면 된다. 오늘의 연주는 그것을 위해 존재하는 것이다.

〈스케르찬도〉의 마지막 한 음이 에이타로의 손바닥에 빨려 들어가듯이 사라진 순간, 모토키는 자신과 알토 색소폰을 연결하는 넥스트랩을 꽉 쥐었다. 제발 부탁이다 하고 손에 힘을 줬다. 제발, 제발, 제발. 목구멍 속에서 그 말만 맴돌았다.

에이타로가 또다시 지휘봉을 스탠바이 하는 움직임에 맞춰서 모토키는 마우스피스에 입술을 댔다. 그것을 입에 물자, 혀끝에 리드의 감촉이 전해져 왔다. 자신의 의식이 입에서, 또 키에 닿은 손가락에서 뻗어나가 악기와 하나가 되어 갔다.

뾰족한 지휘봉 끝이 흔들리면서 〈바람을 바라보는 자〉가 시작됐다. 쉰다섯 명의 소리가 노래하기 시작했다.

연주에 지휘를 맞추겠다는 에이타로의 선언은 진짜였다. 길게 늘이는 음 하나만 해도, 연주자가 가장 기분 좋게 느끼는 길이를 그때그때 파악하는 것처럼 에이타로는 지휘봉을 휘둘렀다. 그의 입이 악기의 소리와 함께 움직였다. 노래하듯이 움직였다.

음악의 신이시여. 우리의 음악이 들립니까. 우리가 보입니까. 아니면 당신은, 전국대회 무대에 올라간 사람의 음악만 들어주는 겁니까.

그건 아니잖아요. 당신은 그런 고지식한 말은 안 하잖아.

솔로 차례가 다가왔다. 에이타로와 눈이 마주쳤다. 그에게서 눈을 떼지 않고 모토키는 살짝 고개를 끄덕였다.

색소폰 벨에서 튀어나온 소리는 색채를 띠었다. 그것은 교회 스테인드글라스의 파란색이기도 하고, 암흑 속 합주를 쫙 갈라놓은 저녁 해의 황금색이기도 하고, 불그스름한 탄산 기포의 색깔이기도 했다.

모든 색깔이 에이타로 곁에 모여든다. 지휘봉의 날카로운 움직임과 더불어 그가 양팔을 벌렸다. 검은 재킷 옷자락이 펄럭이면서 정말로 바람이 지나간 것 같았다.

소리가 멀리 날아간다. 홀을 튀쳐나가 높이높이, 한없이 멀리 뻗어간다. 모토키가 모르는 곳으로 훨훨 날아간다.

틀림없이 내일의 모토키에게 날아가는 것이리라.

알토 색소폰 솔로 이후의 일시 정지. 에이타로는 그 시간을 평소보다 더 길게 잡았다. 잔향에 귀 기울이듯이 눈을 감고, 숨을 크게 들이마셨다. 거기에 쉰다섯 명의 호흡이 겹쳐지면서 곡이 다시 이어졌다.

인생에서 가장 짧은 12분이었다.

에이타로가 지휘대에서 내려오더니 객석의 박수에 답하듯이 허리 숙여 인사했다. "브라보!"란 소리가 튀어나왔다. 여러 개 튀어나왔다.

자리에서 일어나 무대를 떠났다. 반대쪽 무대 옆에서 곧바로 다음 학교가 들어왔다. 모토키는 색소폰을 든 채 한동안 멍하니 있었다. 머릿속이 뜨거워서 아무 생각도 할 수 없었다. 홀 바깥에서 기념촬영을 할 거라면서 운영 스태프가 재촉했다. 그래서 시키는 대로 그냥 걸었다.

그런데 가까운 곳에서 누군가의 비통한 목소리와 동시에 쿵! 하는 둔탁한 소리가 들렸다. 저절로 발이 멈췄다.

타악기를 반출하던 세팅 멤버 중 한 명이——고시가야 선배가, 바닥에 무릎 꿇고 앉아서 팀파니에 이마를 붙인 채 훌쩍훌쩍 울고 있었다.

"대체, 왜…….."

고시가야 선배가 말했다. 소리 지르고 싶은 것을 필사적으로 참으면서. 평소의 파트장다운 모습 따윈 내던져버리고.

"대체 왜, 나는 저기서 연주하지 못한 거지……?"

뒷말은 말로 표현하지도 못했다. 똑같은 세팅 멤버로서 참가했던 유키무라 선배가 뛰어와 고시가야 선배의 어깨를 두드렸다. 그리고 그 대신 팀파니를 옮겨줬다.

자신이 무슨 말을 한들 의미가 있을까. 자신이 무슨 말을 할 수 있을까. 왠지 겁이 났지만, 그래도 고시가야 선배 옆에 쪼그려 앉았다.

"고시가야 선배님."

망설이면서 그의 등으로 손을 뻗었다. 쓰다듬어 주지는 못했다. 그 대신 목에 힘을 주고 말했다.

"전국대회…… 나고야 국제회의장에 갑시다."

그것이 만점짜리 대사가 아니란 것은 스스로도 알았다. 그러나 하고 싶었던 말은 충분히 그에게 전달된 것 같았다. 고시가야 선배는 천천히 고개를 들더니 셔츠 소매로 눈물을 훔쳐냈다. 그리고 무대 옆의 어두운 천장을 우러러봤다.

"그래."

눈물에 젖어 일렁이는 그 눈동자는 아마도 더 먼 곳을 쳐다보고 있을 것이다.

"난 절대로 후회하지 않아. 입시가 끝난 다음에 '역시 오디션에서 탈락했을 때 탈퇴할걸 그랬어'라는 말은 죽어도 안 할 거야. 하게 놔두지 않을 거야. 왜냐하면…… 왜냐하면, 연주를 하지 못한 것이 이토록 분한걸. 끝까지 잘 해내서 보란 듯이 모든 것을 거머쥘 거야."

몸속 깊은 곳에서 결의를 끄집어내는 것처럼 단어 하나하나를 꼭꼭 씹으며 말하는 고시가야 선배. 그는 모토키의 어깨를 두 번 두드렸다. 마치 고맙다고 인사하는 것처럼.

"다음에는 나도 불 거야."

내가 불 거야. 기도하듯이 고시가야 선배가 중얼거렸다.

〈바닷바람 행진곡〉〈두 개의 교향적 단장〉〈교향시 '로마의 축제'〉〈취주악을 위한 '바람의 춤'〉〈교향곡 '와인다크 시 (Wine-Dark Sea)'〉〈오리엔트 특급 열차〉〈보물섬〉〈스파이럴 댄싱〉〈화려한 무곡〉. 앙코르는 〈대행진곡 '대일본'〉과 〈싱, 싱, 싱(Sing, Sing, Sing)〉.

초등학교 시절에 교회에서 레오나와 같이 감상했던 센가쿠 정기 연주회의 모습이, 소리가, 머릿속에서 끊임없이 재생됐다. 교회는 소리가 잘 울려 퍼졌고, TV에서 봤던 사람이 코앞에서 연주를 하고 있었다. 손을 뻗으면 악기에 닿을 것 같았다.

그래서 손을 뻗었다. 얼마나 큰 열량을 소리에 쏟아부으면 나는 그날의 그들을 따라잡을 수 있을까. 그런 생각을 하면서 손을 뻗었다.

안내 방송이 울려 퍼지자, 모토키는 눈을 떴다.

"야, 챠엔. 너 설마 졸고 있었냐?"

뒤에서 도바야시의 목소리가 들렸다. "아냐, 졸긴 누가 졸아?" 하고 뒤도 안 돌아보고 대답했다.

"아니, 너 아까부터 꼼짝도 안 해서."

"난 표창식 직전에 선 채로 잠잘 정도로 배짱이 좋지는 않아."

"아, 그러네."

가볍게 말하면서도 도바야시는 웃지 않았다. 그도 긴장한 것이다. 대회장에 안내 방송이 울려 퍼지고 무대막이 올랐다. 지금 모토키를 비롯한 대표들이 서 있는 무대 위는 조명이 강했고, 반대로 관객으로 꽉 찬 홀은 어두웠다. 그러나 금방 센가쿠 친구들을 찾아낼 수 있었다. 어둠 속에 녹아버릴 듯한 승색 교복이 신기하게도 금방 눈에 띈 것이다. 물론 에이타로의 모습도 보였다.

센가쿠의 연주 순서는 열다섯 번째. 전전 순서였던 사이타마현 대표 사이타마에이코 고등학교가 유도에 따라 무대 중앙의 단상 앞에 서자, 즉시 금상이라는 발표가 났다. 객석에서 환성이 터져 나왔다. 그 소리가 사라지기도 전에 모토키와 도바야시도 유도되었다. 흐름에 몸을 맡기고 무대 위를 이동했다. 그때 소리가 들렸다.

"15번. 사이타마현 대표, 센겐가쿠인 고등학교."

학교 이름을 들은 순간, 주위의 소리가 확 멀어졌다. 그러나 곧 다시 돌아왔다.

"골드 금상!"

객석의 환성이 몸의 오른쪽 절반을 쾅 때렸다. 마치 비명 같았다. 남자 부원들이 많아서 다른 학교보다도 묘하게 우렁찬 환성이었다. 분명히 현 대회에서도 들어봤을 텐데도 하마터면 웃음을 터뜨릴 뻔했다.

도바야시와 함께 상장과 상패를 받아 들고 제자리로 돌아갔다. 작년에도 부장님이 이렇게 금상을 받았고, 모토키도 객석에서 환성을 질렀었다. 하지만 그 직후 그것이 전국대회에는 가지 못하는 '망한 금상'임을 깨달았다.

오늘은 그 너머의 풍경을 보기 위해 여기에 서 있었다.

모든 참가 학교의 표창이 끝나고, 전국대회로 가는 추천 단체 발표가 시작됐다. 무대 위로 커다란 트로피가 운반되었다. 개수는 세 개. 전국대회에 출전하는 학교도 세 개.

"자, 그럼 연주 순서대로 추천 단체를 발표하겠습니다."

대회 위원장이 마이크 앞에 섰다. 그리고 주머니에서 꺼낸 종이를 펼쳤다. 부스럭거리는 소리가 마이크에 잡혀서, 마치 아득한 천둥소리처럼 홀 안에 울려 퍼졌다.

"사이타마현 대표, 현립 이나키타 고등학교."

이나키타의 '이'가 나온 순간, 골드 금상이 발표됐을 때보다 훨씬 더 큰 환성이 울려 퍼졌다. 이어서 박수가 쏟아졌다. 추천 단체로 선발된 학교의 대표가 다시 무대 중앙으로 유도되었다. 니시칸토 대표의 증거인 트로피를 받아 들고, 모토키의 눈앞을 웃는 얼굴로 통과하여 제자리로 돌아갔다. 기쁨의 환호성과 박수가 가라앉을 때까지 기다렸다가 다시 발표가 이어졌다.

"다음, 사이타마현 대표, 사이타마에이코 고등학교."

또다시 홀이 들썩거렸다. 귓구멍이 날카로운 칼에 찔리고,

심장 표면이 마구 만져지는 듯한 감각. 모토키는 그 상황에서 그런 기묘한 감촉을 맛봤다.

추천 단체는 이제 딱 하나 남았다.

"다음."

그 목소리는 고요해진 홀 안으로 빨려 들어갔다. 뒤에서 도바야시가 숨을 들이켜는 소리가 났다.

"사이타마현 대표──."

머리 위에서 쏟아지는 조명이 푸르스름하게 느껴졌다. 모토키는 눈을 감았다. 색소폰에 숨을 불어넣듯이 크게 숨을 들이쉬고, 배 속 깊은 곳에서부터 뱉어냈다. 길디길게, 저 멀리까지 울려 퍼지도록.

"센겐가쿠인 고등학교."

학교 이름은 끝까지 들리지 않았다. 그보다 훨씬 커다란 환성에 완전히 묻혀버린 것이다. 눈을 뜬 순간, 눈물이 넘쳐 흘렀다. 큼직한 물방울이 뺨을 타고 턱에 맺혔다가 무대 위로 떨어졌다.

"닿았어."

초등학생 모토키가 뻗었던 손은, 오랜 세월과 좌절과 만남을 거쳐서 오늘 닿은 것이었다.

그날의 그 사람에게. 드디어 닿았다.

커다란 트로피와 추천 단체로서의 대표 인증서를 받았다.

그리하여 표창식은──니시칸토 취주악 콩쿠르는 끝을 맺었다.

도바야시와 하이파이브를 했다. 한 번으로는 부족해서 서로의 손이 새빨개질 때까지 몇 번이고 미친 듯이 손바닥을 부딪쳤다. 그 후 무대에서 내려와 로비로 향했다. 이미 많은 학교들이 홀 밖으로 나와 있었다. 다양한 교복이나 유니폼을 입은 학생들이 기쁨 또는 슬픔을 나누는 중이었다.

승색 교복은 금방 눈에 띄었다.

"레오나!"

소꿉친구의 얼굴을 발견하고 그쪽으로 뛰어갔다. 그러자 레오나가 몸통 박치기라도 하듯이 모토키를 전력으로 와락 끌어안았다. 트로피를 떨어뜨릴 뻔했지만 도바야시가 얼른 받아줬다.

해냈어! 또는 다행이야! 같은 말은 레오나는 하지 않았다. 모토키의 어깨에 얼굴을 파묻고 내내 침묵을 지켰다. 레오나의 몸이 조금씩 떨리는 것을 느끼고 모토키는 천천히 레오나의 등을 양팔로 안아줬다.

"전국대회야."

그렇게 한마디 하자, 레오나는 곧바로 고개를 끄덕였다.

"시간이 좀 걸렸지만. 드디어 갈 수 있게 되었어. 그렇지?"

이번에도 레오나는 고개를 끄덕였다.

"기대된다."

"솔로. 전국대회에서는, 내가 불 거야."

울먹이는 목소리로 하는 선전포고. 모토키는 온몸을 들썩이며 웃음을 터뜨렸다. 그래, 맞아. 다시 한번 콩쿠르 무대에서 〈스케르찬도〉와 〈바람을 바라보는 자〉를 연주할 수 있는 거야.

"싫어. 다음에도 내가 불 거야."

웃음기 섞인 목소리로 그렇게 대꾸하자, 레오나가 그제야 겨우 고개를 들었다. 그리고 뺨을 툭 때렸다. 아프진 않았다. 좀 전까지 눈물로 젖어 있었던 뺨에는 오히려 그게 기분 좋게 느껴졌다.

"너 너무 건방져! 우리들 마음도 모르고! 혼자 무대 위에서 감상에 푹 젖어 있기나 하고!"

이쪽은 완전히 난리가 났었는데! 하고 눈이 새빨개진 레오나가 되풀이해서 말했다. 모토키는 "어, 왜?" 하고 고개를 갸웃거렸다.

"왜냐고……? 그건, 에이타로 선생님이, 표창식이 시작되기 직전에, '너무 흥에 겨워서 평소보다 소리를 길게 뺐으니까, 타임 오버로 실격될지도 몰라'라고 하셨단 말이야! 그래서 우리는 다들 패닉에 빠져서 죽는 줄 알았다니까!"

"……뭐?"

아, 맞다. 그러고 보니 그랬지. 까맣게 잊어버렸었다. 정해진 연주 시간은 12분. 조금이라도 초과되면 실격이다. 오늘 에이타로의 지휘는 평소보다 소리를 길게 빼는 편이었다. 음 하나하나의 잔향까지 소중하게 여기는 것처럼. 그러니까 당연히 그만큼 연주 시간은 길어졌을 것이다.

주위를 둘러봤더니, 레오나의 소리가 다 들렸는지 에이타로가 거북한 듯이 이쪽을 보고 있었다.

"에…… 에이타로 선생님!"

뭐 하는 짓이에요?! 이렇게 중요한 때에! 그런 말이 목구멍까지 튀어 올랐지만 입 밖으로 나오진 않았다. 자기도 모르게 그에게 뛰어가고 있었다. 에이타로도 아무 말 없이 양팔을 벌렸다.

"미안하다!"

웃으면서 사과하는 에이타로. 모토키는 온몸으로 그에게 안겼다.

"미안해. 너무 신나서 우쭐했었어! 전국대회에서는 조심할게!"

그야 당연하죠! 하고 말하고 싶었는데, 그것도 말할 수 없었다.

"전국대회에 가게 되었어요. 선생님."

간신히 그 말만 입 밖에 냈다. 그러자 에이타로의 팔에 힘이 들어가는 것이 느껴졌다.

"응, 가게 됐네."

간다. 간다고. 몇 번이나 들려오는 에이타로의 목소리에 모토키는 한동안 조용히 귀 기울이고 있었다.

3 || 태양이 다시 뜬다 ||

"챠엔. 1학년생인데 부장으로 임명됐을 때에는 솔직히 어떤 생각이 들었어?"

인터뷰어에게 그런 질문을 받은 모토키는 자기 옆에 앉아 있는 레오나를 힐끔 보더니 긴장한 태도로 질문에 대답했다. 에이타로는 창가에 있는 의자에 앉아서 그 장면을 불편하게 바라보고 있었다.

음악 준비실의 긴 책상 앞에는 모토키, 레오나, 도바야시가 셋이 나란히 앉아 있었고, 그 맞은편에는 출판사 편집자 한 명 및 그가 데려온 작가 겸 인터뷰어가 앉아 있었다. 카메라맨은 좀 전까지 좁은 방 안에서 어슬렁거리면서 학생들 세 명의 사진을 찍었다. 또 가끔은 악보가 쏟아져 내릴 것 같은 선반이나, 앞으로의 스케줄이 적힌 칠판도 카메라에 담았다. 좀 더 신경 써서 청소해놓을걸. 에이타로는 내심 후회했다.

방금 전에 받은 명함으로 시선을 떨어뜨렸다. 출판사 이름과 〈All 취주악〉이란 글자가 적혀 있었다. 1년에 네 번 간행되는 취주악 잡지. 겨울호는 취주악 콩쿠르 전국대회 특집일 거라고 한다. 아까 받은 견본 페이지를 팔락팔락 넘겨보니, 작년 전국대회에 진출한 학교의 부원 및 지도 교사의 인터뷰가 몇 페이지나 실려 있었다.

"후와 선생님은 모교의 후배들을 지도하러 오실 때 어떤 마음가짐으로 돌아오신 겁니까?"

인터뷰어가 돌연 에이타로를 쳐다봤다. 눈이 딱 마주쳤고, 상대가 정중한 말투로 그렇게 물어봤다. 그가 마침 손이 닿을 만한 거리에 있었으므로, 반사적으로 견본 잡지로 그의 머리를 때리고 말았다.

"아야!"

야단스럽게 자기 뒤통수를 붙잡는 인터뷰어——도쿠무라 나오키. 그를 향해 에이타로는 입을 삐죽 내밀었다.

"야, 난 못해! 어떻게 네 앞에서 진지하게 대답을 하냐?!"

벌떡 일어나 무의식중에 학생들 뒤로 도망쳐버렸다. 에이타로를 쳐다보는 그들 세 사람은 입꼬리를 주체하지 못하고 히죽히죽 웃고 있었다.

"아, 뭐예요. 후와 선생님. 성실하게 대답해주세요."

"그런 거 안 물어봐도 기사 한두 개쯤은 얼마든지 쓸 수 있잖아? 같이 사니까!"

7년 만에 전국대회에 진출한 센가쿠. 언론사의 취재가 있으리란 것은 예상했었다. 그러나 설마 잡지 취재진 중에 도쿠무라가 숨어 있을 줄은 꿈에도 몰랐다.

"어, 뭐야? 너 지금 부끄러워서 그래?"

"당연하지!"

쥐어짜듯이 그런 말을 뱉어내자 모토키가 웃음을 터뜨렸다. 날카롭게 째려봤지만, 그 녀석은 이쪽을 등지고 웃음을 참느라 바빴다. 옆 사람도, 또 그 옆 사람도 마찬가지였다.

"휴, 어쩔 수 없네. 부끄럼쟁이 후와 선생님은 이따가 집에 가서 실컷 취재해드릴게요."

하하하 웃으면서 도쿠무라는 학생들에게 질문을 계속 던졌다. 어쩐지 혼자만 얼간이가 된 듯한 기분이었다.

인터뷰 자체는 약 한 시간 만에 끝났다. 이제는 부활동을 견학하면서 사진 촬영만 하면 된다고 한다. 음악 준비실을 나와 계단을 내려갔더니 서서히 계단 아래쪽이 시끄러워지기 시작했다.

"부활동 견학 말인데요. 사실 오늘은 연습 자체는 없습니다."

옆에서 걷는 〈All 취주악〉의 편집자에게 에이타로는 그런 말을 했다. 특별관 밖으로 나왔더니, 눈앞에서 거대한 인형 탈이 학생들에게 끌려가고 있었다. "귀신의 집으로 오세요"

라는 무시무시한 디자인의 간판을 들고 있는 학생들이 학교 건물 입구에서 호객 행위를 하는 중이었다.

오늘은 1년에 한 번 있는 센가쿠 축제 날이었다. 매년 10월 초에 이틀에 걸쳐 축제가 열리는데, 첫날인 오늘은 취주악부도 체육관 무대에서 연주를 할 예정이었다. 특별관은 아무런 이벤트도 없으므로 조용했지만, 한 발짝만 밖으로 나와도 세상이 떠들썩했다. 야외 포장마차도 있어서 곳곳에서 맛있는 냄새가 솔솔 풍겨 왔다.

"우와, 하나도 안 변했네?"

도쿠무라가 그리운 듯이 교내를 두리번두리번 둘러봤다. 체육관으로 이동하는 사이에 도대체 몇 번이나 "와, 그립다"란 말을 했는지 모른다.

체육관에서의 연주는 오후 세 시부터였다. 앞으로 한 30분 남았는데, 이미 부원들은 악기 반입을 마치고 체육관 주변에서 튜닝을 하고 있을 것이다.

"야, 에이타로. 너 전국대회도 그렇게 입고 갈 거야?"

도쿠무라가 이쪽을 돌아보면서 불쑥 그런 질문을 했다. 에이타로는 오늘도 니시칸토 대회에서 입었던 검은색 정장을 입고 지휘한다. 전국대회에서도 그럴 예정이었다.

"평범한 대학 축제 공연도 아니잖아. 전국대회는 연미복 빌려 입고 가지 그래?"

"연미복을 입고 지휘한다고? 내가 무슨. 말도 안 돼."

"전국대회는 표창식에서 지휘자상도 주잖아? 너 그렇게 입고 가면 오히려 튈걸? 아마도."

옆에서 같이 걷던 편집자도 "시간이 있으면 빌리시는 편이 좋을 것 같은데요?" 하고 한마디 거들었다. 고급 연미복을 입은 유명한 지휘자들 사이에 내가 이런 차림으로 서 있는 모습을 상상했더니, 확실히 뭔가 좀 이상하긴 했다.

우리의 대화가 들린 걸까. 모토키가 이쪽을 힐끔 보면서 도쿠무라에게 물었다.

"도쿠무라 씨는, 에이타로 선생님이 부장이었을 때 차장이었던 분이시죠?"

"응, 맞아. 퍼커션 파트장도 겸임했고."

그러자 모토키가 옆에 있는 도바야시의 얼굴을 들여다보더니 "난 도바야시랑 둘이 같이 살기는 싫은데"라고 말했고, 도바야시도 즉시 "나도 싫어"라고 반격했다.

체육관에 들어가자마자 학생들 세 명은 당장 악기를 준비하고 튜닝을 완료했다. 연극부가 뮤지컬 공연을 하고 있는 무대의 옆에 예순세 명이 집합했다. 에이타로는 카메라맨과 편집자와 도쿠무라를 필사적으로 시야 밖으로 몰아내고 부원들을 쳐다봤다.

"전국대회를 앞두고 축제 준비 및 연습까지 하느라 다들 힘들었지? 정말 고생했다. 이 축제가 끝나면 또다시 전국대회를 위한 연습도 빡세게 해야 할 텐데, 일단 오늘은 다 함께 즐겁게 연주해보자."

전국대회까지 남은 시간은 20일. 시간은 있지만, 니시칸토 대회 전처럼 여유가 있지는 않았다. 3학년생은 입시 공부 때문에 본격적으로 괴로워지는 시기가 왔고, 1, 2학년생도 학교행사와 시험을 앞두고 있었다.

"그동안 너희들은 전국대회를 목표로 쭉 노력해왔고, 실제로 전국대회로 가는 티켓을 손에 넣었다. 그러니까 이제는 무엇을 위해 전국대회에 가는 것인지, 각자 잘 생각하고 연습에 임하도록 해."

취주악부 전체의 목표를 세우란 말은 일부러 하지 않았다. 전국대회에서 연주를 하는 이유와 의미는 예순세 명이 각자 자기 마음속에 품고 있으면 된다. 억지로 하나로 합치지 않아도 그들은 알아서 같은 방향을 바라볼 수 있을 것이다.

"오늘은 오랜만에 전원이 참가하는 공연이다. 즐겁게 하자. 어제 오디션에서 아쉽게 콩쿠르 멤버가 되지 못한 사람들에게 '새로운 기분으로 산뜻하게 해보자!'는 말은 안 할게. 고작 하루 만에 속상함이 사라질 리는 없으니까……."

거기까지 말했을 때 부원들 말고 엉뚱한 곳에서 "아, 그랬구나!"라는 도쿠무라의 목소리가 들려왔다. 당연히 부원들은 그쪽을 돌아봤고. 헉, 설마?! 하고 생각했을 때는 이미 너무 늦었다.

"어젯밤에 네가 혼자 밥 먹으면서 울었던 게 오디션 때문이었어?!"

에이타로를 손가락으로 가리키면서 도쿠무라는 그런 사실을 우렁차게 폭로했다. 예순세 명이 이번에는 에이타로를 쳐다봤다. 뺨이 뜨거워졌다. 무대 옆이 어두워서 다행이라고 생각하면서 에이타로는 머리를 감싸쥐었다.

어제는 전국대회 무대에 오를 멤버 선발 오디션을 실시했다. 멤버를 미리 확정해서, 축제 무대에서는 그 전국대회 공연을 상정하여 과제곡과 자유곡을 연주하기 위해서였다. 형식은 저번과 완전히 똑같았다. 니시칸토 대회에 나가지 못했던 부원들이 부활하기 위해 도전했고, 그래서 멤버가 몇 명은 바뀌었다. 저번과 마찬가지로 알토 색소폰 오디션은 격전이었다. 이케베와 고시가야가 똑같은 표수를 얻는 바람에 다시 한번 연주를 하고 결선 투표까지 해야 했다.

그 결과, 고시가야가 다시 콩쿠르 멤버가 되었다. 낙선한 이케베가 필사적으로 입술을 깨물고 있는 모습이 에이타로의 자리에서는 잘 보였다. 보이고 말았다.

음악실에서는 냉정하게 오디션 결과를 발표할 수 있었지만, 집에 가서 혼자 저녁밥을 먹다 보니 어째서인지 저절로 눈물이 나왔다. 니시칸토 대회에서 연주를 해서 전국대회로 가는 티켓을 획득한 멤버가, 가장 중요한 전국대회 무대에는 오르지 못한다니. 이 얼마나 잔혹한 일인가.

그런데 자기 방에서 일하고 있던 도쿠무라가 그걸 눈치챈 줄은 몰랐다.

뮤지컬이 끝났나 보다. 진행요원인 학생이 그들을 무대로 안내했다. 어쩔 수 없이 "……자, 그럼. 공연하러 가자" 하고 신음하듯이 말하면서 부원들을 무대로 내보냈다.

첫 번째 곡은 팝송이었다. 콩쿠르 멤버도 세팅 멤버도 다 함께 연주하는 곡. 악기를 들고 줄줄이 무대로 올라가는 부원들의 뒷모습을 바라보면서 에이타로는 머리를 좌우로 흔들었다. 이대로 무대에 섰다가는 얼굴이 새빨개진 것이 들통날 것이다.

"에이타로 선생님."

갑자기 등 뒤에서 누가 말을 걸었다. 허둥지둥 뒤를 돌아봤다. 알토 색소폰을 목에 건 이케베가 묘한 표정으로 이쪽을 보고 있었다.

"어제 오디션 말인데요. 저는 납득했어요."

에이타로의 속마음을 꿰뚫어본 것처럼 이케베가 말했다.

"내 귀로 들어봐도 고시가야 선배님의 연주는 훌륭했는걸요. 니시칸토 오디션에서는 '이겼다!'라고 생각했는데, 어제는 반대로 '위험할지도 몰라'라고 생각했어요. 결선 투표까지 간 것만 해도 운이 좋았던 거라고 생각해요."

물론 속상하긴 하지만요. 살짝 미간을 찡그리면서 이케베는 그렇게 말을 이었다.

"내년에는 전국대회에서 연주할 수 있도록 노력하겠습니다."

이케베는 에이타로에게 인사하고 무대 위로 뛰쳐나갔다. 이제 무대 옆에 남은 것은 에이타로와 〈All 취주악〉 사람들 뿐이었다.

"멋진 한 장면이었어."

도쿠무라가 슬쩍 웃으며 한마디 했다.

"저 녀석들이 훨씬 더 어른스럽다니까."

에이타로는 그렇게 중얼거리고 무대로 나갔다. 아직도 얼굴이 빨간지, 지휘대에 서자마자 예순세 명 전원이 웃음을 터뜨렸다.

이케부쿠로의 준쿠도 서점 1층에서 만나기로 한 상대는 약속 시간이 10분쯤 지났을 때 헐레벌떡 서점으로 뛰어 들어왔다.

"미안, 늦었지?!"

겨우 10분밖에 안 늦었는데 두 손 모아 사과하는 모리사키 아저씨. "괜찮아요. 나 책 사고 있었으니까"라고 대답하면서 서점 로고가 박힌 비닐봉지를 보여주고, 둘이 함께 밖으로 나왔다.

"이케부쿠로까지 오게 해서 미안해."

"괜찮아요. 여덟 시에 만나자고 한 건 나잖아요."

축제 첫날은 다섯 시까지 이벤트가 진행된다. 게다가 내일을 위한 준비니 뭐니 하는 것까지 해치우고 부원들을 집에 보낸 다음에 이케부쿠로까지 오려면 아무래도 이 시간이 될 수밖에 없었다.

"대학생 때에는 자주 왔는걸요. 이케부쿠로에."

"그랬구나. 하긴, 대학교가 이 근처였지."

그러고 보니 대학교 합격 발표가 나던 날. 집에서 컴퓨터로 합격을 확인하고서 부모님께 직접 그 사실을 전하고, 미요시 선생님께도 전하고, 그 후 자신은 모리사키 아저씨에게도 문자로 소식을 전했었다. 그러자 즉시 답장이 날아왔던 것이 기억났다. 웃는 얼굴 이모티콘으로 꽉 채워진 "축하해!"라는 문자가.

그러고 보니 그때 나는 모리사키 아저씨의 연락처를 알고 있었는데. 대체 언제 지워버렸을까. 휴대폰을 바꿀 때 데이터 옮기는 것을 깜빡했나.

연락처를 쭉 알아둘걸 그랬다. 그러면 대학교를 졸업하고 나서 방황하게 된 자신이 그에게 도움을 청할 수도 있었을 텐데.

모리사키 아저씨가 찾아간 곳은 준쿠도 서점에서 걸어서 몇 분 거리인 룸 술집이었다.

"오늘은 축제였지?"

맥주로 건배를 한 뒤, 모리사키 아저씨는 양복을 입은 에이타로를 보고 "어떤 곡을 연주했어?"라고 물어봤다.

"팝송을 몇 곡 했고요. 마지막에는 전국대회 참가 멤버들이 과제곡과 자유곡을 연주했어요."

"니시칸토에서 이미 상당히 완성되어 있었으니까. 전국대회가 기대되는걸."

'니시칸토'란 단어에 몸이 굳어졌다. 에이타로는 자세를 고쳐 앉았다.

"모리사키 아저씨."

"니시칸토에서는 정말 미안했다."

사과하려다가 한발 늦어버렸다. 어중간하게 밑으로 내린 고개를 들고 "아뇨, 저야말로. 정말 죄송합니다"라고 말했다.

"모리사키 아저씨는 센가쿠 취주악부가 어떻다고는 한마디도 안 했는데, 내가 괜히 흥분해서 실수했어요."

"이제 막 무대에 오르려는 사람한테 할 만한 이야기가 아니었어. 내가 어리석었던 거야. 사이타마현 대회에서 만났던 네가 어쩐지 고교 시절을 후회하는 것처럼 보였거든. 그래서 내 멋대로 착각했던 거야. 에이타로도 나와 같은 생각을 하고 있지 않을까? 하고. 그 바람에 지나치게 떠들어버렸던 거지."

현 대회 직후의 자신을 떠올려봤다. 과거의 자신의 그림자에 겁먹었던 한심한 나 자신을.

"'나는 취주악을 빼면 아무것도 아닌 인간이다'라는 생각을 쭉 했었어요. 그런데 현 대회 이후에 우리 부원이 나에게 그런 말을 했어요. 전국대회에서 금상을 타면 센가쿠의 선생님이 되어 달라고."

맥주잔에 입을 댄 모리사키 아저씨가 "그랬구나" 하고 온화하게 웃었다. 맥주를 마시진 않고 컵을 테이블에 내려놨다.

"기쁜 일이네."

"네, 맞아요. 기뻐요."

"다시 교원임용시험에 도전하려는 거구나."

모리사키 아저씨의 손가락이 비닐봉지를 가리켰다. 아까 에이타로가 구입한 책이 들어 있는 봉지. 자세히 보니까 〈교원임용시험 문제집〉이라는 책 표지가 비쳐 보였다.

"전국대회에 가면 뭔가 보일지도 모른다는 생각이 들어서 코치 제안을 수락했는데요. 전국대회 무대에 서기도 전에 눈앞의 안개가 걷혀버렸어요."

고교생은 참 굉장하다니까요. 진심을 담아서 그런 말을 하자, 모리사키 아저씨가 배꼽을 잡고 웃었다. "나도 7년 전에 너를 볼 때마다 그런 생각을 했었어"라면서.

"정말 굉장해요. 고교생은. 내가 2년 넘게 끙끙거리면서 고민했던 문제를 딱 한마디로 가볍게 날려버린단 말이죠. 그 녀석들은."

정말로 그들은 하루하루 쑥쑥 커서 어른이 되어간다. 우리가 도저히 따라잡지 못할 속도로, 가슴이 답답해질 만큼 엄청난 에너지를 자랑하면서 성장한다.

그러니까 그들의 눈앞에는 부디 행복한 미래가 펼쳐지기를 바란다. 취직을 했을 때, 서른이 되었을 때, 결혼을 했을 때, 자식이 생겼을 때, 그리고 숨을 거둘 때, 지금 이 순간의 자신을 향해 웃으면서 손을 흔들 수 있었으면 좋겠다. 네 덕분에 난 무척 행복하다고.

"올해 교원임용시험은 이미 끝났으니까 내년을 목표로 공부하려고요. 고교 시절에는 깊이 생각해보지도 않고 교사를 목표로 했었는데, 지금은 자신 있게 말할 수 있어요. 나는 교사가 되고 싶다. 취주악부나 부활동이나 뭐 그런 것과는 상관없이, 그런 아이들의 힘이 되어주고 싶다. 아, 물론 취주악부를 지도할 수 있다면 기쁘겠지만요."

비닐봉지에서 문제집을 꺼내 표지의 '교원임용시험'이란 글자를 손끝으로 어루만져봤다. 필름 가공이 된 표지는 다소 싸늘하게 느껴졌다.

"에이타로. 너와 두 번 다시 이렇게 웃으면서 술을 마시지 못하게 되더라도, 나는 꼭 만들 거야. 블랙 부활동을 주제로 한 다큐멘터리."

맥주잔 윤곽을 손가락으로 훑으면서 모리사키 아저씨가 그런 말을 했다. 에이타로는 천천히 고개를 끄덕였다.

"알아요. 나를 취재하셔도 상관없어요."

"……정말?"

"나도 취주악이 아무 문제도 없는 신성한 세계라고는 생각하지 않아요. 내가 눈치채지 못한 문제도 틀림없이 있을 테죠. 그러니까 7년 전처럼 우리를 잘 지켜보고, 비판할 부분은 비판해주셨으면 좋겠어요."

이 사람이 시청률을 위해서 일부러 누군가를 우스꽝스럽게 왜곡할 사람이 아니란 것을 에이타로는 알고 있었다. 모리사키 아저씨는 다큐멘터리를 제작하는 사람으로서 자신의 작품에 자부심을 가지고 있었다. 자신이 만든 작품이 누군가의 마음을 움직이고, 누군가를 구한다고 믿고 있었다. 그것은 7년 전과 똑같았다.

"만약에 그것 때문에 취주악부 아이들이 그동안 자기들이 해온 일에 대해서 의문을 품거나 죄책감을 느끼거나 상처를 받는다면, 그때는 그냥 몇 번이고 말해줄 겁니다. '그래도 나는 너희들의 음악을 좋아한다'고."

좋아하는 것을 계속 좋아하려면 그만한 각오가 필요하다. 인내와 노력이 필요하다. 그러니까 그들의 '좋아한다'는 마음을 지켜주고 싶었다. 좋아하는 것을 싫어하게 놔두지 않을 것이다. 계속 좋아함으로써, 그들이 상처 받게 놔두지 않을 것이다.

좋아하는 것을 진심으로 꽉 끌어안은 시간은 사람을 크게 성장시켜준다. 그렇게 믿고 싶으니까.

"에이타로. 지난 7년 사이에 어른이 되었구나."

"7년이 아니에요. 내가 어른이 된 것처럼 보인다면, 그건 십중팔구 최근의 반년이란 시간 덕분일 겁니다."

"그렇다면 한번 길을 잃고 방황했던 것도 의미가 있는 일이었겠네."

일단 시간이 지나면 무슨 말이든 할 수 있다. 무슨 말로든 설명이 가능하다. 그러니까 지금 열심히 발버둥 칠 수 있는 것이다.

"자, 그럼 전국대회에서의 골드 금상을 위하여. 건배하자."

다시 한번 모리사키 아저씨와 맥주잔을 부딪치고, 황금색으로 빛나는 액체를 모조리 마셔버렸다. 나는 이 사람과 대작할 수 있게 되었구나. 묘한 감회가 느껴졌다.

제작비가 점점 낮게 책정돼서 곤란하다든가, 헤어진 아내가 데려간 딸이 요새는 자기를 만나도 차갑게 군다든가, 그런 푸념을 듣는 것도 어쩐지 즐거웠다.

"에이타로. 넌 지금 사귀는 여자 없냐?"

"이 상황에서 연애가 가능할 것 같아요?"

모리사키 아저씨가 물 탄 위스키를 벌컥벌컥 마시기 시작하고, 에이타로가 술은 그만 마시고 우롱차를 주문했을 무렵. 어느새 그런 이야기까지 하게 되었다.

"집과 학교만 죽어라 왕복하다가 정신 차려 보면 한 달이 훌쩍 지나가 있는걸요."

최근에 대화해본 자기 또래의 여성은 기껏해야 단골 편의점 직원과 모토키의 누나밖에 없었다. 니시칸토 대회 직후, 토요일에 학교로 찾아와서 감사 인사를 했던 것이다. 예의 바르기도 하지.

"그런데 에이타로. 고등학교 때 친하게 지냈던 카에데하고는 어떻게 됐어?"

"아니, 그때도 지겨울 정도로 말했지만요. 그 녀석은 내 애인이 아니에요. 게다가 지금은 유학 중이고요."

그때도 모리사키 아저씨는 참 끈질겼었다. 니시칸토 대회 장에서 에이타로와 대화하던 카에데가 아마 이 아저씨를 보고 "TV에는 나가고 싶지만, 에이타로의 여자 친구라고 오해 받는 것은 죽어도 싫어요"라고 단호하게 말했던가.

"아, 그립네. 그립다. 정말 그리워."

모리사키 아저씨가 눈을 가늘게 뜨더니 그대로 테이블 위에 엎어졌다. 에이타로는 물 탄 위스키 잔을 멀리 치워놓고 거기에 맹물을 놔뒀다.

"야, 에이타로. 다음에 고기 사줄게. 약속했잖아, 응?"

그러자 에이타로는 그 시절을 떠올리고 "아" 소리를 냈다. 전국대회에 진출하면 아주 비싼 고기를 먹여주겠다. 그런 약속을 했지만, 어쩌다 보니 흐지부지됐었다.

"에이타로에게 고기를 사주지 못했는데……란 생각이 가아끔 들었거든. 내가 블랙 부활동 다큐멘터리를 찍게 되면 아무래도 너한테 상처를 주게 될 것 같아. 너도 내 얼굴 따윈 보기 싫어질지도 몰라. 그러니까 그 전에 약속을 지키면 좋겠는데에 하고 생각해서."

"됐어요. 그렇게 신경 쓸 필요 없어요. 나 이제 고교생 아니거든요. 상처를 받아도 난 또 아저씨랑 이야기하고 싶어질 거예요. 틀림없이."

우롱차 잔을 손안에서 빙글 돌렸다. 얼음이 달가닥 소리를 냈다.

"아, 그래도 고기는 사주세요."

한참 후 고개를 든 모리사키 아저씨는 그 언젠가 에이타로를 보고 "눈부시다"라고 말했던 때와 같은 표정을 짓고 있었다. 그는 아까 에이타로가 놓아둔 물을 벌컥 마시더니, "조조엔(*가격대가 꽤 높은 일본의 불고기 체인점). 어때?!" 하고 쑥스러운 듯이 말했다.

모리사키 아저씨와 이케부쿠로에서 헤어진 뒤 집에 돌아갔을 때에는 벌써 자정이 다 되어 있었다.

"늦었네?"

자기 방에서 나온 도쿠무라가 부엌으로 가서 커피를 끓이기 시작했다. 집에 오면 오늘 취재에 관해서 도쿠무라한테 불평 한마디라도 하려고 했는데, 모리사키 아저씨와 화기애애하게 술을 마셔서 생각보다 기분이 좋아졌는지 왠지 그럴 마음도 안 들었다.

"취주악부. 참 착한 애들이더라."

"응, 그렇지?"

오히려 그런 말을 듣고 우쭐해버렸다.

도쿠무라가 에이타로를 위한 커피도 끓여줬으므로, 설탕을 평소보다 많이 넣고 마셨다. 도쿠무라는 좀 더 일을 해야 한다면서 머그잔을 들고 자기 방으로 돌아가려고 했는데, 그때 그의 휴대폰에서 소리가 났다. LINE 메시지가 온 것이다. 그걸 확인한 그는 "오~!" 하고 소리를 질렀다.

"미야지랑 하나모토가 전국대회 티켓을 손에 넣었대!"

옛날에 같이 전국대회 무대에 섰던 두 사람의 이름을 들은 순간, 에이타로는 사레들렸다.

"아니, 왜?!"

"왜긴 왜야. 에이타로. 네가 전국대회에서 지휘를 하게 됐잖아? 그러니까 당연히 다 함께 구경하고 싶은 거지. 과연 시간이 있을지, 또 티켓 당첨이 될지가 문제였는데. 다행이야······ 미야지랑 하나모토. 무사히 갈 수 있게 됐구나."

답장을 적으면서 도쿠무라가 기쁜 듯이 말했다. 그러는 도쿠무라 자신은 〈All 취주악〉 취재기자로서 나고야에 가는 것이 이미 정해졌으므로, 그날 에이타로는 잘 아는 녀석들 앞에서 지휘를 하게 되었다.

"······둘 다 건강하게 잘 지내려나."

"안 건강하면 전국대회를 보러 올 리가 없잖아. 걱정하지 마."

도쿠무라는 에이타로의 어깨를 두드리고 자기 방으로 돌아갔다. 그 뒷모습을 향해 "고마워"라고 인사했다.

"······너 갑자기 왜 그래?"

뒤돌아보는 도쿠무라의 당황한 얼굴. 에이타로는 웃음을 터뜨릴 뻔했지만 꾹 참았다.

"생각해봤는데. 난 너와 같이 있어서 어떻게든 여기까지 올 수 있었던 것 같아."

"야, 그러지 마. 전국대회 무대에서 죽을 것 같은 분위기 조성하지 말라고."

"어, 그런가?"

"그래. 에이타로, 너 고3 때에도 비슷한 소리를 해놓고, 그 직후 야구 응원을 하다가 열사병 걸려서 코피를 쏟으며 쓰러졌잖아. 기억 안 나?"

맞다. 그런 일도 있었지. 한번 웃기 시작했더니 멈출 수 없었다. "어이가 없네" 하고 도쿠무라는 어깨를 으쓱하더니 다시 일하러 갔고, 에이타로는 홀로 식당에 남아 커피를 마시면서 한동안 그대로 있었다. 어느새 그는 무의식중에 〈바닷바람 행진곡〉과 〈두 개의 교향적 단장〉을 콧노래로 부르고 있었다.

7년 전, 도쿄 후몬칸에서 있었던 취주악 콩쿠르 전국대회 무대가 떠올랐다.

자기들을 비췄던 것은 평범한 조명이었을 텐데, 훨씬 더 성스러운 뭔가가 쏟아지는 듯한 느낌이 들었었다. 어두운 객석에는 미즈시마 카에데가 있었고, 에이타로의 부모님이 있었고, 무대 옆에는 모리사키 아저씨를 비롯한 다큐멘터리 프로그램 제작진이 있었다.

그곳에서 했던 12분 동안의 연주는 참 멋진 것이었다. 온몸으로 음악의 신에게서 불어오는 바람을 받았었다.

행복했었다. 이런 행복을 앞으로도 내 인생에서 몇 번이고 다시 느끼고 싶다고 생각했다.

그것이 에이타로의 음악이었다.

그것은 지금도 변함이 없다. 변하지 않는다.

4 || 오열과 벼락 ||

"정확히 내일모레, 나고야를 직격하는 코스야."

휴대폰으로 일기예보를 확인한 도바야시가 그 화면을 모토키에게도 보여줬다. 태풍 예상 경로에는 나고야가 있었다. 이제 곧 그들이 가야 할 나고야. 음악실 창문 너머에도 잿빛 구름이 펼쳐져 있었다.

내일모레——10월 22일. 취주악 콩쿠르 전국대회 고등부 대회가 개최되는 날, 대회장인 나고야 국제회의장에 태풍이 들이닥치는 것이다.

"우와, 심지어 우리가 연주할 시간대잖아?"

태풍이 나고야를 직격하는 것은 내일모레 저녁때라고 한다. 센가쿠의 연주 순서는 후반부 다섯 번째. 아마 오후 세 시 반 이후에 무대에 오를 것이다.

"그런데 콩쿠르가 태풍으로 중지되진 않겠지?"

"몰라. 그런 얘기는 들어본 적도 없어."

야, 이제 가자. 벽에 걸린 시계를 확인한 도바야시가 서둘러 음악실 밖으로 나갔다. 두고 가는 물건이 없는지 음악실을 둘러보고, 꼼꼼하게 문단속을 하고 나서 모토키도 뒤따라나갔다.

내일모레 공연에서 사용할 악기는 이미 트럭과 버스에 실어놓았다. 이대로 센가쿠를 떠나 다섯 시간 넘게 이동할 것이다. 나고야에는 밤에 도착할 예정이었다. 그러면 호텔에서 하룻밤 묵고, 내일은 하루 종일 나고야 시내의 어느 중학교 체육관을 빌려서 연습을 할 것이다. 공연 당일 오전에도 거기서 연습한 다음에 대회장에 갈 텐데, 날씨에 따라서는 스케줄이 크게 변경될 가능성도 있었다.

"아니, 그나저나……."

계단을 내려가면서 도바야시가 슬랙스 주머니에서 작게 접힌 종이쪽지를 꺼냈다. 모레 연주 순서가 적힌 인쇄물이었다.

"지바의 가시와키타 고등학교와 도쿄의 다카나와다이가쿠

엔 사이에 끼다니, 이게 뭐야. 일종의 고문 같은 건가?!"

"어차피 다른 순서였어도 후쿠오카 기요미나 오사카 하나기리, 아니면 이나키타나 사이타마에이코 사이에 끼었을 테니까. 어디든 다 똑같아. 전반부에도 이바라키의 죠후쿠지, 시즈오카의 우미노모리, 후쿠시마의 유모토 제1 등등이 있잖아."

"아니, 아무리 그래도 가시와키타 다음에 연주하는 것은 여러모로 피곤하지 않아?"

"뭐, 그건 그래."

지바의 가시와키타 고교는 격전지인 히가시칸토 대회를 매년 돌파하고, 전국대회에 진출하면 금상은 당연하다는 듯이 수상하는 강호다. 그런 학교 다음에 연주한다는 것이 무슨 뜻인지는 모토키도 모를 리 없었다.

"무대 옆에서 가시와키타의 연주를 듣고 나서 무대에 오른다니. 곰곰이 생각해보면 진짜 엄청난 일인 것 같아."

"그렇지?"

"그래서 괜한 부담감을 느끼지 않도록 에이타로 선생님이, '전국대회에 가는 의미를 너희들 한 사람 한 사람이 각자 생각해봐'라고 하신 걸지도 몰라."

축제 이후에 에이타로는 합주를 할 때마다 똑같은 말을 되풀이했다. 전국대회에 가는 의미가 무엇인지. 전국대회 무대에서 무엇을 하고 싶은지. 전원이 생각해보라고.

"도바야시. 넌 내일 어떻게 하고 싶어?"

"끝내주게 멋진 모습으로 엄청나게 눈에 띄고 싶어."

"……솔직하네. 현 대회 때에는 '내 연주는 욕망으로 가득 차 있어'라고 했으면서."

"그게 나의 장점이라고 말해준 사람은 너거든? 차안경아."

"그랬나?"

"까먹었어?!"

인쇄물을 난폭하게 주머니에 쑤셔 넣고 "아, 뭐 어때!" 하고 천장을 향해 소리쳤다.

"엄청나게 눈에 띄어서, 전국의 취주악부에 소문이 쫙 퍼지게 만들 거야. '센가쿠의 트럼펫은 장난 아니다!'라고."

"전국적으로 '음흉한 트럼펫'이란 별명이 퍼지지나 않았으면 좋겠다."

말을 마치기도 전에 "쓸데없는 소리 하지 마!" 하고 상대가 내 옆구리를 손가락으로 콱 찔렀다. 반격하려고 했는데, 도바야시가 정색하면서 "챠엔, 넌 어쩔 거야?"라고 물어봤다.

"에이타로 선생님을 울게 만들 거야."

"뭐라고?"

도바야시가 계단을 내려가다 말고 멈춰 서서 모토키의 얼굴을 들여다봤다.

"선생님은. 니시칸토 대회에서는 화가 나서 울었잖아? 오디션 직후에는 슬퍼서 울었던 것 같고. 그러니까 전국대회에서는 우리의 연주로 감동해서 울게 만들고 싶어."

축제날 빨개진 얼굴로 무대에 나타난 에이타로를 봤을 때부터 모토키는 그렇게 결심했다.

"어휴~ 그게 뭐냐?"

도바야시는 어처구니없다는 표정을 지으며 빠르게 계단을 내려가 버렸다. 1층에 도착했을 때, 햇빛을 받은 유리구슬 같은 눈동자로 이쪽을 돌아봤다.

"어~ 하지만, 뭐, 그래. 차안경은 원래 그런 녀석이니까. 그래서 에이타로 선생님이 너를 부장으로 임명한 거지."

그 언젠가와 같은 말. 모토키는 어떻게 반응하면 좋을지 몰랐다.

다만 이런 생각을 했다.

"지휘자가 감동해서 울어버릴 만한 연주를 해낸다면, 그때는 나도 납득할 수 있을 것 같아. 선생님이 나를 부장으로 임명한 것이 현명한 선택이었다는 것을."

그러면 틀림없이 그는 자신과 함께 음악을 계속해줄 것이다. 그런 예감이 들었다.

열쇠를 교무실에 반납한 뒤 신발을 갈아 신고 밖으로 나왔다. 벌써 다른 부원들은 대형 버스 안에 들어가 있었다. 문 앞에 서 있던 에이타로가 "너희들이 꼴찌야"라면서 이쪽을 향해 손을 흔들었다.

얼마나 굉장한 연주를 해내면 저 사람이 감동의 눈물을 흘려줄까.

그런 생각을 하면서 모토키는 버스 쪽으로 뛰어갔다. 비 냄새가 섞인 바람이 뺨을 어루만졌다.

공연 이틀 전, 센가쿠 취주악부는 기나긴 여행을 떠난다. 태풍을 향해 여행을 떠난다.

*　*　*

아침부터 그치지 않고 내리던 부슬비는, 나고야 시내에 있는 중학교에서 연습을 마쳤을 때에는 거친 바람을 동반한 폭우로 변해 있었다. 연습은 예정대로 오후 여섯 시까지 진행됐는데, 연주가 끝나자 체육관 지붕을 두드리는 빗방울 소리가 들려왔다.

호텔로 돌아갈 준비를 하는 도중에 모토키는 에이타로의 부름을 받아 무대로 올라갔다.

악기 들고 와. 그 말을 듣자마자 각오는 했었다. 무대 위로 올라가자, 잠시 후 오보에를 든 레오나도 이쪽으로 다가

왔다.

"내일 솔로."

플로어에서 다른 부원들이 악기를 정리하는 이 상황에서 에이타로는 모토키와 레오나를 향해 말했다.

"오늘 연습을 통해 결정할 예정이었어."

"예정이었다……는 것은, 아직 결정을 못 하신 건가요?"

레오나가 오보에를 안 들고 있는 손으로 주먹을 꽉 쥐었다. 옆에 서 있는 모토키는 알 수 있었다.

"지난 며칠 동안 어떻게 할지 쭉 생각해봤어. 솔직히 말해서 지금도 머리가 터질 것 같아."

에이타로는 관자놀이를 손으로 누르면서 어색하게 웃더니, "그래서 말인데" 하고 모토키와 레오나를 보았다.

"너희는 어떻게 하고 싶어?"

그 질문을 들은 순간, 플로어에서 들려오던 수군거림이 한순간 아득히 멀어졌다.

"저, 혹시 저와 모토키가 둘이서 직접 정하라는 뜻인가요? 누가 솔로를 불지?"

"그렇게 해도 좋고. 부원들 전원의 다수결로 정하고 싶다면 그렇게 해도 돼. 내가 판단해주기를 바란다면, 내가 여기서 너희의 연주를 한 번씩 들어보고 결정할 거고."

모토키는 힐끔 레오나를 봤다. 레오나도 이쪽을 보고 있었다.

"레오나. 어떻게 할래?"

"내가 의견을 내놓으면, 너는 '응, 그러자'라고 할 거잖아?"

잠시 생각해봤다. 그래, 진짜로 그럴지도 모른다.

"레오나. 그럼 우리 둘이서 하나, 둘, 셋 하고 동시에 말해볼래?"

하나, 둘, 셋. 모토키가 숫자를 세자 둘이 동시에 숨을 들이마셨다. 그리고 둘 다 똑같은 말을 했다.

에이타로 선생님이 정해주세요.

"좋아. 둘 다 괜찮은 거지?"

그는 "15분 후에 시작하자"란 말을 남기고 무대에서 내려가 미요시 선생님에게 말을 걸었다. 아마 다른 부원들을 먼저 호텔로 돌려보내고, 모토키와 레오나만 남겨놓고 마지막 오디션을 실시하려는 것 같았다.

레오나는 아무 말도 하지 않고 무대 옆으로 이동했다. 모토키를 보지도 않았다. 억지로 말을 걸지 않고, 모토키도 좀 떨어진 곳에서 솔로 연습을 시작했다.

무대 위에서 무슨 일이 벌어지고 있는가. 플로어에 있는 사람들도 모두 알고 있었다. 그들의 시선이 자기들에게 집중되었다. 힐끗 무대 아래를 보자, 고시가야 선배가 입을 한일 자로 꼭 다물고 걱정스럽게 모토키를 쳐다보고 있었다. 좀 떨어진 곳에 있는 도바야시는 트럼펫을 가볍게 들어 올렸다. 그는 전국대회에서도 솔로 경쟁에서 이겼으므로, "너도 이겨라!" 하고 응원하는 것 같았다.

눈 깜짝할 사이에 체육관에서는 사람들이 싹 빠져나가고 색소폰과 오보에 소리만 계속 울려 퍼지게 되었다.

그리고 딱 15분 후. 에이타로가 다시 무대 위로 올라왔다. 그는 무대 중앙――정확히 지휘자가 서는 자리에 가서 섰다.

"누가 먼저 불래?"

가위바위보로 정할래? 그 질문에 모토키는 레오나와 다시 눈을 마주 봤다. 어째서인지 말을 하지 않아도, 레오나가 하고 싶은 말이 뭔지 알 수 있었다.

"제가 먼저 불겠습니다."

레오나가 그렇게 선언하고 오보에 리드를 입에 물었다. 숨을 들이쉬는 소리가, 천장에서 들려오던 빗소리를 지워버렸다. 촉촉하게 젖은 체육관 안에 부드러운 햇살이 비쳐들듯이 오보에가 노래를 했다. 같은 솔로인데, 같은 음표를 따라가고 있을 텐데, 자신이 부는 것과는 전혀 달랐다.

역시 그것은 기도였다. 마지막 콩쿠르에서 완벽하게 솔로를 연주하고 끝내고 싶다는 소망이 담긴 소리. 새로운 곳으로 떠나기 전에 자신이 머물렀던 장소를 그리운 듯이 어루만지는 연주였다.

하지만, 그래도, 솔로는 내가 불고 싶었다. 레오나의 연주를 듣고 모토키는 자신의 악기를 붙잡았다.

"레오나."

색소폰을 꼭 끌어안고, 두 살 많은 소꿉친구의 이름을 불렀다. 같은 것을 동경하면서 같이 취주악을 시작한 소꿉친구의 이름을.

"잘 봐."

내가 그렇게 말하면 레오나는 반드시 봐준다. 오보에를 양손으로 붙잡고 레오나는 모토키를 향해 돌아섰다. 정면으로 모토키를 쳐다봤다.

마우스피스를 입에 물고 숨을 불어넣었다. 가슴속에 있는 모든 소원을 소리에 실어 보낸다. 나는 후와 에이타로와 함께 음악을 계속하기 위해 전국대회 무대에 서는 거야. 솔로를 불 거야. 너에게는 아직 2년이란 시간이 있잖아. 레오나에게 양보해주면 좋을 텐데. 귓속에서 그런 목소리가 들려왔다. 니시칸토 대회가 끝난 다음부터 쭉 그렇게 생각하는 나 자신도 마음속 어딘가에는 있었다. 나약한 자신. 다정한 자신. 그러나 역시 나약한 자신.

마지막이다? 내년에도 기회가 있다? 그건 아니었다. 이 시간은 언제 끝날지 알 수 없는 귀중하고도 사랑스러운 것이었다.

레오나와 함께하는 콩쿠르는 내일이 마지막이다. 그러니까 나는 최선을 다해 레오나를 이길 것이다.

마지막 음의 잔향이 평소보다 길게 들렸다. 그것이 텅 빈 체육관 플로어에 울려 퍼졌고, 저 멀리서 빗소리가 슬금슬금 다가왔다.

"고생했어. 고맙다."

에이타로의 한마디에 모토키는 헉 하고 정신을 차렸다.

그의 눈빛은 차분했다. 그러나 그가 이를 악물고 있다는 것은 알 수 있었다.

그 눈이 레오나를 쳐다봤다.

"미안하다."

에이타로는 머뭇거리지 않고 즉시 말했다. 갈라진 목소리로, 유리를 씹어 먹는 것처럼 괴로운 말투로.

그리고 곧바로 모토키에게 시선을 옮기고 말했다.

솔로는 너다.

크게 숨을 들이쉬고, 내쉬면서. 모토키는 "네" 하고 대답했다.

"감사합니다."

레오나가 에이타로를 향해 고개를 숙였다. 담담한 목소리. 아무 감정도 느껴지지 않았다.

"선생님, 다른 사람들은 이미 호텔로 돌아갔죠? 우리는 전철 타고 가나요?"

레오나가 표정을 부드럽게 풀고 질문했다.

"날씨도 안 좋고, 역도 가깝진 않으니까. 택시 타고 갈 생각인데."

"저 잠깐 혼자 있고 싶어서요. 저 혼자만 전철 타고 가면 안 될까요?"

호텔 위치는 기억하고 있으니까요. 미소까지 지으면서 레오나는 그렇게 말을 이었다. 에이타로가 뭔가 말하고 싶은 것처럼 입을 열었다가 다시 닫았다. 그리고 잠시 후 고개를 가로저었다.

"미안하지만 안 돼. 혼자 보낼 수는 없어."

그러더니 에이타로는 모토키의 팔을 붙잡았다. 강하게 확 잡아당겼다.

"나랑 챠엔은 잠깐 화장실 다녀올게. 이따가 택시 불러서 집에 가자."

모토키와 에이타로는 레오나를 혼자 남겨두고 체육관을 나왔다. 한 걸음 밖으로 나왔더니 습기가 몸에 달라붙었다. 문을 꼭 닫은 에이타로는 '그 누구도 이곳을 통과하게 놔두지 않겠다'는 표정으로 문에 기대어 섰다.

색소폰을 목에 건 채 모토키도 체육관 외벽에 등을 대고 섰다. 바깥은 완전히 어두워졌고 빗발도 굵어졌다. 문틈 밑에서 그 빗방울을 바라봤다. 그때 물방울이 안경 렌즈에 부딪쳤다. 동그란 물방울이 여러 개 끊임없이 렌즈에 얼룩을 그려냈다.

에이타로가 모토키의 어깨를 붙잡았다.

"너는 울면 안 돼."

낮은 목소리로 그렇게 말했다.

"네, 알아요."

여러 번 눈을 깜빡거리면서, 울컥한 감정을 몸속으로 도로 밀어 넣었다. 어깨에 얹힌 에이타로의 손에 한층 더 힘이 깃들었다. 아팠다. 손가락이 어깨에 파고드는 것 같았다.

"둘이서 불게 해주고 싶었어."

그가 한마디를 중얼거렸다. 겁 많고 유치하고 다정한 한마디였다.

"솔로를 전반과 후반으로 나누거나, 번갈아 가면서 불게 하면 어떨까. 지난 며칠 동안 쭉 그런 생각만 했었어."

"그러면 안 돼요."

즉답했다. 그리고 입술을 깨물었다. 그러지 않으면 눈물이 흘러넘칠 것 같았다.

"서로 충돌하기 때문에 음악이 빛나는 거잖아요. 사이좋게 나눠 먹는 게 아니라 서로 싸우면서 수많은 패자들을 낳고. 그렇게 해서 갈고닦아 나가는 거잖아요."

그렇게 생각하지 않으면 계속할 수 없다. 취주악 따윈 계속할 수 없다. 콩쿠르 따위, 어떻게 계속할 수 있겠는가.

"응, 그렇지."

에이타로의 손바닥은 여전히 딱딱하게 굳어 있었다. 거기서 전해지는 떨림에 모토키는 눈을 내리깔았다. 언제나 연습을 함께해줬던 알토 색소폰을 다시 한번 꽉 끌어안고, 금색 몸통에 이마를 대고 문질렀다.

그치지 않고 들려왔다.

레오나의 울음소리가. 체육관에서 들려왔다.

벼락과도 같았다. 체육관 문도, 빗소리도 다 뚫고 모토키와 에이타로의 몸을 갈가리 찢어놓듯이 끊이지 않고 들려왔다. 끝없이 계속해서, 몇 분, 몇 십 분을 기다려도 사라지지 않았다.

서로 충돌하기 때문에 우리는 어제까지 자신에게 없었던 것을 손에 넣는 것이다.

끊임없이 자신에게 들려주듯이 그렇게 중얼거렸다.

5 ||기쁨을 향한 출발||

어제부터 지치지 않고 내리는 비는 한층 더 심해져서, 우

리가 오전 연습을 마치고 콩쿠르 대회장인 나고야 국제회의
장으로 이동할 무렵에는 완전히 태풍으로 변해 있었다.

빗물에 젖지 않게 악기를 비닐로 감싸 보호하면서, 대기실
로 지정된 이벤트홀로 가져갔다. 아침 아홉 시부터 각 학교
의 연주는 시작됐다. 전국 각지의 예선에서 이기고 올라온
강호들의 교복이 곳곳에서 눈에 띄었다.

"에이타로, 너도 이제는 좀 갈아입고 와라."

언제까지 추리닝만 입고 있을 거냐고 미요시 선생님이 잔
소리를 하자, 에이타로는 어쩔 수 없이 연미복이 든 가방을
집어 들었다. 기어코 이 순간이 왔구나. 그런 심정이었다.

"아, 이것도 가져가."

아무렇지도 않은 얼굴로 미요시 선생님이 종이 쇼핑백을
내밀었다. 차분한 색깔의 쇼핑백에는 검은 끈이 달려 있었
고, 'Paul Smith' 로고가 박혀 있었다.

"너희 부모님이 부탁하셨어. 에이타로에게 이걸 전해 달라
고. 나 참…… 사람을 무슨 전서구처럼 이용하지 말라고 네
가 말씀 좀 드려라."

쇼핑백에서 작고 까만 상자가 나왔다. 뚜껑을 열어보니 은
색 커프스단추가 두 개 들어 있었다.

한동안 꼼짝도 하지 못했다.

"연미복은 어차피 어디서 대충 빌려온 거지? 그러니까 커

프스단추라도 달아서 조금이라도 멋있는 척을 해봐. 너는 전국대회 출전 학교의 지휘자잖아."

미요시 선생님에게 등 떠밀려 대기실 밖으로 쫓겨났다. 근처에 있는 남자 화장실 칸에 들어가 연미복으로 갈아입은 뒤, 거울 앞에서 자기 모습을 보고 "역시 안 어울리잖아"라고 중얼거렸다.

커프스단추 케이스를 열었다. 오랫동안 만나지 못한 부모님 얼굴이 떠올랐다. 마지막으로 만난 것은 에이타로가 계약직으로 일하던 학원을 그만뒀을 때였다. 예상대로 아버지와는 대판 싸웠고 어머니하고도 말다툼을 해서, 그 후로는 집에 돌아가지 않았다.

문득 쇼핑백 안에 뭔가 들어 있는 것을 발견했다. 종이쪽지였다. 꺼내자마자 집 냄새가 났다. 오래된 갱지처럼 서늘하면서도 기분 좋은 냄새가.

그 종이쪽지는 언제나 거실에 놓여 있던 메모지였다. 동네전파사 로고가 들어가 있으니까 틀림없었다. 매년 어머니가 새해 선물로 받아오는 것이었다.

『힘내라.』

딱 한마디만 적혀 있었다. 아버지 필체였다.

짧은 편지를 도로 쇼핑백에 집어넣고 커프스단추를 집어들었다. 자세히 보니까 조그만 음표 모양이 새겨져 있었다.

아, 이건 어머니 센스인데. 그렇게 생각하자 저절로 미소가 흘러나왔다.

진열대에 전시된 커프스단추를 구경하던 어머니가 "앗, 이거. 음표 무늬네?" 하고 미소 짓는 장면이 눈앞에 떠올랐다. 무표정한 얼굴로 메모지에 '힘내라'는 말을 휘갈겨 쓰고 쇼핑백에 휙 던져 넣는 아버지의 뒷모습도.

셔츠 소매에 커프스단추를 달았다. 연미복 소맷부리에서 반짝반짝한 은색이 새어나온다. 그 상태로 남자 화장실을 나왔더니, 머리 위에서 "에이타로!" 하고 누군가가 이름을 불렀다.

천장까지 뻥 뚫린 아트리움의 2층에서 자신을 향해 손을 흔드는 사람이 있었다. 도쿠무라, 미야지, 하나모토. 몇 년 만에 만난 미야지와 하나모토는 고교 시절과 똑같았다.

"야, 힘내서 잘해라."

미야지는 그렇게 말했다. 하나모토는 "그 옷 잘 어울린다?" 하고 연미복을 손가락으로 가리켰다.

"응, 잘할게."

당장 계단을 올라가 이야기를 나누고 싶은 충동이 들었지만, 에이타로는 세 사람에게 손을 흔들고 대기실로 갔다. 지금은 한눈팔 여유가 없었다. 저 친구들이 와준 것만으로도 충분했다.

대기실로 돌아갔더니 어째서인지 부원들이 "오~!" 하고 환성을 질렀다. 하얀 나비넥타이는 약간 답답했고, 제비꼬리처럼 길게 뻗은 웃옷 자락은 걸어 다닐 때마다 흔들거려서 불편했다.

"선생님, 잘 어울려요."

도바야시가 신난 목소리로 말했다. "칭찬해봤자 돈 한 푼 안 나온다, 이 녀석아"라고 대꾸했더니 전원이 깔깔 웃었다.

"너보다는 연미복이 더 주인공 같기는 한데, 그래도 멋있어 보이는구나."

미요시 선생님은 에이타로의 셔츠 소매에 커프스단추가 잘 달려 있는 것을 확인하고 기분이 좋아지신 듯했다. 마른 주먹으로 에이타로의 가슴을 지그시 눌렀다.

"에이타로. 잘 들어."

혈관이 도드라진 팔뚝에 힘이 들어갔다. 혈액이 그곳을 통과해 흘러가는 소리가 들릴 것 같았다.

"네가 걸어온 길을 올바른 길로 만들어라."

미요시 선생님은 더 이상 아무 말도 하지 않았다. 에이타로의 가슴에서 손을 떼고 만족스러운지 고개를 크게 끄덕였다. 그래서 에이타로도 짧게 "네"라고만 대답했다.

잠시 후 튜닝룸으로 안내를 받았다. 콩쿠르 멤버 쉰다섯 명과 세팅 멤버가 세 줄로 서서 아트리움으로 나갔다. 유리로 된 아트리움에 굵은 물방울이 세게 부딪쳤다. 땅울림 같은 바람 소리가 들렸다.

센가쿠가 7년 만에 진출한 전국대회가 이렇게 태풍 한가운데에 있다니. 어찌 보면 잘 어울리는 것 같기도 했다.

좀 전에 도쿠무라와 미야지와 하나무라가 있었던 곳에 지금은 모리사키 아저씨가 있었다. 이쪽을 향해 손을 흔들며 '힘내!'라고 입만 벙긋거리면서 에이타로에게 메시지를 전했다. 오른손을 높이 들어 응답하고 다시 앞을 봤다.

튜닝룸으로 안내되어 찬찬히 소리를 확인했다. 오전부터 내내 소리가 낮았다. 날씨 탓인지, 긴장 탓인지. "낮아" "더 높게" "주위의 소리를 들어"란 말을 반복하면서, 서서히 부원들의 표정이 굳어지는 것을 눈치챘다. 그래도 시간은 무자비하게 흘러갔다. 지정된 시간이 되자 이번에는 리허설룸으로 안내되었다. 안으로 한 발 들어간 순간, 방금 전까지 이곳에 있었던 학교의 소리와 체온과 숨결이 생생하게 남아 있는 것이 뺨을 통해 전해져왔다.

과제곡과 자유곡을 한 번씩 연주하고 지휘봉을 내려놨다. 아직 1분이 남아 있었다.

지금 이 아이들에게 무엇을 전해야 할까. 잠깐 생각해보고 말했다.

"자기 자신을 위해서 불어라."

가슴속에 있는 것을 꾸밈없이 솔직하게 표현했다.

"너희들에게는 앞으로도 기나긴 인생이 있어. 거기서 콩쿠르 한 번이란 것은 아주 짧은 순간이야. 오늘 일은 얼른 잊어버려. 알았지?"

아이들의 표정이 변하는 것이 보였다.

"깨끗이 잊어버릴 정도로 멋진 삶을 살았으면 좋겠다."

이러면 마치 자신이 여기서 사라져버릴 것 같지 않은가. 그것을 감지했는지, 부원들 몇 명이 당황한 것처럼 에이타로를 뚫어져라 쳐다봤다.

"힘내서 잘하라는 말은 안 할게. 너희들은 충분히 열심히 해왔어. 그 노력은 제대로 음악의 신에게 전해진다. 틀림없이 전해질 거야."

시야 가장자리에서 스태프가 시간을 확인하고 있었다. 전부 다 말했을까. 이 아이들에게 전하고 싶은 것을, 전해줘야 하는 것을.

아니, 아직 있었다.

하나 더 있었다.

"난 너희들이 연주하는 음악을 정말 좋아해. 이 세상에서 제일 좋아해."

♦

그 연주는 압권이었다.

"……굉장해."

모토키는 입속에서 말을 굴렸다. 감탄과 동경과 질투가 뒤섞인, 달콤하고도 씁쓸한 말을.

센가쿠 바로 앞에서 연주한 지바 현 대표 가시와키타 고등학교의 연주는 압권이라는 말 말고는 다른 표현이 불가능했다. 소리란 소리가 모조리 힘이 넘쳐서 청중의 온몸을 떨리게 만드는 것이었다.

얼마나 많은 시간을, 정성을 음악에 쏟아부어야 이렇게 되는 걸까. 저들은 왜 취주악을 시작한 걸까. 세상에 부활동은 아주 많은데, 그중에서 왜 취주악을 선택한 걸까.

나는——.

모토키는 조용히 에이타로를 쳐다봤다.

그는 가시와키타의 자유곡에 맞춰 몸을 흔들고 있었다. 입가에 미소를 띠고. 기분 좋은 것처럼 눈을 감고, 이 압권인 연주에 몸을 맡기고 있었다.

이 사람이 나를 음악의 세계로 데려왔다.

그렇다. 지금 나는 멋진 연주를 듣고 있다. 그것은 매우 행복한 일이다. 무서워하거나 부끄러워할 필요는 없다. 두려울 것은 하나도 없는 것이다.

연주가 끝났다. 우레 같은 박수 소리가 들려오는 가운데 가시와키타 고등학교 학생들이 무대에서 떠나갔다. 그 대신 센가쿠 취주악부가 무대로 나갔다. 객석은 연주를 마친 취주악부 사람들과 관객으로 가득 차 있었다. 무대에 쏟아지는 시선이 뜨거웠다.

타악기를 운반하고 의자 위치를 조절하면서 세팅을 하는 동안, 평소에는 지휘대 옆에서 지시를 하는 에이타로가 오늘은 밴드 안에서 돌아다니며 부원들에게 말을 걸었다.

가시와키타 다음 순서라 긴장될 테지만 편하게 하자. 즐겁게 하자. 괜찮아, 너희들은 잘해. 기억해봐, 연습 많이 했잖아. 괜찮아, 괜찮아. 오늘은 소리가 조금 낮으니까 신경 써서 높여보자. 좋든 싫든 이게 마지막이야. 적어도 후회는 하지 말자.

밴드 이쪽 끝에서 저쪽 끝까지 그렇게 말을 걸면서 돌아다녔다. 그래서 지휘대 옆에 서기도 전에 무대 조명이 켜지고 말았다. 하얗고 눈부신 빛이 에이타로의 까만 연미복을 비췄다. 그 순간 객석이 살짝 술렁거렸다.

"——얘들아."

지휘대 옆에 선 에이타로는 끝으로 한 번 더 밴드 전체를 둘러보면서 분명하게 말했다.

"사랑한다."

에이타로가 객석을 향해 돌아서서 정중히 고개 숙여 인사하자, 기다렸다는 듯이 박수가 터져 나왔다. 가볍게 지휘대로 올라간 에이타로가 지휘봉을 들었다.

불시에 날아온 '사랑한다'는 말을 곱씹으면서 모토키는 숨을 들이마셨다. 크게 마시고, 조명 불빛을 받아 금빛으로 빛나는 알토 색소폰에 숨을 불어넣었다.

지난 반년 동안 수백 번, 수천 번이나 불었던 〈스케르찬도〉의 도입부는 마치 축제의 불꽃처럼 펑 터졌다. 무대 바닥이 출렁거리고 내 몸이 튀어 오르는 것 같았다.

그리고 지휘봉을 휘두르는 에이타로의 몸이 실제로 확 튀었다. 무릎을 구부리고 폴짝 뛰었다. 연미복 꼬리가 나풀거렸다. 그에 맞춰 트럼펫, 트롬본, 스네어 드럼, 심벌즈 소리가 약동했다. 이 사람은 어째서 연습 때 안 하던 짓을 공연에서 하는 걸까. 그러면 연주하는 우리가 당황하잖아. 아니, 애초에 지휘자가 폴짝폴짝 뛰면 박자 맞추기 어렵다고.

그렇게 투덜거리고 싶어지면서 뺨 근육이 흐물흐물 풀어졌다.

우리 마음을 아는지 모르는지, 에이타로가 입을 움직여 무슨 말을 했다. 소리는 안 났지만 분명히 말했다. 아마도 "옳지, 얘들아, 잘한다!"는 내용.

즐거운 것이다. 그는 지금 이 무대를 실컷 즐기고 있었다.

어느새 그것이 지휘봉 끝을 통해 모토키에게도 전해졌다. 몸이 점점 뜨거워졌다.

그래, 맞아. 꿈에 그리던 전국대회잖아. 중학교 시절에는 어떻게든 여기까지 와보고 싶었는데 결국 오지 못했다. 그런데 지금 그 커다란 무대에서 연주하고 있는 것이다. 여기서 즐기는 것 말고 무엇을 하겠는가.

높은 트럼펫의 음색과 더불어 곡조가 부드러워지더니 중간부의 알토 색소폰 멜로디가 시작됐다. 고시가야 선배님과 번갈아 가면서 연주하자, 등에 소름이 쫙 돋았다. 우리의 소리가 빛깔을 띠고 객석에서 맴돌았다. 소리와 어울려 노는 것처럼 모토키는 색소폰을 연주했다. 벨에서 잇따라 색이 튀어나갔다. 그중에 그 파란색이 있었다. 센가쿠의 교회에 있는 스테인드글라스의 색깔. 그 색을 향해 손을 뻗고 싶었다. 한 조각이라도 좋으니 가지고 싶었다.

왜냐하면 이 색은 예전에 에이타로가 교회에서 〈스케르찬도〉를 불었을 때 보여준 것이니까. 너무나 가지고 싶었던 소리였다. 그 소리가 내 색소폰에서 나오다니. 닿았다. 닿은 것이다. 자신의 연주가, 후와 에이타로의 옆에 가서 나란히 선 것이다.

에이타로가 또다시 튀어 올랐다. 그의 지휘에 따라 소리가 홀의 벽과 천장과 바닥, 그리고 마지막에는 관객에게도 부딪쳐 자유롭게 이리저리 튀었다. 유쾌하게, 우스꽝스럽게, 마치 장난이라도 치는 것처럼.

에이타로가 지휘봉을 힘차게 움켜쥐고 멈춘 순간, 그의 입이 확 벌어졌다. 목소리는 들리지 않았다. 그러나 누가 봐도 웃었다. 하하하! 하고 웃었다. 그 웃는 얼굴은 오로지 모토키와 친구들에게만 주어진 것이었다.

일단 팔을 내린 에이타로가 또다시 양손을 들어 올렸다. 유쾌한 미소를 거두고, 이번에는 굉장히 진지하면서도 평온한 표정을 지었다.

지휘봉이 흔들렸다. 무대 위에 있는 쉰다섯 명과, 무대 옆에 있는 세팅 멤버가 숨 들이켜는 소리가 동시에 났다. 철금의 투명한 소리에 차임의 음색이 녹아들었다. 홀 바깥에서는 태풍이 몰아치고 있는데도 여기선 맑은 아침 하늘에 교회의 종소리가 울려 퍼지는 광경이 뇌리에 떠올랐다. 콘트라베이스의 저음이 마치 수면에 파문을 일으키듯이 퍼져 나간다. 그 음에 푹 빠져드는 것처럼 에이타로는 눈을 감았다. 지휘봉이 멈추고, 홀이 고요해졌다. 쿵, 쿵, 쿵. 세 번 모토키의 심장이 뛰었다.

에이타로가 눈을 번쩍 뜨더니 또다시 지휘봉을 휘둘렀다. 그 날카로운 끝이 침묵을 갈랐다. 쫙 갈라진 정적의 틈새에서 파란 빛이 흘러나와 자신에게 다가오는 것이 모토키의 눈에 보였다.

신기했다. 자신이 불고 있는 것은 알토 색소폰인데, 귀에 들어오는 모든 소리를 자신이 연주하는 것 같았다.

조명의 열기. 내가 흘리는 땀의 냄새. 주위에 있는 부원들의 숨결. 알토 색소폰의 감촉은 단단하고 따뜻하다. 키를 누를 때마다 자잘한 부품들의 집합체는 복잡하게 움직이면서 섬세하게 빛난다. 노래한다. 시야에 들어오는 모든 것들이 선명한 빛을 띠고 냄새가 진해진다. 소리가 커지고 또렷해진다. 뺨과 눈꼬리와 입술이 뜨거워진다. 그 감각은 솔로 순서가 다가올수록 점점 더 강해졌다.

니시칸토에서 연주할 때와 똑같은 타이밍에 에이타로는 모토키를 쳐다봤다. 지휘봉을 쥐지 않은 손을 모토키 쪽으로 내밀었다. 이리 오라고 모토키를 유혹한다. 그 손짓에 모토키는 날카로운 한 음으로 응답했다.

바람이 홀을 뚫고 지나간다. 소리와 색깔과 냄새가 흘러넘치는, 수많은 사람들의 마음과 결의와 각오로 가득 찬 바람이. 싸우고 또 싸워서 많은 패자들을 뒤에 남기고 여기까지 달려온 바람이.

음악의 신을 향해 부는 바람이.

어제 마지막 솔로 오디션이 끝난 후. 레오나는 한동안 울음을 그치지 않았다. 모토키는 에이타로와 함께 체육관 밖에 머물면서 레오나가 나올 때까지 계속 기다렸다.

돌아가는 택시 안에서. 비에 젖은 나고야 시내를 바라보며 레오나가 이런 말을 했다.

『다행이에요.』

새빨갛게 퉁퉁 부은 눈으로 말했다.

『솔로. 에이타로 선생님이 정해주셔서 다행이에요.』

모토키를 사이에 두고 반대편에 앉아 있던 에이타로는 팔짱을 낀 채 묵묵히 창밖을 노려보고 있었다.

『취주악을 시작하는 계기가 되었고, 또 모토키를 부장으로 삼은 사람이. 정해주셔서 다행이에요. 선생님이 공부도 열심히 하라고 말씀해주셔서. 정말 다행이에요.』

담임선생님과 부모님이 "부활동 같은 것을 하면 입시 경쟁에서 이기지 못해"라고 말씀하시는데, 여기서 또 선생님이 "공부 같은 것을 하면 콩쿠르에서 이기지 못해"라고 말씀하셨으면. 난 어쩔 줄 모르고 갈팡질팡했을 테니까. 그래서 다행이에요. 정말 다행이야.

그렇게 이야기를 계속하는 레오나 옆에서 모토키는 내내 택시 미터기를 보고 있었다. 숫자가 조금씩 천천히 변하는 모습을, 두 주먹을 꽉 쥐고 지켜봤다.

『모토키. 내일은, 멋진 연주를 하자.』

내 마지막 콩쿠르를 멋진 연주회로 만들어줘. 그런 말을 들은 것 같았다.

『모토키. 난 너의 색소폰을 좋아해.』

레오나의 목소리를 떠올릴 때마다 가슴이 아팠다. 납덩이를 삼킨 것처럼 무디고 묵직한 아픔이었다. 그런데 그것은 색소폰에서 나오는 소리에 맞춰 뜨겁게 욱신거렸다. 욱신욱신. 그러나 사라지지 않았다. 행복한 아픔이었다. 틀림없이 앞으로도 이런 아픔을 차곡차곡 쌓아가면서 자신의 소리를 만들어 나갈 것이다.

솔로 클라이맥스를 다 불었을 때, 턱이 들리면서 눈꼬리에서 뭔가가 주룩 흘러내렸다. 딱 한 방울, 뺨을 타고 내려가 턱에 맺혔다 떨어졌다. 이건 아니잖아. 울어야 할 사람은 네가 아니잖아. 울리고 싶은 사람은 바로 눈앞에서 지휘봉을 흔들고 있는 저 사람이잖아.

웃음이 터질 뻔했다. 모토키는 입술을 앙다물었다. 심벌즈와 함께 높은 멜로디를 노래하는 도바야시의 트럼펫. 종막으로 향하는 팡파르는 화려하고 아름다웠지만, 또 눈물이 날 정도로 쓸쓸했다. 인생에서 가장 행복한 12분이 끝나가고 있었다.

〈바람을 바라보는 자〉는 이 세상에 갓 태어난 곡이다. 우리는 이 세상의 아름다움을 이 곡에게 보여주는 데 성공한 걸까. 이 곡이 앞으로 많이 연주될 수 있을까. 취주악을 사랑하는 모든 사람들에게, 〈바람을 바라보는 자〉는 사랑받을 수 있을까.

그런 소망을 담아서 색소폰에 온 힘을 다해 숨을 불어넣었다. 오랫동안 함께 지내온 파트너는 그것을 환상적인 음색으로 바꿔주었다.

에이타로가 양손을 휘둘렀다. 연미복 소맷부리에서 언뜻 보이는 은색 커프스단추가 빛났다. 꼬리를 끄는 그 빛은 마치 밤하늘의 별똥별처럼 보였다.

그 순간, 두 개의 은색 별과 함께——또 하나, 에이타로의 눈가에서 별이 반짝였다. 그것은 약동하는 지휘봉의 움직임에 맞춰 사방으로 흩어지면서 빛났다.

에이타로가 왼손으로 주먹을 꽉 쥐었다. 지휘봉의 움직임이 멈췄다. 그는 한동안 그대로 꼼짝도 하지 않았다. 그와 대치하고 있는 센가쿠 부원들도 마우스피스에서 입을 떼지 못하고, 스틱이나 활을 든 손에서 힘을 빼지도 못했다.

그저 하염없이 에이타로의 두 눈에서 흐르는 눈물을 가만히 보고 있었다.

시간이 멈춘 줄 알았다. 그 정도로 긴 시간이었다. 천천히 양손을 내린 에이타로는 모토키와 친구들을 보고 웃었다. 온 얼굴을 찡그리고 눈물을 펑펑 흘리면서 입을 크게 벌리고 웃었다.

에이타로가 부원들에게 일어나라고 했다. 지휘대에서 내려온 그는 눈물을 닦지도 않고 객석을 향해 정중하게 인사했다.

거대한 회오리바람처럼 일어난 박수와 끊임없이 들려오는 "브라보!"란 함성. 목구멍 안쪽이 부르르 떨렸다.

6 || Centuria ||

그 좌석은 텅 비어 있었다. 좌석 번호를 확인해봤는데, 그건 틀림없이 에이타로가 보낸 티켓의 좌석이었다. 옆자리에 있는 사람에게 "혹시 여기 누가 앉아 있었나요?"라고 물어볼 마음은 나지 않았고, 또 통로에 서서 기다릴 마음은 더더욱 나지 않았다. 그래서 에이타로는 홀 밖으로 빠져나갔다. 휴게시간이라서 홀 바깥의 아트리움은 사람들로 북적북적했다.

자신이 베를린까지 티켓을 보내준 상대를 굳이 찾을 생각은 없었지만, 스쳐 지나가는 사람들의 얼굴을 저절로 확인하게 되었다.

안뜰로 나갔더니 빗방울이 얼굴로 날아왔다. 드디어 태풍이 가까이 왔는지 비바람이 강했다. 그러나 지금의 에이타로에게는 시원해서 기분 좋게 느껴질 정도였다. 공연이 끝난 다음부터 쭉 몸이 뜨겁고 호흡이 거칠었다. 그 열기를 가을 바람이 조금씩 앗아가자 몸이 좀 편해졌다.

"에이타로 선생님."

등 뒤에서 부르는 소리. 돌아보지 않고 "응, 왜?" 하고 대꾸했다. 지난 반년 동안에 몇 번이나 들었던 목소리다.

안뜰로 나온 모토키는 에이타로의 얼굴을 들여다봤다.

"혹시 누구 기다리세요?"

"왜 그렇게 생각해?"

"그냥 그래 보여서요."

하긴, 그럴지도 모른다. 하지만 정말로 만나고 싶었다면 귀국 스케줄을 확인했을 테고, 상대도 최소한 연락은 했을 것이다. 사실 꼭 만날 필요는 없었다. 그 녀석이 변덕스럽게 귀국을 취소했어도, 태풍 때문에 나고야까지 오지 못했어도 상관없었다.

그렇게 나 자신을 상대로 변명인지 뭔지를 하다가——발견하고 말았다.

"어, 선생님?"

모토키가 고개를 갸웃거렸다. 유리벽 너머의 아트리움 안에 있는 사람들 속에서 자신이 찾던 얼굴을 발견했다. 어떻게 찾아냈는지는 스스로도 알 수 없었다. 그 사람은…… 그 녀석은, 한눈팔지도 않고 계단을 올라가고 있었다.

미안, 먼저 갈게! 모토키에게 그렇게 말하고 급히 뛰어 갔다. 거만한 태도에 비해 조그만 그 뒷모습은 자칫하면 주변 사람들에게 휩쓸려 보이지 않을 것 같았다. 인파를 헤치고 계단을 뛰어 올라 입구를 통과해 뛰쳐나갔다.

택시 승강장에 서 있는 택시. 미즈시마 카에데는 그 차에 타려고 했다.

"——봤냐?!"

자신도 모르게 소리를 지르고 있었다. 그 녀석은 꽤 멀리 떨어져 있었고 비바람 소리도 심했다. 그러나 에이타로의 소리는 분명히 상대에게 닿았다.

고개를 든 카에데는 마지막으로 만났을 때와 똑같았다. 그러나 에이타로를 본 순간, 어쩐지 씁쓸한 얼굴로 입술을 일그러뜨리더니 곤란한 듯, 화난 듯 뾰로통한 표정을 지었다.

그리고 자기 오른발을 손가락으로 가리켰다. 화려한 색깔의 펌프스 발끝을.

"장롱 모서리에 발가락이나 찧어라, 이 멍청아!"

카에데가 날카롭게 소리를 꽥 지르자, 근처에 있던 사람들이 일제히 이쪽을 돌아봤다.

카에데는 더 이상 아무 말도 하지 않았다. 흥! 하고 콧방귀를 뀌더니 택시에 탔다. 까만 택시는 태풍을 뚫고 나고야 역방향으로 쌩 달려갔다. 우두커니 서 있는 에이타로를 떨쳐내듯이.

얼마나 오랫동안 그러고 있었을까. 심한 비바람 소리에 에이타로는 한동안 귀를 기울이고 있었다. 태풍처럼 왔다 간 카에데의 한마디를 가슴속에서 몇 번이나 곱씹어봤다. 상대가 〈바람을 바라보는 자〉를 턱! 던져줬을 때의 나 자신의 등을 다정하게 살살 쓸어주듯이.

의외로 저 녀석도, 그때의 에이타로와 같은 심정인 걸지도 모른다. 베를린에서 음악을 배우면서 고뇌하거나 좌절한 적도 있을지도 모른다. 혹시 그렇다면, 뭔가 좀 다른 말을 해주는 게 좋았을까.

아니다. 어떤 말을 했어도 결국 저 녀석은 "장롱 모서리에 발가락이나 찧어라!"라고 말했을 것이다. 내가 그랬으니까 틀림없이 그럴 거다. 오늘 연주가 저 녀석으로 하여금 그런 말을 하게 만들었다면 그걸로 족하다. 그다음부터는 저 녀석이 알아서 발버둥 칠 것이다. 미친 듯이 발버둥 치다가, 언젠가 의기양양하게 깔깔 웃으며 다시 나타날 것이다.

나는 그것을 즐겁게 기다리면 된다.

"저⋯⋯."

바로 뒤에서 소리가 났다. 깜짝 놀라 뒤를 돌아보니, 모토키가 당황한 듯이 에이타로를 쳐다보고 있었다.

아, 이런. 방금 그 일을 다 봤겠구나. 어깨를 으쓱했다.

"어, 저기요. 어떻게 할까 고민해봤는데요. 이제 곧 휴게 시간도 끝날 것 같아서요."

난감한 표정을 짓는 모토키. 뭔가 오해라도 한 것 같았다.

"이거 하나는 분명히 말해둘게. 여자 친구 아니야."

"어, 진짜요?!"

"〈바람을 바라보는 자〉의 작곡가다."

모토키는 네?! 하고 소리를 지르더니 택시가 사라져간 방향을 쳐다봤다.

"멋진 연주였다고 칭찬해줬어."

요컨대 그런 거다. 에이타로의 한마디에 모토키는 숨을 크게 들이쉬더니 웃었다.

"다행이네요."

에이타로에게 다가간 모토키는 다시 한번 "다행이에요" 하고 미소 지었다.

"저는 죽을 때, 오늘 이 순간을 떠올리고 싶어요."

행복한 표정에는 어울리지 않는 '죽음'이란 단어에 잠시 할 말을 잃었다. 잃어서 텅 비어버린 내 안에서, 저절로 음성이 흘러나왔다.

"오늘 일은 그리운 추억 중 하나로 삼아줘."

부디 그의 인생이 그런 것이 되기를. 오늘 무대에 선 사람들도, 서지 못했던 사람들도. 에이타로와 관련된 모든 아이

들이 그렇게 되기를 바랐다.

네, 알아요. 모토키는 진지하게 고개를 끄덕였다.

"소중한 것을 계속 소중히 여기려면 노력을 해야 한다고. 선생님이 가르쳐주셨잖아요."

하지만.

눈에 살짝 물기를 머금으면서 모토키가 말했다. 하지만, 하고.

"하지만, 그래도 저는…… 인생의 마지막에, 오늘 이 순간을 떠올리고 싶어요."

바람을 타고 날아온 빗방울이 에이타로의 뺨을 두드렸다. 몇 개나 두드렸다. 그 위에 따뜻한 것이 주룩 흘러내렸다. 따뜻하고, 편안하고, 사랑스러운 것이. 후와 에이타로의 마음속에서 흘러넘쳤다.

"잘했어."

옆에서 들려온 소리가 자기에게 하는 말임을 깨닫기까지는 시간이 좀 걸렸다.

"저요?"

"그래, 자네. 아 정말 잘했어. 센겐가쿠인. 멋진 연주였어."

표창식을 앞두고 무대 옆에는 각 학교의 지휘자와 학생 대표가 모여 있었다. 전국대회에서는 지휘자상도 주기 때문에,

연주 순서대로 지휘자들이 줄을 서 있었다. 에이타로 양옆에 있는 사람은 강호의 지도 교사들이었다.

말을 건 사람은 센가쿠 다음에 연주한 도쿄 대표인 다카나와다이가쿠엔의 지도 교사였다. 병 걸리기 전의 미요시 선생님을 연상시키는 풍채 좋은 선생님이었다.

"감사합니다. 다카나와다이의 선생님께 그런 칭찬을 받으니 기쁩니다."

"7년 전에 우리 학교는 전국대회에서 은상을 탔는데, 그때 처음 출전해서 금상을 가져간 학교가 사이타마의 센겐가쿠인이었다는 것이 새삼 기억났어."

"이제 겨우 돌아왔습니다."

감회에 젖어 그렇게 말하다가 퍼뜩 정신 차렸다. "저, 실례지만!" 하고 다카나와다이의 선생님께 슬그머니 다가갔다.

"혹시 괜찮으시다면, 다음에 연습을 견학하러 가도 될까요?"

강호의 지도 교사의 지도 방식을 배울 기회. 그것은 너무나 간절히 원하는 것이었다. 콩쿠르는 내년에도 있다. 내후년에도 있다. 한번 전국대회로 돌아왔다고 해서 방심할 수는 없다.

"그거야 물론 환영이지. 아, 아예 합동 연습이라도 해볼까? 우리 학교에 홀이 있는데."

"네, 감사합니다!"

선생님과 굳은 악수를 나눴다. 그때 표창식 시작을 알리는 인사말이 무대 위에서 들려왔다. 스태프의 유도를 받아 각 학교의 지휘자가 무대로 올라갔다. 꽉 찬 객석을 본 에이타로는 긴장하여 숨을 들이마셨다.

전국대회 취주악 연맹의 임원이 지휘자 한 명 한 명에게 지휘자상 상패를 건네줬다. 상패를 받은 지휘자가 객석을 향해 꾸벅 인사하자, 그의 제자들이 소리를 질렀다. 한 명이 "하나, 둘, 셋!" 하고 신호하면 "선생님! 감사합니다!"라고 소리치는 것이다. 공연 무대에서는 품위 있게 지휘하던 선생님들도 이때는 학생들에게 손을 흔들거나 상패를 들어 올리면서 기쁘고 즐거운 듯이 무대를 떠나갔다.

가시와키타 고등학교 선생님이 상패를 받았다. 이어서 에이타로도 무대 중앙에 섰다.

"사이타마현 대표, 센겐가쿠인 고등학교. 후와 에이타로."

이름이 불리고, 상패를 받았다. 작은 상패이지만 꽤 묵직했다. 센가쿠의 이름과 에이타로의 이름이 선명하게 새겨져 있었다.

객석을 향해 꾸벅 인사하자, "하나, 둘, 셋!"이라는 낮고 굵직한 목소리가 정수리에 부딪쳤다. 고시가야의 목소리였다. 고개를 들자, 객석 한구석에서 날아왔다.

그들의 목소리가 날아왔다.

"에이타로 선생님! 사랑해요!"

듣자마자 목구멍이 꽉 막혀서 숨을 쉴 수 없었다. 그러나 곧 웃음이 치밀었다.

오른손 손가락을 입술에 댔다가 객석을 향해 손키스를 날렸다. 관객이 술렁거림과 동시에 웃음을 터뜨렸다. 아니 뭐, "사랑한다"는 말에 대해서는 이런 인사밖에 안 떠오르는걸. 센가쿠 부원들 쪽에서는 "오!" 하는 환성과 더불어 "헉?!" 하고 당황하는 소리와 "어우, 뭐야……"라는 항의의 소리가 뒤섞여 나왔다.

길을 잃고 방황해서 다행이라고 생각했다. 방황했기 때문에 내가 지금 여기 있는 것이다.

대학 시절에 혹시나 그대로 순조롭게 취주악 지도자가 됐더라면. 어쩌면 자신은 오로지 콩쿠르에서 금상을 타는 것만 중시하고 동아리의 실적을 올리는 데 혈안이 돼서, 열의나 의지를 강조하며 제자들을 괴롭히는 지도자가 됐을지도 모른다.

취주악을, 음악을 사랑하는 아이들의 '좋아'라는 감정을, '싫어' '괴로워' '힘들어'라는 혼탁한 감정으로 변질시켰을지도 모른다. 그런 변질 현상을 눈치채지도 못하고 '나는 좋은 지도자다'라고 믿으면서, 제멋대로 성취감을 느끼고 감동하여 행복을 곱씹었을지도 모른다.

하지만 결국 그렇게 되지 않았다. 분명히 내가 옳았다는 뜻이리라.

웃으면서 무대 옆으로 물러났다. 이대로 웃는 얼굴로 아이들과 합류할 수 있을 줄 알았다. 그랬는데, 정신 차려 보니 흐느낌과 눈물이 멈추지를 않았다. 지휘자 상 상패를 꼭 끌어안은 채 벽에 붙어서 흐느껴 울었다. 오늘은 하루 종일 울기만 하는구나. 난감하네. 눈물샘이 망가져서 한동안 나을 기미가 안 보였다. 곤란하다.

"하하, 젊은 친구가 이런 데서 울고 있네. 손수건은 있어?"

이어서 온 다카나와다이의 선생님이 딱 봐도 고급스러워 보이는 손수건을 빌려주셨다.

축하해. 그런 말과 함께.

◆

언제까지 웃을 거야? 하고 도바야시가 모토키의 어깨를 쿡 찔렀다. 앞서가는 학생을 따라 무대 위로 올라간 모토키는 객석을 향해 섰다.

"아니, 그게, 거기서 손키스를 할 줄은 진짜 몰랐는걸."

입을 최소한으로 움직이면서 뒤에 있는 도바야시에게 한마디 했다. 도바야시도 "뭐, 그건 그래"라고 대답했다.

지휘자상 증정식에서 학생들이 지휘자에게 축하 멘트를 하는 것. 그것은 관례가 된 이벤트였다. 에이타로에게는 무슨 말을 해줄까? 하고 전국대회 출전이 결정된 직후부터 다 함께 의논을 했었다. 그것이 간부회의에서 의제가 되었을 정도다.

하지만 그것도 이번 무대 위에서 에이타로가 "사랑한다"고 한마디 하자마자 완전히 뒤집혀버렸다. 에이타로가 떠난 사이에 그들은 객석에서 서둘러 축하 멘트를 수정했다.

그걸 에이타로가 손키스로 갚아줄 줄은 몰랐지만.

참가 학교 대표들이 무대에 모이자 표창식이 시작됐다. 연주 순서대로 임원이 상 이름을 발표하고 상장과 트로피를 건네줬다. "골드 금상!"이 발표되면 높은 환성과 커다란 박수가 홀을 뒤흔들었다. 유력한 학교가 금상을 놓치기도 하고, 오랫동안 금상을 타지 못했던 학교가 금상을 타기도 하고. 발표 하나하나에 많은 이야기가 담겨 있었다.

스태프가 시키는 대로 무대 중앙으로 나아가면서 모토키는 생각했다. 이야기라면, 우리도 가지고 있다고. 아주 많이 가지고 있다고.

걸음을 옮길 때마다, 호흡을 할 때마다, 하나하나가 머릿속에 되살아났다. 작년 가을 니시칸토 대회에서 패퇴하여 의지가 완전히 꺾였던 일. 레오나에게 〈꿈은 깨어지고〉를 들려줬던 일. 교회에서 에이타로와 만났던 일. 부장이 되란 소리를 들었던 일. 레오나가 울었던 일. 〈바람을 바라보는 자〉를 처음 들었던 일. 에이타로의 〈스케르찬도〉를 듣고 압도되었던 일. 그와 함께 〈스케르찬도〉를 불었던 일. 죽어라 솔로를 연습했던 일. 현 대회 전에 〈바닷바람 행진곡〉을 불었던 일. 리오가 쓰러졌던 일. 전국대회에서 금상을 타면 센가쿠의 선생님이 되어 달라고 에이타로에게 약속을 시켰던 일. 암흑 속에서 합주하면서 레오나의 솔로를 빼앗았던 일. 니시칸토 공연 직전에 에이타로가 화내고 울었던 일. 하지만 그 후 웃으면서 무대에 섰던 일. 어제 일. 오늘 일. 앞으로의 일.

탄산 거품처럼 끊임없이 잇따라 떠올랐다.

"──5번, 사이타마현 대표, 센겐가쿠인 고등학교."

이름이 불렸다. 참을 수 없을 만큼 기분 좋은 울림이었다.

그래. 난 지금 행복해.

온몸으로 행복을 느끼면서 모토키는 조용히 눈을 감았다. 상이 발표됐다. 눈을 떴다. 눈앞에 내밀어진 상장이 반짝반짝 빛나 보였다. 색소폰의 금색, 교회 스테인드글라스의 푸른색, 에이타로의 눈물 같은 은색…… 다양한 색깔들이 합쳐져서 아름답게 빛나고 있었다.

상장을 웃는 얼굴로 받아들고 모토키는 숨을 들이쉬었다. 한 조각도 남김없이 모조리 내 안에 새겨놓고 싶었다.

이 순간을.

이 행복을.

Coda. 바람을 사랑하다

수업이 빨리 끝나고 종례도 빨리 끝났다. 그래서 음악실에 갔는데도 아직 아무도 없었다. 악기도 다 조립했는데 여전히 아무도 안 왔다.

음악실에서 나와 음악 준비실 문을 두드렸다. "네, 들어오세요"란 대답을 듣고 문손잡이를 붙잡았다.

"와, 에이타로 선생님. 오늘도 공부하세요?"

후와 에이타로는 긴 책상 위에 문제집과 노트를 펼쳐놓고 미간을 찌푸리고 있었다. 알토 색소폰을 목에 걸고 들어온 모토키에게 그는 "당연하지"라고 한마디 툭 던졌다.

"1차 시험까지 얼마 안 남았는걸."

에이타로가 도전하는 사이타마현 교원임용시험의 1차 시험은 7월 상순. 지금은 5월 말이니까, 남은 시간은 한 달 남짓이었다.

그리고 1차 시험 직후에 드디어 올해 콩쿠르 시즌이 시작된다.

"선생님이 만약에 1차에서 떨어지고 그 직후에 콩쿠르가 시작되면, 우리는 어떤 표정으로 연주를 해야 하나요……?"

"시험 보는 당사자 앞에서 '떨어진 이후'의 이야기는 안 하면 안 돼?"

샤프를 빙글빙글 돌리는 에이타로의 뺨이 파르르 떨렸다. 모토키는 그 맞은편에 앉아서 눈앞에 있는 참고서 페이지를 훌훌 넘겨봤다.

"하지만 선생님도 아시잖아요. 선생님이 시험에 합격하면, 센가쿠 말고 다른 학교 선생님이 될 가능성이 높은걸요."

"그건 그렇지. 센가쿠는 사립이니까. 채용 공고가 나지 않는 한, 시험 봐서 들어올 수도 없고."

"선생님이 다른 학교 취주악부 지도 교사가 되어버리면 아무 의미도 없잖아요."

작년에 니시칸토 대회를 앞두고 자신은 "센가쿠의 선생님이 되어주세요"라고 말했었다. 나와 함께 음악을 계속해 달라고 했다. 그런데 다른 학교 교원이 되어버리면 뭘 어쩌자는 건가.

"걱정하지 마. 요새는 미요시 선생님이 '에이타로 같은 녀석한테 질 수는 없지!' 하고 분발하고 계시잖아? 내가 떠나도 어떻게든 될 거야."

"그런 게 문제가 아니잖아요!"

"나도 올해 스물여섯이야. 이제는 슬슬 반 백수 생활에서는 탈출해야지."

"아, 에이타로 선생님!"

그러자 에이타로는 들고 있던 샤프를 내려놓더니 배꼽을 잡고 웃었다. "응, 미안, 미안해" 하고 전혀 미안해하지 않는 표정으로 양손을 모으며 사과했다.

"할게."

테이블에 기대어 턱을 괴고 그렇게 말했다.

"센가쿠의 선생님이 되어도, 또 다른 학교의 선생님이 되어도, 그 외의 무엇이 되어도. 나는 챠엔, 너와 함께 음악을 할 거야."

"……진짜예요?"

모토키는 색소폰을 끌어안고 눈을 가늘게 떴다.

"왜 이렇게 의심이 많아? 내가 그렇게 못 미더워?"

"제일 중요한 약속은 지키지 못했으니까요."

에이타로의 뒤에 있는 선반에 진열된 상장과 트로피를 힐끗 보면서 말했다.

취주악 콩쿠르 전국대회의 은상 상장과 트로피를.

"금상을 타면 센가쿠의 선생님이 되어 달라고. 그렇게 약속했었잖아요."

에이타로가 뒤를 한 번 돌아보더니 기막히다는 얼굴로 모토키를 쳐다봤다.

"걱정하지 마."

에이타로가 시선을 복도로 던지면서 웃었다. 슬슬 다른 부원들도 올 때가 됐나.

"그렇게 걱정되면 후지타 상점의 노트를 한번 봐봐. 저번에 확실하게 써놓고 왔으니까."

에이타로가 창밖을 가리키고 히죽 웃었다. 아, 진심이구

나. 이 사람은 진심이다. 설령 무슨 일이 있어도 이 사람은 반드시 할 것이다. 모토키와 함께 음악을 할 것이다.

"너는 걱정 말고 마음껏 연습만 하면 돼. 다음 주에는 다카나와다이와 합동 연습도 하기로 했잖아. 이것저것 많이 공부해 오자."

아 참, 공부 이야기가 나왔으니 말인데. 너 학교 공부도 잘해야 한다? 그는 웃으면서 그런 말을 덧붙였다.

"레오나 같은 소리 하지 마세요. 저 꼬박꼬박 학원 다니는 거, 선생님이 제일 잘 아시잖아요."

"나루카미는 잘 지내? 대학교에는 잘 다녀?"

"네, 뭐, 지바에서 혼자 자취하느라 주말에나 가끔 집에 와요."

제1지망이었던 대학교 약학부에 진학해서 매일 바쁘게 사는 것 같았지만, 그래도 즐거워 보였다.

"응. 다행이네."

자기 일처럼 안도하는 에이타로. 모토키의 표정도 저절로 풀렸다. 이번 수능 시즌, 사립 대학교 일반 전형 기간, 국립 대학교 2차 시험 기간. 그때마다 에이타로가 매일 창백해진 얼굴로 다니던 것을 알고 있었으므로 더더욱 그랬다. 특히 제1지망인 국립 대학교의 전기 시험에서 불합격했던 유키무라 선배가 아슬아슬하게 후기 시험에 합격했을 때에는, 콩쿠르 이외의 장소에서 우는 에이타로의 모습을 처음 봤을 정도다.

"졸업한 녀석들도 다들 잘 지내는 것 같아서 다행이야."

골든위크(*4월 말에서 5월 초까지의 일본 연휴 기간)의 연습하는 날에 졸업한 선배들이 놀러왔었다. 고시가야 선배는 오사카의 대학교에 다니는데, 표준어와 사투리가 뒤섞여버린 그 기묘한 말투 때문에 우리 모두가 폭소하고 말았다. 교토의 대학교에 진학한 사쿠라이 선배는 교토 특산품인 전병을 잔뜩 들고 왔고, 도쿄의 대학교에서 취주악을 계속하고 있는 오타니 선배와 마스다 선배는 1학년생들을 지도해주었다. 물론 레오나도 왔는데, 어느새 후배들 틈에 끼어들어 올해의 과제곡을 연주하고 있었다.

"저, 에이타로 선생님."

선배님들의 모습을 떠올리면서 모토키는 마른침을 꿀꺽 삼켰다. 가슴속에 품었던 결의를 지금 처음으로 말로 표현해봤다.

"저는요. 음대에 가고 싶어요."

다시 샤프를 들었던 에이타로의 손이 딱 멈췄다. 푸른빛을 띤 검은 눈동자가 모토키를 응시했다.

"고등학교 졸업한 다음에 무엇을 하고 싶은지, 쭉 생각해봤어요. 문학이나 경제나 외국어 같은 거. 이것저것 살펴봤는데, 전부 다 마음에 와 닿지 않아서요. 역시 나는 음악을 하고 싶은 거구나……하고 생각했어요."

공부하기 싫어서 음악으로 도망치려고 하는 게 아닐까? 그런 의심도 했었다. 하지만 아무리 자기 마음속의 깊은 곳까지 열심히 파헤쳐 봐도, 그 외에 다른 답은 발견되지 않았다.

"저는 앞으로 더 많이 음악을 하고 싶어요. 정식으로 공부하고 싶어요. 그렇게 생각했어요."

"너 그거, 부모님께는 말씀드렸니?"

"아직 못 말했어요. 틀림없이 반대하실 테니까요."

아버지가 자기 사무소를 개업한 지 반년 이상이 지났다. 현재로선 챠엔 집안의 일상은 크게 변하진 않았다. 그러나 앞으로는 어떻게 될지 모른다. 다만 알 수 있는 것은, 모토키를 음대에 보낼 만한 여유는 없으리란 것이었다. 집안 형편으로 보나 부모님의 심정으로 보나.

"많이 힘들 거야."

펜을 내려놓고 에이타로가 똑바로 앉았다.

"부모님을 설득하기도 어려울 테고, 또 부활동과는 별개로 색소폰 선생님 밑에서 본격적으로 공부해야 할 거야."

네. 그렇게 대답하면서도 가슴속이 서늘해지는 것을 느꼈다. 입술을 깨물고 꾹 참았다. 에이타로가 반대하더라도, 그래도 음대에는 가고 싶었다. 그렇게 생각했기 때문에 고백

한 것이다.

"하지만, 챠엔."

마치 노래하는 것처럼 에이타로가 모토키를 불렀다. 고개를 들어 보니 그는 웃고 있었다.

"그 누가 반대하더라도 나는 언제나 네 편일 거야."

에이타로는 노트와 문제집을 덮고 늘어지게 기지개를 켜더니 창문을 열었다. 커튼이 살랑거리면서 기분 좋은 바람이 들어왔다.

"전국대회에 골드 금상을 타러 가자. 챠엔, 너는 그 금상을 당당하게 내걸고 음대에 가는 거야."

강력한 마법이 바람을 타고 날아온다.

그것을 진지하게 곱씹으면서 모토키는 힘차게 고개를 끄덕였다.

복도가 시끄러워졌다. 모토키는 에이타로에게 허리를 깊이 굽혀 인사하고 준비실을 나왔다. 음악실까지의 짧은 거리를 깡충깡충 신나게 뛰어가고 싶은 기분이었다.

"차안경, 기분 좋아 보인다? 왜 그래?"

음악실 문을 열려는 모토키의 뒤에서 도바야시가 다가오면서 웃었다. "응, 비밀이야!" 하고 모토키가 대꾸하자, 도바야시는 의아하다는 듯이 고개를 갸웃거렸다.

"나참, 네가 그렇게 행복한 표정이나 지을 때냐?"

그 의미심장한 말투에 이번에는 모토키가 고개를 갸웃거렸다.

도바야시가 음악실을 보더니 이어서 음악 준비실을 봤다. 아무도 안 나오는 것을 확인하고 모토키에게 귓속말을 했다.

"실은 내가 일요일에 레이크타운(*사이타마현에 있는 뉴타운. 대형 쇼핑몰이 있다)에서 너희 누나를 봤거든."

"아, 그래. 쇼핑한다고 아침 일찍 나갔는데."

어차피 일요일이니까 회사도 쉬고. 쇼핑하러 갈 수도 있잖아? 그렇게 말하려고 했는데. 어째서일까? 도바야시가 동정하는 표정으로 이쪽을 쳐다봤다.

"너희 누나가 말이지, 에이타로 선생님과 같이 있었어."

"……뭐?"

도바야시의 말뜻을 정확히 이해하는 데 시간이 꽤 많이 걸렸다. 누나, 에이타로 선생님, 같이, 일요일, 레이크타운.

"잘못 본 거 아냐?"

"에이타로 선생님을 어떻게 잘못 보냐? 그리고 너희 누나도 3월 정기 연주회에 왔으니까. 얼굴은 기억해."

끝까지 듣지도 못했다. 방금 나왔던 준비실 문을 쾅! 하고 부서져라 열었다.

"──에이타로 선생님, 뭐가 어떻게 된 거예요?!"

날카로운 바람이 모토키를 훑고 지나갔다.

【감사의 글】

다음과 같은 분들이 이번 소설 집필에 도움을 주셨습니다. 이 자리를 빌려 감사 인사를 드립니다.

■ 주오 대학 육상경기부 후나쓰 소마 님

■ 취주악 작가 오자와 부장님

■ 사이타마현립 고시가야키타 고등학교 취주악부 여러분, 지도 교사 미야모토 요이치 선생님

그 외 작곡가 에하라 다이스케 님, 도카이 대학 부속 다카나와다이 고등학교 취주악부 지도 교사 하타케다 다카오 선생님, 아사히신문사의 『취주악의 별』편집부 여러분, 후쿠시마 현립 유모토 고등학교 취주악부 여러분 및 지도 교사인 오야마다 히로시 선생님. 진심으로 감사드립니다.

바람을 사랑하다

2022년 12월 23일 1판 1쇄 인쇄
2022년 12월 30일 1판 1쇄 발행

지 은 이	누카가 미오
일 러 스 트	hiko
옮 긴 이	한수진
발 행 인	유재옥
본 부 장	조병권
편 집 1 팀	김준균 김혜연 박소연
편 집 2 팀	정영길 조찬희 박치우 정지원
편 집 3 팀	오준영 이해빈
디 자 인	이가민
라 이 츠	김정미 맹미영 이승희 이윤서
디 지 털	박상섭 김지연 유영준
발 행 처	(주)소미미디어
등 록	제2015-000008호
주 소	서울시 마포구 토정로 222, 403호(신수동, 한국출판콘텐츠센터)
판 매	(주)소미미디어
제 작 처	코리아피앤피
영 업	박종욱
마 케 팅	한민지 최원석 최정연
물 류	허석용 백철기
전 화	편집부 (070)4253-9250, (070)4164-3960 기획실 (02)567-3388
	판매 및 마케팅 (070)4165-6888, Fax (02)322-7665

ISBN 979-11-384-3526-0 03830

Jacket illustration by hiko
Book Design by KAWATANI Yasuhisa